古典詩歌研究彙刊

第三輯

龔鵬程 主編

第 **18** 冊

趙甌北詩及其詩學研究

周明儀 著

國家圖書館出版品預行編目資料

趙甌北詩及其詩學研究／周明儀 著 — 初版 — 台北縣永和市：
花木蘭文化出版社，2008〔民 97〕

目 2+180 面；17×24 公分
（古典詩歌研究彙刊 第三輯；第 18 冊）

ISBN 978-986-6831-95-9〔精裝〕
1.（清）趙翼 2.傳記 3.詩學 4.詩評 5.學術思想

851.475   97000365

ISBN 978-986-6831-95-9

9 789866 831959

古典詩歌研究彙刊
第三輯　第十八冊   ISBN：978-986-6831-95-9

趙甌北詩及其詩學研究

作　　者　周明儀
主　　編　龔鵬程
出　　版　花木蘭文化出版社
發 行 所　花木蘭文化出版社
發 行 人　高小娟
聯絡地址　台北縣永和市中正路五九五號七樓之三
　　　　　電話：02-2923-1455／傳真：02-2923-1452
電子信箱　sut81518@ms59.hinet.net
初　　版　2008 年 3 月
定　　價　第三輯 20 冊（精裝）新台幣 28,000 元

趙甌北詩及其詩學研究

周明儀 著

作者簡介

周明儀，台灣省台中縣人。東吳大學中文研究所學士、碩士，現任教於台南科技大學，擔任本國語文與通識教育課程。專長為中國古典文學與植物文學。撰有《趙甌北詩及其詩學研究》、《詩經與楚辭之植物素材探討》、《植物與文學文化》及〈祝壽為什麼要用壽桃──由孫悟空偷吃蟠桃說起〉、〈詩經之植物素材概說〉、〈中國古代文人心目中的芭蕉〉、〈古典詩文中的桐樹意象與文化意涵〉、〈古典詩文中蘆芒菅茅之文化意涵探討〉、〈從文化觀點看苦楝之今昔〉、〈古典文學中具功名仕宦意象的植物及其文化意涵探討──以槐、紫薇、柏、桂為例〉等。

提　　要

　　趙甌北與袁枚、蔣士銓並稱於清乾嘉詩壇，然後人於評價甌北之際，多視之為性靈派羽翼而未能深入探討，實則甌北不僅創作豐富，更以詩人之身而兼擅於史學、考據，故其詩學時有獨到之見解。本文乃據其《陔餘叢考》、《甌北集》、《甌北詩話》等書加以整理歸納，冀能予其詩學成就更全面之評價。

　　全文計十四萬餘字，除前言、結論外，正文共分五章：第一章乃簡介甌北之家世、生平及交游概況；第二章則述其時代背景以明其創作動機，並概述其立言大業；第三章係將《甌北集》近五千首詩作試加分期，以明其思想之遞嬗於詩風之反映；第四章則歸納其論詩之詩、詩話及《陔餘叢考》中論詩之見，以凸顯其詩學觀；第五章則總論甌北詩學見解之優劣得失，以明其成就所在。文後另有附錄二篇，其一乃鑑於《甌北詩話》頗有本自《陔餘叢考》增刪而來者，遂各條例其卷次、篇題以資查考比對。其二則以甌北之《詩話》、《叢考》、《二十二史劄記》等，均今有數種單行本，唯詩集則僅有商務印書館國學基本叢書所選刊之《甌北詩鈔》一種，且該詩鈔又據《甌北集》刪削而來，已非詩作全貌，而現存之甌北詩歌總集，僅分藏台大文學院、南港中研院傅斯年圖書館之嘉慶刊本，為便於後人研究甌北之詩學理論，乃條例其以詩論詩之作於後。

　　綜上所述之研究成果，乃知甌北獨抒性靈，詩貴創新，才學相濟之說雖未逾性靈派樊籬，然其評騭古今之際，則能秉乎深厚之學植、豐富之閱歷，濟之以考據之長才而時有創獲。而其亦莊亦諧、奇縱不羈之詩風，則正為其詩學觀之體現也。

目

次

前　言

　　清乾隆年間，趙翼與袁枚、蔣士銓同以詩鳴而並稱江左三大家，其中雖以袁枚聲氣最廣而居性靈派領袖，實則甌北一生閱歷豐富，更以詩人之才而兼治史之能，發之為言，遂卓具特色。然歷來於甌北之研究，或偏重於其史學，或僅視之為性靈派羽翼而略及之，唯杜維運先生所著《趙翼傳》一書，予以較全面之評價。然甌北之詩歌創作及詩學見解，似仍有待較具系統之整理，筆者乃不揣疏陋而欲一窺其堂奧。

　　著手之後，乃知王建生教授已有《趙甌北研究》一書行將問世，該書於甌北之生平行實、詩歌創作、文學批評、史學成就等，均有論述。筆者既自慚於學術資訊之蒐羅，有失縝密，更恐遭鈔襲剽竊之譏，本已作擱筆之想；幸蒙王教授之鼓勵及張師夢機之悉心指導，乃專就甌北之詩作、詩論，試抒管見。

　　本文計十四萬餘言，共分五章：第一章乃簡介甌北之生平際遇、交游概況；第二章則就其時代背景、創作動機分作論述；第三章係將甌北之創作歷程試作分期以鑑其思想之遞嬗於詩作之影響；第四章則據甌北論詩之詩及《甌北詩話》、《陔餘叢考》加以歸納，而析為詩歌之創作原則、詩體之流變、以及對歷代詩人之評騭等三節分論之；第五章則總論甌北詩學成就；末為結論。

　　文後另有附錄二篇：其一乃就《甌北詩話》及《陔餘叢考》互見之卷次、篇題加以表列，以資參考；其二則以甌北現存於臺灣之詩作稿本，除臺大、東海、中研院史語所分藏之清刊本外，唯商務印書館國學基本叢書曾排印甌北詩之單行本；然《甌北詩鈔》係自《甌北集》刪汰而來，已非甌北詩作之全貌，爲便於後人查考，乃據清嘉慶十七年湛貽堂刊之《甌北集》而輯錄其論詩詩作，附載於後。

第一章　趙甌北之生平及其交遊

第一節　甌北生平概述

　　趙翼，字雲崧，一字耘松，或作雲松、耘菘，號甌北，清雍正五年（1727）十月二十二日生於常州府陽州縣（今江蘇省武進縣）。

　　始祖體坤公（名孟煙，本宋室後，元末爲高郵州錄事，始居常州）；五傳至竹崖公（名敔，明景泰甲戌進士，官御史，出巡按江西，陞江西按察使，湯潛庵《明史稿》有傳），十二傳爲曾祖禹九公（諱州），祖駢五公（諱福臻，又名斗烽，自城中遷居故里後，以先生貴貤贈儒林郎），父子容公（諱惟寬，誥贈大憲大夫貴州分巡，貴西兵備道），母丁氏（誥封太夫人）。

　　據《武進、陽湖合志》所載，祖父福臻、父惟寬均以行誼著名；父惟寬更以赴陽山頂求鷹團療父疾事而語在孝友〔註1〕。

　　甌北年方三歲時，父惟寬客授於外，叔父子重公教識字，每日能記二十餘。六歲時，父授於西黃岐張氏，先生隨之就塾，讀《名物蒙求》、《性理字訓》及《孝經》、《易經》。七歲起，父教於華渡橋、蔣莊橋，前後五年間皆與之偕行讀書。年十二，隨父再徙塘門橋談氏館，作時文一日能成七藝，且常爲同學捉刀代筆。年十四，隨父移館於東千崎杭氏，並正式爲文以應舉業，落筆常出人意表。是年七月十二，

〔註1〕見湯成烈撰《光緒武進、陽湖縣志》（中央研究院藏，光緒丙午重印本），卷二十五〈趙惟寬傳〉。

父惟寬逝世，家甚貧，上有三姊，其一未嫁，弟汝明、汝霖、亭玉俱幼，舉食無資，杭氏諸父老以甌北學已優，遂請接其父教席。公素不喜作時文〔註2〕，自父歿後無人督課，遂泛濫於漢魏唐宋詩、古文詞家，父執杭應龍憫其爲貧所困，舉業將廢，遂延甌北至家，課其幼子念屺，並令長子金鑑、次子士良相偕課時文。

乾隆十年，甌北年十九，應童子試，取常州府學補弟子員而入泮。翌年，館於城中明經史翼宸家。乾隆二十一年秋，舉鄉試不第，卻於同年冬爲廩生劉鶴鳴擇爲東床快婿。越明年，陽湖饑饉，遂失學館而襆被入京。

甌北初至京師，舉目無親，遂依外舅劉鶴鳴（實則劉氏亦一名場失意老儒，是時正客於宮保尹家）。稍後，爲國史館總裁劉統勳延於家襄纂宮史，遂與其子石菴同學共食，甌北並習其書法〔註3〕。

乾隆十五年應鄉試，中舉人第二十一名〔註4〕，典試官汪由敦異其才，乃延於家代筆札。是年冬，甌北又考取禮部義學教席。

翌年，甌北會試報罷，汪氏命二子承霈、承霱從之受業，秋並補義學教席，仍客於汪氏第。乾隆十七年，恩科會試仍被落，十九年始中明通榜，並取內閣中書舍人，遂辭教席，並南歸省親。翌年回京補官，入內閣。

乾隆二十一年，甌北入選軍機處行走，凡漢文諭旨、議奏、軍需等均由其俱草。是年秋扈從塞，戎帳中伏地起草，頃刻即千百言而文不加點。翌年，會試落第，仍值軍機，時朝廷方用兵準噶爾，是年秋又扈從出塞。

乾隆二十三年，汪由敦去世，甌北遂另營椿樹衚衕寓，並迎家眷入京。是年秋復扈從出塞。大學士傅恆本欲擢其爲部曹，然甌北志在詞

〔註2〕見趙懷玉編《趙甌北年譜》（附於嘉慶十七年，湛貽堂刻甌北全集第三十五冊，《甌北集》卷首）。

〔註3〕見杜維運撰《趙翼傳》（台北：時報文化出版公司，民國72年）。

〔註4〕甌北治古學甚久，鄉試第二場，詔誥獨冠全場，典試官汪由敦本欲以爲解首，然以頭場文𧿹跅而改置第二十一，見《甌北年譜》。

垣，遂力辭之。值同官生妬，造蜚語中傷，甌北遂出軍機，復入內閣。

乾隆二十四年，續娶程景伊甥女高氏。翌年會試又落，傅氏再傳甌北入軍機，四度扈從木蘭。

乾隆二十六年二月，恩科會試中式，三月殿試，以探花及第〔註5〕，遂出軍機，入翰林，授編修，並充任各類典試官〔註6〕。

乾隆三十一年十一月，甌北被授為廣西鎮安知府，十二月攜家出都。因與兩廣總督李侍堯不合，翌年即以安南民亂被劾；適朝廷用兵緬甸，遂受命赴滇襄贊軍務。三十四年春，復隨二軍駐騰越，於軍計頗有擘劃之功。翌年五月，戰事未畢即奉命回守本任。

乾隆三十五年，奉調廣州知府，養生雖較優渥，然應酬冗沓、案牘勞形。三十六年四月，奉旨擢為廣西兵備道觀察，念黔路迢迢，且志不在外吏，遂欲解官歸養，為李侍堯所止〔註7〕。同年十月至任，駐節威寧，旋以廣州讞獄舊案，部議降及乞歸〔註8〕。三十七年底北返，已擬栽花蒔草，終老於陽湖漁塘。

乾隆四十二年，母病逝。服喪期滿，親友皆勸其重披宦袍，甌北本有康濟天下之未竟大志，遂於四十六年赴京補官。未料途中忽患風痹，兩臂不得舉，遂止仕進之念而廻舟歸里。

乾隆四十八年，赴真州樂儀書院講學，並由西干村鄉居移往郡城

〔註5〕乾隆二十六年恩科會試，甌北本列第一卷，乾隆以陝西未曾出狀元，遂將第三卷之王杰與甌北互易，甌北遂以一甲第三人及第，見《甌北年譜》。
　　　然阮元所撰《王文端公年譜》（載於王杰《葆淳閣集》內）則謂「上聞至第三卷，熟視之，若素識者，以昔在尹文端公奏摺內見字體，曾蒙嘉獎，且詢知人品，即顧左右，謂此卷甚佳，親拔第一」，為王杰與趙翼名次互易之另一說，《清乾隆野史大觀》卷六「王文端清節」條及《清史稿》卷三百四十〈王杰傳〉皆從此說。
〔註6〕甌北曾任壬午（乾隆二十七年）科分校順天鄉試、乙酉（乾隆三十年）科順天武闈鄉試主考官、癸未（乾隆二十八年）、丙戌（乾隆三十一年）科俱充會試同考官。
〔註7〕同註3，頁100。
〔註8〕同上，頁111。

顧塘橋，昔日東坡晚歲居所附近之新購官房。四十九年起，受兩淮鹺使全德之請，自眞州移主揚州安定講席，五十一年辭〔註9〕。

乾隆五十二年，台灣林爽文亂，清廷命李侍堯赴閩督辦軍需，李氏力邀甌北同往，甌北以未饗遍覽山川之志，遂與之偕行，於軍務頗有襄贊之功。翌年二月亂平，甌北即力辭李氏幕府之職而返，旋受全德之請，重主安定講席。

乾隆六十年，黔湘苗民先後叛變，嘉慶年間，白蓮、天理教亦相繼作亂，東南沿海更有海盜猖獗，甌北憂時念亂，屢以詩誌之。自嘉慶二年起，上司友執，同調門生、愛子老妻相繼謝世，致甌北自嘉慶四年起至十七年止，幾無歲不作輓詩傷逝。

甌北歸隱林泉之後，不僅廣接後進，亦勤於著述，晚年更自設書局鐫刻己作〔註10〕，因流傳頗廣，因而名利兼收。

嘉慶十五年，甌北以八十四高齡奉賜三品職銜，重赴鹿鳴筵，作詩感誌，竟得海內名流屬和近三四千首，於詩壇之名實如日中天。

嘉慶十八年歲杪，甌北體力漸衰，翌年三月起，飲食漸減，四月十七日晨，起沐浴更衣，端坐而逝於床，享壽八十八，有子四、孫十、曾孫四人。〔註11〕

〔註9〕 甌北主安定講席，於乾隆四十九年赴任，乾隆五十一年辭；乾隆五十三年再膺講席，乾隆五十七年辭，前後計八年。

〔註10〕 同註3，頁261。

〔註11〕 見《甌北年譜》，其世系可表列如后：

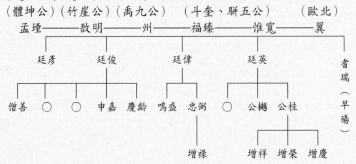

第二節　甌北之交遊

　　甌北享壽甚高，閱歷又極豐富，是以交游頗為廣闊，本節乃就其生平際遇，依類相從而略述其要，以窺其交游於詩風、人生觀之影響〔註12〕，兼明其詩作中往來酬酢之對象。

一、鄉邦宿老與總角之交

（一）杭氏父子

　　甌北年十五而失怙，頗受父執杭應龍之照拂。應龍恐甌北學業將為生計所廢，乃延於家，課其幼子念屺，並使長子杏川（字金鑑）、次子白峰（字士良）同作文。應龍侄廷宣、汭潮亦與之游，少年疏狂，相交甚歡〔註13〕。甌北能以時文舉科第，杭應龍實頗具督責之功〔註14〕。

（二）蔣熊昌（字立菴，乾隆十七年恩科）

　　蔣氏小甌北十歲，自幼即與甌北交游，然體弱多病，甌北曾作蔣氏輓詩云：「少小交游到老成，十年以長忝為兄，正期伴我桑榆晚，何意今朝哭後生」〔註15〕，《甌北集》中亦屢有與之遊樂讌賞之作〔註16〕，可見兩人交契頗深。

〔註12〕　王師建生《趙甌北研究》一書，已將甌北之交游依地域籍貫分類，述之甚詳，可參見之。本節則以甌北生平納交之先後為序，以窺其交游於人生觀、詩學觀之影響。

〔註13〕　《甌北集》卷一有〈與杏川、白峰、廷宣、震峰踏春醉歌〉、〈新齋同杏川諸人散步〉、〈將入都留別杏川、白峰諸同人〉、卷六有〈哭白峰之計〉、卷二十一有〈晤杏川老友〉、卷五十有〈追悼杭杏川、白峰、廷宣、潘震峰諸友，皆少時同學〉等，可見其交契之深。

〔註14〕　《甌北集》卷一有〈杭應龍，先君子執友也，以余久廢舉業，令爾郎君杏川、白峰邀為文會、詩以誌感〉，卷三有〈哭杭應龍先生墓〉、卷四十〈五哀詩〉之一亦悼杭應龍，可見甌北於杭氏之感念。

〔註15〕　見《甌北集》卷四十六〈蔣立菴輓詩〉。

〔註16〕　《甌北集》卷二十七有〈蔣立菴太守自潁川歸，相見話舊〉、卷三十五有〈偕立菴艤舟亭看梅小飲〉、〈用立菴韻再寄夢樓、芷堂〉、卷四十二有〈驛柳詩和蔣立菴〉、〈寒食日招蔣立菴太守、劉檀橋贊善、……小集山茶花下……〉等，不勝枚舉。

二、京華朝臣及翰院僚友

（一）劉統勳　（1699～1773，字延清、號爾鈍，雍正二年進士）、

　　　　劉墉（1720～1804，字崇如，號石菴，乾隆十六年進士）父子

　　乾隆十三年，甌北樸被赴京，初依外舅劉午嚴，而後爲劉統勳延於家纂宮史而才名漸顯。劉氏性簡傲，立朝侃然有古大臣風〔註17〕。甌北客於劉家，日與劉氏父子共餐，並從劉墉習書法〔註18〕，日後其得以躋身翰林院，卽於此頗具曲折。

　　蓋甌北自乾隆十六年起，凡五度與會試皆下第。乾隆二十六年，劉統勳與劉綸以軍機大臣派爲殿試讀卷官，而是時適有歷年鼎甲均爲軍機所佔之說，甌北恐劉氏爲避嫌而摒之，乃變易書法，作歐陽詢體，遂得閱卷官九圈進呈〔註19〕。後雖僅以一甲第三人及第，然甌北於劉氏父子仍終生感念〔註20〕。

（二）汪由敦　（1692～1758，字師茗，號謹堂，安徽休寧人，雍正

　　　　二年進士）

　　乾隆十五年，甌北應順天鄉試，以才捷學富而頗受典試官汪由敦之賞識，乃延之於家代筆札，凡應制詩文，多甌北屬草〔註21〕，更命其二子承霈、承霑從甌北受業。此後八、九年間，甌北受汪氏之照拂獎掖甚多，遂益肆力於古〔註22〕。

　　乾隆二十三年，汪由敦卒，甌北嘗作長篇哭之，並爲之編纂遺集，

〔註17〕 可參見杜維運《趙翼傳》頁六十所引禮親王《嘯亭雜錄》卷二，〈劉文正公之直〉條。

〔註18〕 《甌北集》卷四十六〈與少司馬追述文正公相業及余登第事感賦〉有「我昔客公家，每飯共素几」云云。《檐曝雜記》卷二〈辛巳殿試〉條則謂：「余初入京時，曾客公第；愛其公子石菴書法，每倣之」。

〔註19〕 參見《甌北年譜》及《檐曝雜記》卷二〈辛巳殿試〉條。

〔註20〕 同註 7。此外，《甌北集》卷四十六有〈送石菴相公還朝〉、卷四七有〈石菴相公輓詩〉，亦可參見之。

〔註21〕 參見《甌北年譜》。

〔註22〕 同註21。另可參見《檐曝雜記》「汪文端公」條。

爾後其二子承霈、承霤之得登仕籍，亦多靠甌北策劃，可見甌北於汪
氏感念之深〔註23〕！

（三）蔣士銓　（1725～1785，字心餘，又字苕生，號清容、又號定
　　　　甫，江西鉛山人，乾隆二十二年進士）

　　乾隆十九年，甌北與蔣士銓因會試而結識，旋同官中書，又先
後入翰院。更以篤嗜吟咏，性情相投而結爲莫逆，二人並有偕隱之
約〔註24〕。乾隆二十八年，蔣氏以母老乞歸，甌北迫於生計，猶不
得返，然二人仍互通聲問〔註25〕。日後甌北既有感於宦海之浮沉，
亦毅然高蹈林泉，蔣實不無影響。

　　蔣士銓與甌北、袁枚，是時有「乾隆江左三才子」之稱，然詩風
不盡相同〔註26〕。此外，蔣氏更擅於曲，今有《忠雅堂文集》、《忠雅
堂詩集》、《藏園九種曲》等傳世。

〔註23〕　《甌北集》卷六有〈汪文端師歿已數月，每欲一述哀情……和淚漬
　　　　墨，以詩哭之，凡一千字〉、卷八有〈文端師二子……自其兄民部歿
　　　　後……余請春和相公代爲陳奏，是日承恩召見瀛臺，以民部君廕官
　　　　賜霈，而賜霤擧人……〉、〈汪時齋民部……以文端師遺集囑余編訂
　　　　付梓，卽事感懷，泫然有作〉、卷四十有〈五哀詩——故吏部尚書汪
　　　　文端〉等，均可見甌北於汪氏之感懷。今所傳之汪由敦《松泉集》，
　　　　卽甌北所編訂也。
〔註24〕　參見《甌北集》卷十七〈次韻答心餘見寄〉及所附蔣士銓寄甌北詩。
〔註25〕　《甌北集》卷十有〈送蔣心餘編修南歸〉，此外尚有卷十二之〈答心
　　　　餘書卻寄〉、卷十七之〈次韻答心餘見寄〉、卷十九之〈懷心餘〉、卷
　　　　二十三之〈聞心餘銜恤歸里，悵然有作卻寄〉、卷二十七之〈聞心餘
　　　　中風病臥，卽事感賦〉、〈懷心餘〉、卷二十九〈子才書來，驚聞心餘
　　　　之訃，詩以哭之〉等作，可知二人情深交摯。
〔註26〕　袁蔣趙三家論詩雖同主性情而抑格調，然甌北詩或莊或諧，其興酣
　　　　落筆處，則較袁蔣二人爲不羈，時有遊戲筆墨之作，如嘗有素食歌
　　　　戲調王夢樓，致王氏亦作一首以駁之《甌北集》卷三十九有〈西巖
　　　　治具全用素食，以夢樓持齋故也。作素食歌見示，亦作一首答之，
　　　　並調夢樓〉；王文治《夢樓詩集》卷十六則有〈素食歌答趙甌北〉。
　　　　又如致袁枚詩，屢戲謔其風流，進而有呈詞控於巴拙存太守（見梁
　　　　紹壬《兩般秋雨盦隨筆》卷一），以致袁枚覆書辯誣，籲之以「爭奇
　　　　競巧，要惟持之以莊、運之以雅」（見袁枚《小倉山房尺牘》卷六）。
　　　　蔣氏性情梗直，論詩則於性情外兼主教化，故詩風較激切。

（四）邵齊熊 （1724～1800，字松阿，號耐亭，江蘇常熟人，乾隆
　　　　　十二集舉人）、賀五端（號舫葊，生平不詳）、李汪度（號寶幢，
　　　　　浙江仁和人，乾隆二十二年進士）、錢敦堂（生平不詳）

　　乾隆二十年，甌北考取內閣中書舍人，引見留用。旋卽南歸省親。
翌年回京，補內閣中書舍人，每三日一入直，與邵松阿、賀五端、李
寶幢、錢敦堂等「偶論文藝輒移晷，每和詩句必累幅」〔註27〕，甚或
「倚醉高吟聲撼屋」〔註28〕，頗極友朋酬唱之樂〔註29〕。

（五）觀保 　（？～1774，字伯容，號補亭，滿洲正白旗人，乾隆二
　　　　　年進士）

　　甌北旅食京華以來，朝夕爲名公鉅卿之應酬文字捉刀，入中書
後，更不乏應制酬唱之作，觀保卽因偶見甌北詩幅，極爲賞識，遂枉
駕相訪〔註30〕。辛巳會試，觀保卽典試官之一，於甌北實有拔擢之恩。
迨甌北以探花及第而入翰林，觀保更屢命其屬草以進呈，推轂不遺餘
力，故甌北於此座師亦終生感念〔註31〕。

（六）畢沅 （1730～1797，字纕蘅，一字秋帆，江蘇鎮洋人，乾隆
　　　　　庚辰進士）

　　畢沅早甌北一年及第，且以狀元掄魁，故甌北頗爲欣羨〔註32〕。
爾後二人同直軍機，相交頗契〔註33〕；日後雖升沈異路，然情誼彌篤，
故畢氏卒後，甌北過其靈巖山館，仍不勝憑弔之情〔註34〕。

〔註27〕見《甌北集》卷四〈贈耐亭〉。
〔註28〕同上。
〔註29〕參見《甌北年譜》。此外，《甌北集》卷四有〈同耐亭郊行〉、卷五有
　　　　〈與耐亭寄園步月〉、〈賀舫葊輓詞〉、卷二十五有〈喜遇邵耐亭話
　　　　舊〉、卷四十有〈哭邵松阿〉等，亦可資參考。
〔註30〕見《甌北集》卷四十〈五哀詩〉之四。
〔註31〕同上。另《甌北集》卷二十一亦有〈哭座主觀總憲補亭先生〉。
〔註32〕見《甌北集》卷十六〈李郎曲〉。
〔註33〕《甌北集》卷五有〈下直同漱田、秋帆諸人郊行卽事〉、〈元日同顧
　　　　北墅舍人直宿禁中，邀申拂珊京兆、……畢秋帆諸舍人和韻〉、〈同
　　　　畢秋凡、蔣漁邨遊朝陽門外東嶽廟〉。
〔註34〕《甌北集》卷五十三有〈靈巖山館弔畢秋帆制府〉、〈過靈巖山故人

畢氏一生勤學好著述，雖歷任顯要而鉛槧未嘗離手，其著作今多收入《經訓堂叢書》內。

（七）王昶　（1724～1806，字德甫，號述菴，江蘇青浦人，乾隆十九年進士）

王昶與甌北因同官京國，共賃趙吉士寄園而結識，此後共居一園，常聯吟共讀，甚或往來筆戰，而交情彌篤〔註35〕。迨甌北歸隱林泉，《皇朝武功紀盛》成書，付梓前猶託族孫趙懷玉攜往北京，與之過目〔註36〕，可見其交誼匪淺。

王氏亦擅於詩文，今有《春融堂集》、《湖海詩傳》，《湖海文傳》傳世。

（八）翁方綱　（1733～1818，字正三，號覃溪，河北大興人，乾隆十七年進士）

翁方綱與甌北係寄園鄰居，故而得以日夕過從譚藝。乾隆二十八年春，以同校禮闈，益崇甌北才情〔註37〕。乾隆三十四年，甌北由鎮

葬地，已易主矣，感賦〉。此外，可見卷二十四〈秋帆中丞聞余銜恤之信，遠致厚賻，詩以誌感〉、卷二十八〈屢接秋帆制府手書，兼寄珍裘，賦謝〉、卷三十二〈寄畢秋帆制府六十〉、卷三十五〈秋帆制府遠寄文幣珍裘，詩以誌謝〉、卷三十九〈聞秋帆制府墜馬，得風疾，寄慰〉、〈秋帆制府輓詞〉等，亦可窺其交誼之一斑！

〔註35〕《甌北集》卷十二有〈竹君、述菴、來殷、耳山、璞函小集遇齋卽事〉、〈題述菴蒲褐山房冊子〉、卷十八有〈述菴、璞函亦從軍入川、余至成寧……依韻奉答〉、〈闈邸抄喜述菴、璞函復官卻寄〉、卷二十五有〈王述菴從軍滇蜀，閱七八年，凱旋後超擢廷尉，茲乞歸假，葬事畢還朝，道經毘陵，停舟話舊賦贈〉、〈閒居無事，取子才、心餘、述菴……詩，手自評閱，輒成八首〉、卷三十有〈寄述菴按察〉、卷三十六有〈述菴司寇新刻大集見貽，……爲題長句……〉、卷四十五有〈吳門喜晤王述菴司寇，值其八十大慶，作詩稱祝……〉、卷四十六有〈稚存說述菴侍郎近況尚無恙，喜賦〉、卷四十八有〈哭王述菴侍郎〉等，不勝枚舉，可窺其交誼之一二。

〔註36〕見吳長瑛輯《清代名人手札》甲集，轉引自杜維運《趙翼傳》「趙翼手跡之三」。

〔註37〕翁方綱於〈甌北集序〉有：「歲己卯、庚辰間，予與耘菘隣居寄園舊址，日夕過從譚藝。癸未春，同校藝禮闈，夜聞君吟嘯聲，與諸桐

安調任廣州知府，值翁氏視學粵東，故友重逢，過從尤密〔註38〕。爾後甌北詩集刊行，翁氏更爲之作序，可見兩人交契。

翁氏窮研經術，更長於金石考據，以爲須先明考訂訓詁，而後能言義理。論詩主「肌理」以矯王漁洋「神韻」之虛〔註39〕，見解雖與甌北歧異〔註40〕，然無損於兩人情誼。

（九）錢大昕　（1728～1804，字曉徵，一字辛楣，又字及之，號竹汀，江蘇嘉定人，乾隆十九年進士）

甌北與錢大昕亦交遇於北京，爾後則賃酒禊遊，時有詩文盛會〔註41〕。迨甌北出守鎮安，錢氏有詩送之〔註42〕；甌北詩集付梓，錢氏更爲之作序〔註43〕。

錢氏始以辭章名，後丁父憂歸里，三十年不復問朝政而窮研經、史、文字，著有《二十二史考異》、《十駕齋養新錄》、《潛研堂詩文集》等。甌北於其史學尤欽佩不置，故日後甌北之撰著《二十二史箚記》，錢氏之《二十二史考異》實不無影響〔註44〕。

（十）謝啓崑　（1737～1802，字蘊山，號蘇潭，江西南康人，乾隆

嶠聯句至百韻，達旦相示，才氣橫溢，辟易萬夫」云云，可知其與甌北納交梗概。

〔註38〕《甌北集》卷十七〈翁覃溪學使用德中丞韻贈行，即次奉答〉有〈衙齋清閟兩三間，舊雨偏容數往還〉、〈經年同宦粵江邊，敢附名流說兩賢〉云云。

〔註39〕參見本文第二章第二節，乾嘉詩壇概述。

〔註40〕大抵甌北論詩雖不廢學，然須以性情爲主，以才運學（參見本文第四章）；翁氏則以學爲先，本末不同。

〔註41〕《甌北集》卷九有〈三月十三日程蕺園舍人招同錢擇石、辛楣兩學士、曹來殷編修……各攜壺鎰陶然亭……〉、卷三十三有〈晤錢竹汀宮詹話舊〉、卷四十有〈述菴司寇、竹汀宮詹過懷杜閣小集〉、卷四十六有〈錢竹汀宮詹輓詩〉等，可資參考。

〔註42〕乾隆三十一年十一月，甌北奉命出守鎮安，錢大昕嘗有〈送趙雲菘出守鎮安詩〉二首，見錢大昕《潛研堂詩集》卷六。

〔註43〕見《甌北集》、《甌北詩鈔》書前。

〔註44〕詳見杜維運《趙翼傳》第九章第七節第三目「可能影響趙翼史學的幾個人物」。

二十六年進士）

　　謝啓崑爲甌北辛巳進同榜進士，小於甌北十歲而精於史學，著有《西魏書》、《小學考》、《樹經堂集》、《廣西通志》等書。甌北自與之納交，不僅時相遊讌，更終生與之切磋史學〔註45〕，二人實志同而道合。

（十一）李調元　（1727～1803～1804，字羹堂，又字贊庵、鶴洲，
　　　　　號雨村，一號醒園，別署童山蠢翁，四川綿州人，乾隆二十
　　　　　八年進士）

　　李調元於乾隆二十八年與甌北納交，因住處毗隣，遂得朝夕過從，把酒言歡〔註46〕。李氏因言事被貶，遂以母老贖歸，爾後家居二十餘年，殫精著述，輯有《函海》一書，另有《雨村詩話》、《童山詩文集》等傳世。

　　其詩集中不僅時有與甌北唱和之作〔註47〕，詩話一書更將袁、蔣、趙三家比爲唐代之白居易、元稹、劉禹錫〔註48〕，可見其嚮慕崇仰之情。

─────────────

〔註45〕《甌北集》卷三十五有〈題謝蘊山觀察種梅圖〉、卷四十有〈杭州晤
　　　　同年謝蘊山藩伯〉、〈蘊山招同星石湖舫遊讌〉、卷四十四有〈謝蘊山
　　　　中丞輓詩〉等。謝啓崑所著《西魏書》附錄中，則有〈與趙雲松書〉、
　　　　〈附趙雲松觀察西魏書書後〉、〈復趙雲松書〉、〈附趙雲松觀察書〉
　　　　等。

〔註46〕李調元《雨村詩話》（台北市：木鐸出版社《清詩話續編》，民國72
　　　　年）卷一有〈癸未余始謁趙雲松先生于所寓椿樹三條衚衕，……余
　　　　時官中書，與雲松宅門斜對，朝夕過從，詩酒言歡〉云云。

〔註47〕《甌北集》卷四十有〈接同年李雨村觀察書，……兼附《雨村詩話》
　　　　十六卷，採拙詩獨多，感賦四律寄答〉、〈雨村書中謂督學廣東時，
　　　　余子以拙刻贄謁，厚贐而去，僕初未有子入粵也，蓋他人假名干謁
　　　　耳，書以一笑〉、卷四十有三〈雨村觀察自蜀中續寄詩話，比舊增多，
　　　　戲題於後〉、卷四十四有〈前接雨村觀察續寄詩話，有書報謝，並附
　　　　拙刻《陔餘叢考》、《廿二史箚記》奉呈，茲又接來書並詩四章，再
　　　　次寄答〉、卷四十六有〈李雨村觀察輓詩〉等：李氏《童山詩》、《文
　　　　集》中亦收錄頗多二人往來酬唱之詩文函件，可證二人交誼匪淺。

〔註48〕見《甌北集》卷四十四〈前接雨村觀察續寄詩話……再次寄答〉末
　　　　首。

（十二）姚鼐　（1731～1815，字姬傳，一字夢穀，學者稱惜抱先生，安徽桐城人，乾隆二十八年進士）

姚鼐與李調元、祝德麟等為癸未同科，爾後充四庫纂修官，書成，即乞歸養。工為古文，為桐城派大家，著有《惜抱軒詩文集》等。

甌北與姚鼐相同，酬唱之詩作雖不多〔註49〕，然卻不因出處之異而有損交誼，甚且爾後甌北之毅然抽簪，亦多少承其影響。

（十三）張塤　（字商言，改字瘦銅，號吟薌，江蘇吳縣人，乾隆二十年進士）

張塤乃經由蔣士銓之引介而結識甌北，於京邸時曾小住甌北寓中〔註50〕，此後二人形如莫逆，時有音訊往來〔註51〕，至張氏卒後，甌北仍不勝追懷〔註52〕。

張氏不僅能詩，更擅製曲〔註53〕，今有《竹葉菴集》傳世。

（十四）張舟　（字廉船，江西鉛山人，乾隆二十二年進士）

張舟與甌北，亦緣於蔣士銓之引見而納交於北京〔註54〕，相交甚

〔註49〕　今《甌北集》中僅於卷五十二有〈贈姚姬傳郎中同年〉一首，此殆以姚氏早年歸隱，二人於京師交接無多；且姚氏為桐城派嫡傳，論詩亦主「言有物」、「言有序」之義法說，而與甌北岐異故耳。

〔註50〕　《甌北集》卷四十〈四哀詩〉之二，懷張瘦銅舍人，詩中有「京邸留君住，寒酸共芋羹」云云。

〔註51〕　《甌北集》卷六有〈贈張吟薌秀才〉、卷七有〈題張吟薌夢遊竹葉菴圖〉、〈次吟薌韻〉、〈題吟薌所譜蔡文姬歸漢傳奇〉、〈吟薌往山西，約廿日必來，今已月餘矣，詩以望之〉、卷十一有〈送吟薌南歸〉、〈吟薌獻賦報罷，復赴京闈就試〉、〈題吟薌鏡影小照〉、〈喜吟薌登京兆試賦和十二韻〉、〈歲暮示吟薌〉、卷十二有〈送吟薌往山左〉、〈吟薌邀遊石湖〉、卷三十三有〈吟薌歿於京邸，其子孝方扶柩過揚……〉等。

〔註52〕　《甌北集》卷三十九有〈訪張瘦銅家人，無知者，感賦〉、卷四十有〈瘦銅子孝彥來見，泫然感賦〉、〈四哀詩〉、卷四十八有〈夢張瘦銅〉等，可見甌北與其情深交摯。

〔註53〕　《甌北集》卷十有〈題張吟薌所譜蔡文姬歸漢傳奇〉，卷一〈贈吟薌秀才〉則有：〈倚聲絕藝似珠圓，鏤月裁雲過百篇；傳來曲部人爭寫，唱入旗亭妓最妍〉云云。

〔註54〕　《甌北集》卷三十三有〈廉船老友，不見者三十年矣，茲來晤揚

歡〔註55〕。爾後三十年，甌北歸隱林泉，講學揚州，故友再度重逢，張氏讀《甌北集》而心賞之，乃有分體重編之議，甌北欣然允之〔註56〕。

　　重編後之《甌北詩鈔》，不僅分體篇次，更經張舟及祝德麟、李保泰之刪定、評點、序跋〔註57〕，各體精神既能顯露，後學之士亦易識其指歸。

（十四）王文治　（1730～1802，字禹卿，號夢樓，江蘇丹徒人，乾
　　　　　　　　隆二十五年進士）

　　王文治較甌北早一年登科，二人亦結識於京師。乾隆二十八年，王氏出守雲南臨安，後以屬吏事鐫級去任，遂辭官歸里，講學著述。以詩與書法名，今有《夢樓詩集》傳世。

　　王氏與甌北相交甚篤〔註58〕，甚或遊戲筆墨、往來筆戰〔註59〕，頗富高趣。

（十五）趙文哲　（1725～1773，字損之，號璞函，上海人，乾隆二
　　　　　　　　十七年賜舉人）

　　趙文哲殆由王昶之引介，亦與甌北締交於北京〔註60〕，相交頗洽〔註61〕。爾後趙氏緣事罷官，從軍赴滇，甌北亦出守邊郡、從軍滇

　　　　　州……〉詩中有「卅年前共踏京塵」云云。
〔註55〕除註54所引詩外，《甌北集》卷七有〈贈張廉船上舍……〉。卷十一
　　　　　有〈寄張廉船〉、卷四十三有〈喜廉船老友過訪，兼以誌別〉、卷四
　　　　　十四有〈接張廉船詩寄答〉等，可資參酌。
〔註56〕見張舟〈甌北詩鈔跋〉。
〔註57〕同上。
〔註58〕《甌北集》卷十有〈送王夢樓侍讀出守臨安〉、卷二十九有〈招管松
　　　　　崖漕使、王夢樓前輩……重寧寺齋，食後泛舟至平山堂，遊平遠
　　　　　樓……〉、〈贈夢樓〉、〈西巖治具全用素食，以夢樓持齋故也，作素
　　　　　食歌見示，亦作一首答之，兼調夢樓〉、卷三十五有〈京口訪夢樓，
　　　　　聽其雛姬度曲〉、卷三十九有〈素食招夢樓、佩香小集寓齋〉、卷四
　　　　　十四有〈王夢樓輓詩〉等，可見一斑。
〔註59〕參見註26。
〔註60〕參見王師建生《趙甌北研究》上冊，頁278及頁342，註45。
〔註61〕《甌北集》卷十五有〈璞函接余書中但有「翻愁日下無名士，……」
　　　　　乃即用人字韻賜和四首，欣荷之餘，再次奉答〉、〈同璞函遊杜鵑園

徵，二人過從益密〔註62〕。

趙氏亦擅於詩〔註63〕，今有《姽嫿集》、《婷雅堂詩續集》、《別集》等傳世。

（十六）孫士毅 （1720～1796，字智冶，號補山，浙江仁和人，乾隆二十六年進士）

孫士毅與甌北爲乾隆辛巳同年進士，結識於京師。爾後傅恆督師征緬，以孫士毅補章奏；臺灣林爽文之亂，孫氏則詣潮州戒備，二人經歷多所雷同，故交誼彌篤〔註64〕。

（十七）其 他

此外，如程晉芳〔註65〕、陸錫熊〔註66〕、諸重光〔註67〕、錢

作歌〉、卷十八有〈述菴、璞函亦從軍入川，……璞函有詩見寄，次韻奉答〉、〈閱邸抄喜述菴璞函復官卻寄〉、卷三十六有〈述菴司寇新刻大集見貽，展誦之餘，爲題長句，兼懷亡友璞函〉、卷四十〈四哀詩〉之三，亦悼趙氏之殉難金川，卷四十五又有〈璞函姽嫿集令嗣少鈍，已爲刊行，翻閱之餘，泫然有作〉，可見二人交誼頗洽。

〔註62〕 《甌北集》卷十五〈述菴、璞函緣事罷官，亦從軍來滇，卻贈〉詩有：「幾載京華共酒樽，豈期炎徼再相親」云云，可見一斑。

〔註63〕 參見註62所引，《甌北集》卷十五、十八、四十五諸詩，此外，尚可由其傳世之作窺知端倪。

〔註64〕 《甌北集》卷十八有〈晤同年孫補山學使話舊〉、卷二十七有〈憶生乞假南歸，京華故人程蘁園、孫補山、張吟薌俱寄聲存問……〉、二十八有〈補山開府去歲在桂林寄詩存問，今已移節粵東，次韻奉答〉、卷二十九有〈寄補山開府〉、卷三十四有〈謁補山開府奉呈〉、卷三十九有〈追悼補山使相〉、〈年來孫補山、畢秋帆兩制府、阿雲巖相公相繼下世，林下則顧晴沙、袁子才、王西莊又物故，生平交舊，一時俱盡，淒然感懷〉等詩，可見甌北與孫氏交誼匪淺。

〔註65〕 程晉芳（1718～1784，字魚門，號蘁園，原籍安徽歙縣，業醯於淮而徙至江都。乾隆二十七年召試，授內閣中書，三十六年舉進士），亦爲劉統勳主試所取，故與甌北有同門之誼。曾與修《四庫全書》，著有《周易知旨》、《尚書今文釋義》、《左傳翼疏》、《禮記集釋》、《勉行堂詩文集》等。始以詩名，與袁、蔣、趙等唱和無虛日，如《甌北集》卷十一有〈三月十三日，程蘁園舍人招同錢擇石、……展上巳會，分賦二律〉、卷十二有〈慰蘁園下第〉、〈竹君、述菴、蘁園、……小集齋卽事〉、卷二十七有〈寄蘁園〉等。

〔註66〕 陸錫熊（1734～1792，字健男，號耳山，上海人，乾隆二十六年進

載〔註68〕、彭元端〔註69〕、吳省欽〔註70〕、曹仁虎〔註71〕、王又曾〔註72〕、朱筠〔註73〕等，或爲館閣重臣，或以詞章名世，皆與

士），亦與四庫館修書，與紀昀同爲總纂，提要多出其手。亦擅於詩，有《篁邨詩集》傳世，《甌北集》卷十一有〈三月十三日，程園舍人邀同錢籜石、辛楣兩學士、……陸耳山……爲展上巳會……〉、卷十二有〈竹君、述菴、……耳山……小集寓齋卽事〉、卷二十八有〈喜同年陸耳山廷尉過訪有贈〉等。

〔註67〕諸重光（字申之，號桐嶼，乾隆二十五年進士），亦頗富詩才，嘗與甌北有百韻聯句（參見註37），此外，《甌北集》中尚有卷九之〈賀秋凡修撰納妾，次諸桐嶼編修韻〉、卷十之〈歲暮移寓裘家街，次桐嶼見贈元韻〉、〈拂珊光祿招同桐嶼、秋帆時晴齋看花小飲，卽用去歲韻〉、卷十一之〈送童梧岡編修視學湖南，兼寄諸桐嶼辰州〉、卷十二之〈聞諸桐嶼罷官郤寄〉、卷二十〈辰州弔諸桐嶼〉等，可知二人結識於北京，相交甚歡。

〔註68〕錢載（1708～1793，字坤一，號籜石，浙江秀水人，乾隆十七年進士），亦與甌北納交於北京，殆由程晉芳所引介，參見註53所引，《甌北集》卷十一〈三月十三日……〉詩。

〔註69〕彭元瑞（1731～1803，字掌仍，號雲楣，江西南昌人，乾隆二十二年進士）與甌北結識於詞館，爾後彭氏視學江南，甌北里居，二人過從尤密，可參見《甌北集》卷二十一〈彭芸楣閣學留飲澄江院，卽席奉呈〉、卷四十五之〈彭芸楣尚書輓詩〉等。

〔註70〕吳省欽（1729～1803，字充之，號白華，江蘇南匯人，乾隆二十八年進士）曾爲《甌北集》作序，二人之結識，殆以汪由敦之故。《甌北集》卷十一有〈三月十三日，程藐園舍人，招同……吳白華庶常、陸耳山……展上巳會……〉、卷二十五有〈閒居無事，取子才、心餘……白華、璞函諸君子詩，手自評閱，輒成八首〉。

〔註71〕曹仁虎（1731～1787，字來殷，號習庵，江蘇嘉定，乾隆二十六年進士）與王鳴盛、王昶、錢大昕、趙文哲、吳泰來、黃文蓮並稱〈吳中七子〉，亦與甌北納交於詞館。《甌北集》卷十一有〈三月十三日，程藐園舍人招同……曹來殷編修……分賦二律〉、卷十二有〈題曹檀滑柳汀觀稼圖，應令嗣來殷編修屬，時來殷方乞假歸省〉、〈竹君、……來殷……小集寓齋卽事〉等，二人之結識，殆由錢大昕、王昶、趙文哲、程晉芳等之引介。

〔註72〕王文曾（字愛原，號穀原，浙江秀水人，乾隆十九年進士）與甌北結識於汪由敦宅，亦以詩名，可參見《甌北集》卷三〈時晴齋與王穀原舍人小飲〉、卷三十六〈前輩商寶意、嚴海珊、袁簡齋諸公詩殆已刊布，近年來……王穀原、錢籜石……詩文亦先後刻成……率題長律〉詩。

〔註73〕朱筠（1729～1781，字竹君，號笥河，河北大興人，乾隆十九年進

甌北納交於北京，時相褉遊讌賞，唱和爲樂。

三、典試所取、秋闈門生

（一）費淳　（？～1811，字筠浦，浙江錢塘人，乾隆二十八年進士）

　　費淳爲乾隆二十八年癸未，甌北任欽點會試同考官所取，爲官勤政愛民，政聲馳譽遠近，〔註74〕，甌北亦屢與其通聲問〔註75〕。

（二）祝德麟　（字芷堂，號芷塘，浙江海寧人，乾隆二十八年進士）

　　祝德麟與費淳同科，亦爲乾隆二十八年甌北充會試同考官所取。才情頗高，有《悅親樓詩集》傳世〔註76〕，亦時與甌北互通存問〔註77〕。

（三）沈世煒　（字吉甫，號南雷，浙江仁和人，乾隆三十一年進士）

　　沈世煒乃乾隆三十一年，甌北充欽點會試同考官所取，甌北服闋

士）爲乾隆二十六年會試主考官之一，亦與四庫修纂。《甌北集》卷十二有〈竹君、述菴、蕺園、來殷、耳山、璞函、小集寓齋卽事〉詩。

〔註74〕《甌北集》卷五十三〈哭費芸浦相公〉詩有：〈生多遺愛留三省，歿尚賢聲遍九垓〉云云。

〔註75〕《甌北集》卷二十三年有〈門人費芸浦，舊爲吾郡守，余自黔歸，君已丁外艱將去……今赴京補官，枉道過訪，留連信宿，詩以贈行〉、卷三十七年有〈費雲浦中丞，昔守吾常，今來撫三吳，枉駕過存，修及門禮，榮及老夫多矣，長句賦贈〉、卷三十八有〈芸浦中丞邀我鄧尉看梅……〉、卷三十九有〈芸浦中丞移節閩疆，不數月，復奉命來撫江南，吳民歡聲載道，爰記以詩〉、卷四十一有〈費中丞壽詩〉、〈蔣時南中丞致政後，特詔起總督漕運淮壖，相晤敬賦奉呈，末章兼寄費芸浦制府……〉、卷四十三有〈費筠浦相公遠寄海虎珍裘……〉、卷四十九有〈筠浦拜體仁閣大學士喜賦〉、卷五十有〈寄祝費筠浦相公七十壽〉、卷五十一有〈聞筠浦相公總裁會試喜寄〉等，可見二人師生之誼頗篤。

〔註76〕《甌北集》卷四十〈哭祝芷堂侍御〉之四有「稍欣梨板刻成」一句，自注曰：「所著《悅親樓詩集》，今夏刻成」。

〔註77〕《甌北集》卷二十三有〈門人祝芷堂編修典試闈中，旋奉視學陝甘之命，道經常州，枉詩投贈，依韻以答〉、卷二十五年〈蘇州喜晤祝芷堂〉、〈同蓉溪、芷堂遊獅子林題壁……〉、卷三十三〈芷堂南回，謁我於揚州喜贈〉、卷三十五有〈上元後三日，芷堂過訪草堂……喜而有作，後二首專簡芷堂〉等。

後，與之重晤於杭州〔註78〕，亦爲甌北之得意門生。

四、軍機舊識、從戎司屬

（一）傅恆 （？～1769，字春和，富察氏，滿州鑲黃旗人）

乾隆二十一年，甌北自內閣入直軍機，是時清廷方用兵準噶爾，凡漢文論旨及議奏傳徵率由甌北俱草，頃刻即千百言而皆中窾要。同年秋扈從出塞，戎帳中伏地起草，文不加點，其捷才若是，故深得大學士傅恆之賞識。乾隆三十三年，甌北從軍征緬，次年春駐騰越，傅恆亦來經略軍事，遂令橐筆入直幕下。

傅氏雖不諳辭章，然於甌北則照拂有加〔註79〕，故甌北於傅氏亦終生感念不已〔註80〕。

（二）德保 （索綽絡氏，字仲容，一字潤亭，又號龐村，滿洲正白旗人，乾隆二年進士）

德保亦爲甌北京師舊識。乾隆三十五年，甌北由鎮安調任廣州知府，而德保是時則爲廣州巡撫，頗能傾心委任〔註81〕。爾後雖升沈各異，然情誼不減〔註82〕。

（三）王鳴盛 （1722～1799，字鳳喈，號禮堂，又號西莊，晚號西沚，江蘇嘉定人，乾隆十九年進士）

〔註78〕《甌北集》卷二十五有〈到杭州寓門人沈南雷儀部宅卻贈〉、〈同年孫星士侍講家有園林之勝，招同子才、南雷讌集即事〉、〈數月內頻送南雷、述菴、淑齋數人赴京補官戲作〉等，可知乾隆四十四年之前，沈氏仍居里。

〔註79〕《甌北集》卷十七〈太保傅文忠公輓詞〉有「我無私謁偏投契，公不談文乃愛才」云云，卷三十八〈公相贈郡王傅文忠公詩〉亦有「千載西州門，羊曇因此情」此句，可見一斑。

〔註80〕除註79所引詩外，《甌北集》卷四十尚有〈五哀詩〉之三，亦可見其不勝追懷之情。

〔註81〕參見《甌北年譜》。

〔註82〕《甌北集》卷二十四〈德定哺中丞六十壽讌詩，時公自淮南漕帥移節撫閩，詩人亦同壽〉詩有：「青史勳名公作督，白頭著述我歸田；雲泥無分隨班祝，剩托心香到海天」云云。

乾隆二十五年，甌北扈從木蘭，行營塞外而結識王鳴盛，二人於戎帳中把盞論學，談藝甚歡。迨《甌北詩集》付梓，更向王氏乞序〔註83〕。

乾隆二十八年，王氏丁父憂歸里，遂不復出。自是窮研經史而馳名當代，著有《十七史商榷》、《尚書後案》、《蛾術篇》等書。甌北之治史，即頗有得自王氏之處〔註84〕。

（四）李侍堯　（？～1789，字欽齋，原遼原鐵嶺人，後改隸漢軍鑲黃旗人）

乾隆三十一年十一月，乾隆特授甌北為廣西鎮安知府，時李氏為兩廣總督，甌北抵任不久，旋因讞獄而與李氏失和，值朝廷用兵緬甸，甌北遂奉命赴滇襄贊軍務。

李氏性情稍嫌愎戾寡恩，然實亦頗器重甌北之睿智，故乾隆五十二年，臺灣林爽文之亂，李氏奉派赴閩督辦軍需，路經常州，復邀甌北往助，二人雖非交密，然正因此而可見甌北性情之率眞坦然〔註85〕。

（五）阿里袞　（？～1769，字松崖，鈕祜祿氏，滿洲正白旗人）

阿里袞為甌北軍機舊識〔註86〕，征緬之役，阿氏為副將軍，甌

〔註83〕　參見王鳴盛〈甌北集序〉（附於《甌北集》之前）。此外，《甌北集》卷八有〈次韻王禮堂光祿木蘭枉贈之作〉、卷三十二有〈閶門晤王西莊話舊〉、卷三十四有〈吳晤莊竹汀〉、〈題漕使查映山侍御學書圖〉、〈春間晤西莊於吳門，因其兩目皆盲，歸作反瞳目篇祝其再明，詩或尚未寄，秋初接來書，知目疾已霍然能觀書作字……〉、〈反瞳目篇壽王西莊七十〉、卷三十九有〈王西莊光祿輓詩〉等，亦可見其交契之一斑。

〔註84〕　參見杜維運《趙翼傳》第九章第七節三目。

〔註85〕　參見《甌北年譜》。此外，《甌北集》卷二十四有〈使相李公屢書垂問，敬賦三律寄呈〉、卷三十一有〈賦呈李制府〉、〈去歲子才自武夷歸，以勝境誇於余……，適制府欽齋本公以兵事入閩過常，邀余偕往，遂愜被從行，先以詩報武夷〉、〈本公欲再奏起入官、敬辭致意〉、〈欽齋李公蒙恩賜雙眼孔雀翎奉賀〉、卷三十三〈瓜洲江上遇欽齋制府歸柩，哭奠以詩〉等，亦可資參酌。

〔註86〕　《甌北集》卷十四有〈果毅阿公以使相兼定邊將軍；開幕府永昌，命余參軍事。時同在幕下者，……皆軍機故人也……〉詩，可證二

北則於其幕下參軍務。今《甌北集》卷十四、十五描寫塞外風物諸作，卽甌北隨阿氏出關時之所聞所見，軍中受其照拂頗多，故阿氏病歿軍中，甌北曾痛致深慨〔註87〕。

（六）阿桂　（1717～1797，字廣廷，號雲巖，本爲滿洲正藍旗人，以平回部有功，改隸正白旗，乾隆三年舉人）

甌北與阿桂亦結識於軍機，征緬之役，阿桂以總督兼副將軍來，與阿里袞同駐一營，甌北乃兼值兩將軍間。凡兩將軍出行，卽命甌北守營，便宜行事〔註88〕。

阿桂雖勳業彪炳，然於甌北仍屢寄存問，故甌北頗感於其知遇之恩〔註89〕。

（七）唐思　（1715～1785，字再可，江蘇江都人）

唐思乃甌北從軍滇徼時結識，能詩而善騎射。爾後甌北歸隱林泉，講學揚州時又重遇唐氏，二人過從頗勤〔註90〕。

五、林泉唱和之同道、後進

（一）袁枚　（1716～1797，字子才，號簡齋，又稱存齋，世稱隨園先生，浙江杭州人，乾隆四年進士）

袁枚與甌北於乾隆二十一年之前，卽已互通音書，然直至乾隆四十四年，二人始正式晤面〔註91〕。二人出處相同，才調相似〔註92〕，

人結識於北京。

〔註87〕《甌北集》卷十四另有〈隨果毅公出邊〉、〈果毅公以額魯特兵分給余帳供役〉、卷十六有〈哭果阿毅公病歿於軍〉，可資參考。

〔註88〕參見《甌北年譜》。

〔註89〕《甌北集》卷十八有〈聞故將軍阿公授四川提督卻寄〉、卷二十七有〈謁雲巖相公賦呈〉、卷三十有〈壽雲巖公七十〉、卷三十九有〈故相阿文成公輓詩〉、卷四十〈五哀詩〉之五亦輓阿桂。

〔註90〕《甌北集》卷二十八有〈晤唐再可明府，余昔從軍滇南，君方攝騰越州也〉、卷二十九有〈清明前二日壽，菊士招同椶亭……諸公泛舟至平山堂卽事〉、〈唐再可以油醉果羹及糖蹄餽歲賦謝〉、卷三十有〈和再可立秋日感懷之作〉、卷三十五有〈輓唐再可〉，可見二人交誼。

〔註91〕見《甌北集》卷四〈次韻酬袁子才見寄之作〉及卷二十五〈西湖晤

故納交後時相唱和〔註93〕，更與蔣士銓並稱乾隆江左三大家。

（二）謝溶生 （字味堂，江西儀徵人，乾隆十年進士）、秦黌（字
西巖、江蘇江都人，乾隆十七年進士）、張垣（字松坪，陝
西臨潼人、乾隆十七年進士）、吳以鎮（字涵齋，江蘇歙縣
人，乾隆十七年進士）沈業富（1732～1807，字旣堂，江蘇
高郵人，乾隆二十三年進士）、蔣宗海（字春農，江蘇丹徒
人，乾隆十七年進士）、金兆燕（字棕亭，一字鍾越，安徽
金椒人，乾隆三十一年進士）、錢惟喬（1739～1808，字樹
參，號竹初，江蘇武進人，乾隆二十七年舉人）、顧光緒（1731
～1797，字華陽，號晴沙，江蘇無錫人，乾隆二十七年進士）、
盧文弨（1717～1795，字召弓，又字紹弓，世稱抱經先生，
浙江餘姚人，乾隆二十七年進士）、吳錫麒（1746～1818，字
聖徵，號穀人，浙江錢塘人，乾隆四十年進士）、莊炘（1735
～1818，字似撰，別字虛菴、江蘇武進人）、錢琦（字相人，
號嶼沙，浙江仁和人，乾隆二年進士）、張若靄（1713～1746，
字晴嵐，安徽桐城人，雍正十一年進士）、葉廷甲（1754～1832，
字保堂，江蘇無錫人）

乾隆四十九年，甌北赴揚州安定書院講學，爾後十餘年，爲甌北
一生顛峰時期，清歌勝景、文酒流連，與謝溶生、秦黌等唱和於林泉，
頗極友朋之樂〔註94〕。

<hr/>

袁子才喜贈〉。

〔註92〕 袁枚亦仕至中年而以母老乞歸，論詩首重性靈，與甌北合轍。

〔註93〕 《甌北集》卷三有〈尹制府幕中題袁子才詩册〉、卷四有〈次韻袁子
才見寄之作〉、卷二十三有〈題袁子才小倉山房集〉、〈再題小倉山房
集〉、卷二十五有〈西湖晤袁子才喜贈〉、〈與子才泛舟歸，其家妓正
倚湖樓，子才大有防客窺伺之意，詩以調之〉、〈再贈子才〉、卷三十
有〈子才過訪草堂，見示近年游天台……諸詩，流連竟夕喜賦〉、卷
三十三有〈子才到揚州，預索輓詩，戲和其韻……〉、卷三十五有〈留
別子才〉、卷三十七有〈寄壽子才八十〉等，不勝枚舉。

〔註94〕 《甌北集》卷三十九有〈公讌湘舲於未堂司寇第……〉、卷三十有〈未

堂、西巖……招陪松崖漕使集九峰園〉、卷三十五有〈味堂司寇招同
陳繩武郡丞讌集……〉、卷三十七有〈謝未堂司寇八十壽詩〉、卷四
十三有〈謝未堂司寇輓詩〉。

秦黌：《甌北集》卷二十八〈西巖前輩招飲話舊，再疊前韻賦贈〉、
又卷二十九有〈清明後二日，松坪前輩招同西巖、涵齋、棕亭湖舫
雅集〉、〈棕亭治具，招同西巖、涵齋、棕亭、再可爲湖舫之遊〉、卷
三十四有〈西巖前輩七十壽詩〉、卷三十五有〈春農寓張氏樗園……
招同未堂、西巖……諸同人讌集〉等。

張松坪，見《甌北集》卷二十八〈松坪前輩枉和前詩（同卷甌北自
樂儀書院移主揚州安定講席呈詩），次韻奉答〉、又卷二十九有〈松
坪於齋頭遍插芍藥，招同涵齋、棕亭、再可雅集即事〉、棕亭治具，
招同西巖、松坪、再可爲湖舫之遊〉、卷三十二〈松坪足生熱癭未癒，
近復火燒旁舍數間，詩以調之〉、卷三十四有〈壽松坪前輩七十〉、
卷三十六有〈松坪見余近詩，以爲不如舊作……書以誌愧〉、卷三十
七有〈張松坪輓詩〉等。

吳以鎮，見《甌北集》卷二十八〈吳涵齋前輩和儀簪二韻見贈，再
疊奉酬〉、又卷二十九有〈清明後一日，松坪前輩招同西巖、涵齋、
棕亭湖舫雅集〉、〈松坪……招同涵齋、棕亭、再可雅集即事〉等。

沈業富，《甌北集》卷二十九有〈公讌湘舲於未堂司寇第，自司寇以
下，西巖……既堂……皆詞館也……〉、卷三十有〈未堂……既堂……
招陪松崖漕使讌集九峰園……〉、卷三十六有〈到揚州，未堂……既
堂……連日邀作近局，詩以誌好〉、卷三十九有〈題沈既堂前輩載書
移居圖〉、卷四十五有〈到揚州，沈既堂前輩留飲話別……〉、卷四
十九有〈哭沈既堂前輩〉等。

蔣宗海，《甌北集》卷二十八有〈蔣春農同年別三十年，相見邦上，
話舊有贈〉、卷二十九有〈冬至前三日，未堂司寇招同鶴亭、方伯、
春農中翰，奉陪金圖少宰夜讌即事二首〉、卷三十有〈醉時歌贈春農
同年〉、卷三十五有〈春農寓張氏樗園……招同未堂、西巖……諸同
人讌集〉、卷三十八有〈蔣春農同年輓詞〉。

錢兆燕，見《甌北集》卷二十八〈贈金棕亭國博〉、卷二十九有〈題
棕亭見和長篇〉、〈棕亭治具，招同西巖、松坪、再可爲湖舫之遊〉、
〈清明前二日壽，菊士招同棕亭、再可……泛舟至平山堂即事〉等。

錢維喬，見《甌北集》卷三十三〈賀金竹初移新居，有林壑之勝〉、
卷三十七有〈題竹初爲袁趙二家息詞後〉、卷三十八〈竹初用導引之
術，面有少容……戲贈〉、卷四十四有〈竹初齋中，建蘭盛開，招同
立菴……讌集即事〉、〈竹初就醫於錫邑之張舍村，得詩八章，和其
二首〉、卷十四五有〈題竹初自述文〉、卷十八有〈錢竹初輓詩〉
等。

顧光緒，《甌北集》卷二十三有〈顧晴沙觀察由莊涼奏調入蜀辦軍

（三）李保泰　（1742～1812，字景三，號嗇生，江蘇寶山縣人，乾
　　　隆間進士）

　　甌北亦於揚州講學時結識李保泰，二人過從甚密〔註95〕。李氏
於詩、史、經學皆有深厚造詣，甌北之著作多曾經其過目訂正，尤以
《二十二史箚記》爲最〔註96〕。

　　李氏之生平，今可見之史傳多不詳，唯就甌北集、甌北詩鈔而可
知其梗概，由此亦可見兩人交契。

需⋯⋯以所著《響泉詩集》見貽、奏題二首〉、卷二十五有〈舟過無
錫，晤顧晴沙觀察⋯⋯〉、卷二十七有〈舟過無錫、再晤晴沙〉、卷
三十三有〈寄晴沙〉、卷三十九有〈顧晴沙選梁溪詩成，癉其舊稿⋯⋯
爲賦七古一首〉、〈顧晴沙輓詩〉等。

盧文弨，見《甌北集》卷三十五〈盧抱經學士以雍正壬子補弟子員，
今歲壬子又見諸生遊庠，作重逢入泮詩紀事，敬賀四律〉。

吳錫麒，見《甌北集》卷四十三〈吳大司丞穀人終養南回、枉過草
堂，卽席送別〉，並曾爲甌北《陔餘叢考》作序。

莊炘，見《甌北集》卷十一〈莊似撰上舍，吾鄉才士也，三獻賦報
罷，今來試京闈，又被黜落，於其出都也，詩以贈之〉、卷二十一有
〈莊似撰枉過草堂，有詩投贈，依韻奉答三首〉、卷二十四有〈莊似
撰銜恤歸里，相見之下，泫然有作〉、卷五十二有〈老友莊似撰官陝
三十餘年，荐升牧守，今年老致仕⋯⋯詩以寄答⋯⋯〉等。

錢琦，見《甌北集》卷三十二〈錢嶼沙方伯⋯⋯不知從何處見拙集，
謬如激賞，輒成四詩⋯⋯〉，卷三十三有〈哭錢嶼沙先生〉。

張若靄，見《甌北集》卷二十九〈過淮晤晴嵐，值其七十壽，賦詩
稱祝次章，兼訂平山堂之遊〉、卷三十有〈再晤晴嵐〉、〈再過淮上，
晴嵐留飲荻莊卽事〉、〈連日飲晴嵐家賦贈〉、卷三十二有〈晴嵐以余
六十，枉詩稱祝，次韻奉答〉等。

葉廷甲，見《甌北集》卷四十九有〈題葉保堂秀才補刻徐霞客遊記〉、
卷五十有〈葉保堂明經多購抄本吳書⋯⋯皆明末說部中所記⋯⋯〉、
〈贈保堂〉、〈和保堂甘露寺咏李德裕之作〉等。

〔註95〕　《甌北集》卷二十八有〈贈李嗇生郡博〉、卷三十三有「酬嗇生郡博
　　　　　見贈韻」、卷三十四有〈壽嗇生郡博五十初度〉、卷三十六有〈李嗇
　　　　　生郡博令孫周晬，適侍御王立人過訪⋯⋯〉、卷三十八有〈偕澂埜、
　　　　　嗇生宿高旻寺⋯⋯〉、卷三十九有〈題嗇生徐州勘災散賑詩卷〉、卷
　　　　　四十五有〈和嗇生別後見寄原韻〉、卷五十三有〈哭李嗇生郡博〉等
　　　　　詩。

〔註96〕　參見杜維運《趙翼傳》附錄十六。

（四）張雲璈　（1747～1829，字仲雅，浙江錢塘人，乾隆三十五年
　　　　舉人）、程拱（字春盧，浙江錢塘人）、張鳳舉

　　張雲璈、程拱、張鳳舉皆甌北後輩，而於甌北推崇備至〔註97〕。
張雲璈以甌北、袁枚之字號而名其書齋曰簡松草堂；張鳳舉與程拱則
曾繪〈拜袁揖趙哭蔣圖〉以示推服，傳爲一時佳話。

（五）洪亮吉　（1746～1809，字稚存，一字君直，號北江，更號更
　　　　生，江蘇陽湖人，乾隆五十五年進士）

　　乾隆四十九，甌北自西干村移居郡城顧塘橋，即與洪亮吉同居一
街，洪氏學術淵博，精於史地，嘉慶四年以言事遣伊犂，赦歸後，二
人遂成忘年之交，過從甚密〔註98〕。

（六）趙繩男　（1723～1803，字緘齋，江蘇武進人）、趙懷玉（1747
　　　　～1823，字憶孫，一字億生，號味辛，乾隆四十五年召試賜中
　　　　書舍人）

　　趙繩男爲甌北之姪，二人交誼頗厚〔註99〕，其子懷玉頗受甌北

───────────────

〔註97〕　參見《甌北集》卷三十二〈子才書來，有松江秀才張鳳舉，少年美
　　　　才，手繪拜袁揖趙哭蔣三圖……〉及卷三十五〈浙二子歌贈張仲雅、
　　　　程春盧兩孝廉〉、載於《甌北詩鈔》前之程拱奉〈答甌北詩〉、張雲
　　　　璈〈簡松草堂詩集序〉等。

〔註98〕　《甌北集》卷三十三有〈題洪稚存寒檠永慕圖〉、卷四十一有〈洪稚
　　　　存編修以言事遣戍伊犂，蒙恩赦回誌喜〉、卷四十二有〈稚存歸里賦
　　　　贈〉、〈題稚存《萬里荷戈集》〉、〈和稚存積雨見懷之作〉、〈雨後稚存
　　　　枉過，復出二詩見示、再次其韻〉、〈稚存謂古來牡丹詩少有作正面
　　　　文字者，戲成四首索和〉、〈偶有遺忘，問之稚存，輒錄示原委，老
　　　　夫欣得此行秘書矣……〉、卷四十三有〈與稚存相訂同遊金陵……〉、
　　　　卷四十四有〈送稚存寧國之遊〉、〈稚存往寧國時，曾約同遊黃
　　　　山……〉、〈竹初齋中建蘭盛開，招同……稚存、香遠讌集即事〉、〈聞
　　　　稚存百里賜環集再題〉、卷四十五有〈稚存自焦山歸，謂同人作詩，
　　　　無切定焦山者，余戲擬一首……〉、〈喜稚存歸戲贈〉、卷四十六有〈劉
　　　　松嵐觀察……茲過常州，……偕稚存來晤……〉、〈戲簡稚存〉〈稚存
　　　　答詩，嫌百年太少……〉、〈稚存見題賤照〉、卷五十一有〈哭洪稚存
　　　　編修〉等。

〔註99〕　《甌北集》卷三十二有〈同鄉蔣立菴、余佩珩……家緘齋諸人爲余
　　　　洗塵，置酒雲窗閣〉、卷三十五有〈新春招程霖巖……家緘齋小集〉、

之鍾愛〔註100〕，趙懷玉曾爲《甌北集》作序，更編有《甌北年譜》。

（七）舒位　（1765～1815，字立人，又字鐵雲，河北大興人，乾隆
　　　五十三年舉人）

　　甌北長於舒位三十八歲，二人亦師亦友。《甌北集》雖未見與舒位酬酢之作，然甌北曾爲其《瓶水齋詩集》作序，集中亦有與甌北往來之篇章〔註101〕，可見二人殆曾晤面論詩。

（八）孫星衍　（1753～1818，字伯淵，號淵如，江蘇陽湖人，乾隆
　　　五十二年進士）

　　孫星衍爲甌北詞館後輩，更有同里、姻聯之誼〔註102〕，博極群書，又精於金石考據，與甌北亦時相往來〔註103〕。

（九）駱綺蘭　（字佩香、號秋亭，龔世治室，江蘇句容人）、歸佩
　　　珊、沈在秀（字岫雲）

　　駱綺蘭爲袁枚、王文治之女弟，訛書史，好吟咏，有《聽秋軒詩集》；歸佩珊則以其《繡餘集》乞序於甌北；沈在秀亦能詩，有《雙

〈是日（上元後三日）招同立菴、織齋同集……〉、卷四十二有〈三
月二日，織齋作海棠之會，卽席索同人和〉、卷四十五有〈哭織齋姪〉
等。

〔註100〕《甌北集》卷二十六有〈億生獻賦，行在召試入等，得官中書舍人，
詩以寄賀〉、卷二十七有〈億生乞假南歸，京華故人程葺園……俱
寄聲存問……〉、〈億生以其先高祖恭毅公中丞世德詩冊屬題，敬書
二律於後〉、卷三十五有〈送億孫入都補中書〉、卷四十三有〈送味
辛族孫赴青州司馬任〉、卷四十六有〈味辛銜恤歸，泊舟袁浦，爲
他舟觸破……稚存作詩相慰，余亦次韻〉、卷四十七有〈味辛自松
江歸，述菴侍郎、珮珊女史俱寄聲存問……各寄謝一首〉、卷五十
一有〈是日味辛治具，肴饌極精……〉、卷五十三有〈送億生赴闕
中書院〉等。

〔註101〕舒位《瓶水齋詩集》卷十二有〈奉和趙甌北先生八十自壽詩原韻八
首〉、卷十三有〈與甌北先生論詩，並奉題見貽續詩鈔後〉，卷十四
之〈依韻奉和甌北先生重宴鹿鳴詩〉四首之二更曾注云：〈上春曾
謁公於里第〉。可見二人必曾晤面論詩。

〔註102〕見《甌北集》卷首，孫星衍所撰之〈趙府君墓誌銘〉。

〔註103〕《甌北集》卷四十三有〈遊孫淵如觀察園亭，愛其松石秀正，欲題
詩岕壁……〉、〈偕孫淵如、汪春田兩觀察游牛首山〉等。

清閣詩本》；三人俱與甌北有酬酢往來〔註104〕。

（十）方外之士

　　甌北歸田之後，時而雲遊各地名山勝景，屢有與高僧論詩談佛、讌集賞花之作，如僧達澄、練塘、竹濤、清涼上人、了凡禪師、借月和尚等，皆與之往來〔註105〕。

〔註104〕　參見《甌北集》卷三十五〈題岫雲女史雙清閣詩本〉、卷三十八〈題女史駱佩香聽秋軒詩集〉、〈再題佩香秋燈客女圖〉、卷三十九〈素食招夢樓、佩香小集寓齋〉、卷四十〈佩香女史聞余至，折簡枉招……〉、〈佩香疊韻索和，再次奉酬〉、卷四十一〈題歸佩珊繡餘集卽寄〉卷四十二〈巨超將歸，托寄京口佩香女史〉、卷四十三〈佩香女史新梁小園，戲題祈壁〉、〈京口同佩香女史遊招隱寺……〉、卷四十七「味辛自松江歸，述菴侍郎，佩珊女史俱寄聲存問，并知佩珊能背誦拙詩，如瓶瀉水，各寄謝一首。

〔註105〕　達澄（字如鑑，號古光，上元人），住瓜洲高旻寺二十年，竹濤上人為其弟子；清涼上人，亦為高旻寺僧；達瑛（字慧超，號練塘）主席棲霞，能詩書；清恆（字巨超，號借菴，桐鄉人），主焦山定慧寺，最工於詩。可參見《甌北集》卷二十八〈贈了凡禪師〉、卷二十九〈贈了凡〉、〈招菅松崖漕使、王夢樓前輩、了凡禪師重寧寺齋……〉、卷三十五〈遊高旻寺贈清涼上人〉、卷三十六〈遊焦山贈巨超、練塘兩詩僧〉、卷三十八〈高旻寺鑑公房夜看牡丹戲〉、卷三十九〈鈔關門放舟至高旻寺，訪鑑公練塘〉、卷四十有〈棲霞訪竹濤上人不值，留贈〉、卷四十一有〈泊高旻寺，鑑公邀遊放生河別業，時練塘、竹濤兩詩僧皆居此〉、〈放生河戲贈練塘、竹濤二上座〉、卷四十二有〈詩僧巨超自焦山過訪，枉詩投贈，兼惠嘉蔬，次韻奉答〉、卷四十三〈題借菴詩僧小照〉、卷四十四〈借月和尚以其名乞詩戲贈〉、卷四十五〈巨超、練塘兩詩僧自焦山過訪，枉詩投贈〉、〈留題巨超寺壁〉、卷四十八〈僧了凡衣狐裘，大有衒耀寒儒之意，詩以調之〉諸作。

第二章 趙甌北之時代背景及立言大業

文學乃時代精神之反映，欲明甌北之詩學見解，便不可不先考其當代之政教風俗，茲就其所處之時代環境綜述如后：

第一節 恩威並馳之政治措施

一、軍事方面

清初康、雍二朝為鞏固政權，除對內鎮壓之外，亦不斷對外用兵以開疆拓土。至好大喜功之乾隆，舉兵益勤，而有所謂之「十全武功」：初定金川第一，初定準葛爾第二，再定準噶爾第三，平定回部第四，再定兩金川第五，平定台灣第六，平定緬甸第七，平定安南第八，初定廓爾喀第十。

所謂「一將功成萬骨枯」，乾隆對外用兵，雖有擴充版圖、統一全國之功，然而連年征戰，所費不貲，於物力民生可謂有百害而無一利，是以乾隆在位六十年間，實亦清代由盛轉衰之關鍵。

甌北自入直軍機起，四度扈從木蘭出塞，十全武功中，平定緬甸、臺灣之役，甌北均頗有擘劃之功，塞外鴻濛風光與戎馬生活體驗，於甌北之視界則頗有推擴之助。

二、政經方面

滿清入主中原後，安內攘外之軍事武功、制度釐定，實多賴漢人之力。清廷雖亦標榜「公溥之心，毫無畛域」、「用人之際、量能授職」〔註1〕，實則具有強烈之種族偏見。授官之際，漢人多職輕而事繁，滿人則位高而權重，漢人縱有開疆拓土、運籌帷幄之汗馬功勞，或卓具政績之清廉吏治，亦皆難獲朝廷之信任而予實質之獎勵。

在朝之漢吏既未能握有實權，駐守地方者，朝廷亦恐其坐大而時加輪調，是以有志之士縱能摒除種族歧見而投身科舉，亦終鬱鬱於仕途之多蹇；覷破清廷用人政策之後，遂率相遁隱山林、潛心著述，既可藉翰墨留名青史，亦不失為功成身退的明智之舉。乾嘉時期，史學家錢大昕、王鳴盛、盧文弨；文人墨客如袁枚、蔣士銓、姚鼐等，皆仕至中年而毅然歸隱，可知此高蹈思想實其來有自，毋怪乎甌北於廣州讞獄舊案，吏議降級之際，亦毅然抽簪歸里。

三、學術方面

滿清入主中原後，為統治臣民、安定反側，遂採高壓懷柔並行之策以遏止漢人排滿。反映於學術者，一則大興文字獄以箝制思想，一則提倡文學、表彰儒術。〔註2〕

清初康、雍、乾三朝皆有株連甚廣之文字獄〔註3〕，文網之嚴密，對士子自然頗具恫嚇之效；加以對王學末流空言心性之反動，是故明哲保身者或埋首於黷經訂史、金石考據；或箪精於吟風弄月、歌功頌德，清代之學術風氣逐漸步向重考據、訓詁之途。

清廷除大張文網以羅織異已外，亦藉弘獎風流、嘉惠後學為名而

〔註1〕 見王先謙編《東華續錄》，轉引自王師建生所著《趙甌北研究》上冊，頁374。

〔註2〕 參見吳宏一著《清代詩學初探》（台北：學生書局，民國75年）第一章第一節〈政治環境的影響〉。

〔註3〕 同註1，頁365～372。

開博學鴻詞科以延攬才士，並屢舉特科以牢籠士子，更開四庫館修書，以勤編典籍爲名而行其銷毀禁書之實〔註4〕。爲箝制言論，此評時政之黨社一律禁止；然若純爲學習制藝、以文會友之社盟則不甚干涉〔註5〕，於是各地詩社林立，文人於詩酒流連、分題吟咏之餘，常相互品評以資笑樂，或摘其篇章、詳其姓氏而彙爲一編〔註6〕，不僅鼓動譚詩論藝之風氣，亦促成撰著詩話之盛行。

而詩風之盛行，又不僅止於民間，如康、雍、乾、嘉四朝，皆以帝王之尊而雅愛詞章，王侯公卿士大夫間亦迭相唱和，所謂「上之所好者，下必有甚焉者」，踵步其後之附庸風雅者遂益夥。故上至宮庭臺閣、文人才士，下至販夫走卒，引車賣漿者流，多能爲詩；非唯量多，亦流傳頗廣。

清廷之高壓懷柔政策，原是以崇文右學之名而行其箝制思想之實，然亦因而促成學風之轉變，並提高文學之地位、帶動詩風之盛行。

第二節　乾嘉詩壇概述

由於康、雍、乾以來之優禮詩人、酬獎詩學，進而以詩取士、詩學政教化，是以促成乾嘉詩風盛行，彌漫宇內。詩風既盛，詩作自多，詩人挺出之際，遂因好尚不同、取捨各異，而有門戶派別之分。

一詩派之形成與勃興，自不外乎時代環境之影響與前人基礎之傳承。乾嘉詩學之所以蔚爲大觀，明代前後七子之擬古主義及公安竟陵之反動、清初擬古主義與擬古主義之餘波實爲其前導，然本節重心所在，則以乾嘉詩壇之各派別爲主，藉以了解甌北之詩學背景，是以於其前驅遂不贅述。〔註7〕。

〔註4〕同上，頁 375～375。
〔註5〕同註2，參見第一章第一節第三目〈禁止結社〉。
〔註6〕同註5。
〔註7〕明清詩學概況，可參見吳宏一《清代詩學初探》及何石松《乾嘉詩

一、格調說

　　乾嘉詩壇格調說之代表人物爲沈德潛。沈氏因不滿明代前後七子字摹句擬，迹近剽竊之格調論，亦欲遏止清初虞山詩派馮班、吳喬等人競尚中晚唐所造成之淫靡詩風，並欲濟王士禎神韻說空寂之弊，遂標舉新「格調」論，主張「高古宛亮」、「格古調逸」之詩風。其論詩見解可歸納：

（一）詩以載道

　　錢氏認爲詩雖本乎性情，然須「關乎人倫日用，及古今成敗興壞之故者，方可爲存」〔註8〕，動輒作溫柔鄉語者，最足害人心術，蓋詩本六籍之一，王者以之觀民風、考得失，非爲艷情而發也」〔註9〕，因此主張詩當以載爲道主，貴能宣揚教化、反映社會現實。

（二）重比興、言詩法

　　沈氏因倡詩教，故論詩重比興而主寄託，認爲「詩之爲道也，微言通諷諭，大要援比譬彼，優游婉順，無放情竭論，而人徘徊自得於意言之餘」〔註10〕、「事難顯陳，理難言罄，每託物連類以形之……、每借物引懷以抒之……」〔註11〕。亦卽詩歌須藉比興以達難顯之情，鑑賞亦須藉之以優游涵泳，方有會心。

　　爲明比興，沈氏又提出「先審宗旨、繼論體裁、續論音節、續論神韻」〔註12〕之漸近詩法，然而「所謂法者，行所不得不行，止所不得不止，而起伏照應、承接轉換，自神明變化於其中」〔註13〕，亦卽雖言法而不得死守拘泥。

（三）才學相濟

　　　　學初探》（文化中研所碩士論文，民國72年）第二章一、二節。
〔註8〕見沈德潛〈清詩別裁凡例〉。
〔註9〕見沈德潛《說詩晬語》卷下。
〔註10〕見《歸愚文鈔》卷十一〈施覺菴考功詩序〉。
〔註11〕見《說詩晬語》卷上。
〔註12〕見〈重訂唐詩別裁集序〉。
〔註13〕見〈唐詩別裁凡例〉。

　　沈氏以爲「嚴儀卿有『詩有別才，非關學也』之說，謂神明妙悟，不專學問，非敎人廢學也」〔註14〕、「夫天下之物、以實爲質、以虛爲用，⋯⋯洵乎虛足以用實，而學人之學，非才人之才無以善之也」〔註15〕，亦卽資質固由天授，然古人所以能神明其業者，未有不自強學而得也；若能根柢於學，則本原醇厚，繼出之以性情之和平，便能卓然自成一家言，故力主才學相濟，以立詩品。

　　沈氏之格調說，上爲高宗所賞，下爲群賢所效，宗尚者甚眾，其同調計有李重華，恒仁，吳中七子：王旭、錢大昕、王鳴盛、趙文哲、吳泰來、曹仁虎、黃文蓮，以及汪師韓、黃子雲、宋子樽、吳騫、秦朝紆、徐熊飛、朱庭珍、潘德輿、陳偉勳、鄔啓祥、鄔以謙、郭兆麒等〔註16〕。

二、性靈說

　　乾嘉詩壇聲氣最廣者，首推袁枚所標舉之性靈說。袁氏認爲詩之用，可言情、可抒懷、可咏史、可說理、可敘事，是以王士禛神韻說「才本清雅、氣少排奡」〔註17〕，僅爲詩中一格；沈德潛格調說專主載道，實則溫柔敦厚僅詩敎之一端，不必篇篇如是，且「有性情卽有格律，格律不在性情之外」〔註18〕，復不滿同時翁方綱肌理說之以考據、學問入詩〔註19〕，故遠宗楊萬里「風趣專主性靈」之論，近承公安「獨抒性靈、不拘格套」之說而自成一理論系統。其主張大抵爲：

（一）詩以性情爲主

　　袁枚認爲人必先有芬芳悱惻之懷，而後有沈鬱頓挫之致，是以詩

〔註14〕　見《說詩晬語》卷下。
〔註15〕　同註10，卷八〈汪茶圖詩序〉。
〔註16〕　參見吳宏一《淸代詩學初探》第六章第二節〈格調說之後繼〉及何石松《乾嘉詩學》第三章第一節〈格調說之影響〉。
〔註17〕　見《隨園詩話》卷一。
〔註18〕　同上。
〔註19〕　詳見下文。

貴於能有眞性情。而情之最先，莫如男女，是以作詩不以豔情爲忤。至於格調，乃後天空間架，有性情便有格律，格律不在性情之外，且「多一分格調者，必損一分性情也。」〔註20〕

（二）尚才情而不廢學力

袁枚論詩雖主性情，然卻不因而忽視後天之學力，主張「詩有從天籟來者，有從人巧得者，不可執一以求。」〔註21〕，是以於修辭、音節、用典、學古等皆不偏廢，唯須能「入乎其內」，又能「出乎其外」，亦卽「詩宜朴不宜巧、然又必須大巧之朴；詩宜淡不宜濃，然必須濃厚之淡」〔註22〕，所追求者乃絢爛復歸於平淡之極詣。

（三）不貴古賤今

袁枚認爲詩既以性情爲主，則分唐界宋實屬無謂之爭，「唐宋者，帝王之國號，人之性情豈因國號而轉移哉？」〔註23〕，是以詩只論工拙而無分今古。「卽三百篇中頗有未工不必學者，不徒漢晉唐宋也。」〔註24〕，格律雖莫不備於古，而學者宗師自有淵源，且性情際遇人人各異，是以毋須貌古而襲之、畏古而拘之，蓋平時宜兼收而並蓄，待落筆則相題行事，力不囿於一偏也。

簡而言之，性靈說之內涵，就內容言卽以眞性情爲主；就表現形式言，卽靈妙之寫作技巧〔註25〕。由於此派學說較少拘忌束縛，是以「貴遊及豪富少年，樂其無檢」〔註26〕，一時天下爲之披靡。堪稱其羽翼者，殆有與袁氏並稱乾隆三才子之趙翼、蔣士銓，以及章學誠、洪亮吉、黃景仁、王曇、孫原湘、舒位、張問陶、程晉芳、吳富梁、

〔註20〕 見《小倉山房文集》卷二十八〈趙雲松甌北集序〉，亦載於《甌北集》、《甌北詩鈔》前。
〔註21〕 同註9，卷四。
〔註22〕 同上，卷五。
〔註23〕 同上，卷六。
〔註24〕 見《小倉山房文集》卷十七〈答沈大宗伯論詩書〉。
〔註25〕 見吳宏一《清代詩學初探》，第七章第一節，頁221。
〔註26〕 同上，頁215。

楊芳燦、何南園、李調元、袁潔、及隨園女第子席佩蘭、歸珮珊、陳淑蘭等。〔註27〕

三、肌理說

　　繼性靈說之後，鎔裁神韻、格調而正本探源、影響清季詩壇至鉅者，則爲翁方綱之肌理說。翁氏認爲以神韻及格調論詩本可無所不賅，非一家、一時、一代所能概也，而王士禎與明代前後七子、沈德潛諸說則過於狹隘，是以翁氏乃遠宗滄浪之「妙悟」、近取王漁洋「悟入」及明前後七子「熟參」諸說而拈出「肌理」一派。其見解大抵爲：

（一）重學而言法

　　翁氏深受乾嘉徵實學風之影響，是以論詩主黃庭堅「詩詞高勝要從學問中來」〔註28〕及「以古人爲師，以質厚爲本」之說〔註29〕，認爲「唐詩妙境在虛處，宋詩妙境在實處。……宋人之學全在研理日精、觀書日富，因而論事日密。」〔註30〕，是以爲詩亦然，必有學術根抵方不致泛濫，而「考訂詁訓之事與詞章之事，未可判爲二途」〔註31〕、「士生今日，經籍之光、盈於宇宙，爲學必以考證爲準，爲詩必以肌理爲準」〔註32〕。

　　至於作詩之法，則須兼顧「正本探源」、「窮形盡變」二大極則。前者係就內容言，主「由性情而合之學問」；後者則就形式言，亦卽反因襲而力求變化。〔註33〕

〔註27〕 同上，第七章第二節〈性靈說之反響〉。另可參見何石松《乾嘉詩學初探》，第三章第二節第三目〈性靈說之影響〉。
〔註28〕 胡仔《苕溪漁隱叢話前集》卷四十七引。
〔註29〕 同註17，頁245。
〔註30〕 見翁方綱《石洲詩話》卷四。
〔註31〕 見翁方綱《復初齋文集・蛾術篇序》。
〔註32〕 同上，〈志言集序〉。
〔註33〕 同註17，頁247。

（二）鎔裁神韻、肌理諸說而抑性靈

翁氏曾云：「格調神韻皆無可著手也，予故不得不近而指之曰肌理」〔註34〕，是以郭紹虞「肌理說」一文即指出翁氏學說之內涵，大抵可分文理之理、義理之理二端：由義理之理言，所以藥神韻之虛，因爲此乃正本探源之法。由文理條理之理言，又所以藥格調之襲，因爲此又爲窮形盡變之法。由於翁氏論詩重質實、主學問，是以與袁枚重性情、主靈機之見解大相逕庭，二派門戶各立，相互抗衡。〔註35〕

翁氏肌理說不僅深受當時徵實學風之影響，其與桐城派合義理、辭章、考據以論學，倡言義法之說亦頗契合，是以二派間實相互影響〔註36〕。故其同調及影響所及者，除翁氏弟子梁章鉅、張維屛，粵東諸子：黃培芳、譚敬昭、馮敏昌、黎簡、宋湘、呂堅、張錦芳、黃丹書等，王侐、馬桐芳、劉熙載、施補華、陽湖派惲敬、張惠言、許印芳、陳衍外，尚包括桐城弟子郭𪩘、方東樹、何紹基、林昌彝等。〔註37〕

乾嘉詩壇勢力較龐大者，除上述格調、性靈、肌理諸說外，尚有聲調說、浙派詩說等，亦值得一述。聲調說以趙執信爲主，趙氏以爲詩之爲道，固非聲調之所能盡，然不嫺聲調者，亦難識優游涵泳之味、抑揚頓挫之功，故撰《聲調譜》以發其秘，一時言聲調者洶奉爲圭臬。此外，如翁方綱、潘德輿、梅曾亮等亦宗其說。浙派詩說肇始於清初朱彝尊，歷經吳之振、查愼行，至乾隆初則有厲鶚、杭世駿等起而振之，爾後則有吳錫麒，錢載等〔註38〕。此派論詩之特色殆爲：主學問、

〔註34〕同註23，〈仿同學一首爲樂生別〉。
〔註35〕參見郭紹虞《中國文學批評史》（台北：文史哲出版社，民國71年）下卷第五篇第五章〈肌理說〉，頁1063。
〔註36〕同註25，參見第八章第一、二節。
〔註37〕同註25，第八章第二、三節。另可參見何石松《乾嘉詩學初探》第三章第三節第三目〈肌理說之影響〉。
〔註38〕參見吳宏一《清代詩學初探》第五章第一節第一目〈浙派〉。

宗宋詩、重鍛鍊、精考據等〔註39〕。除此之外，尚有不專主一家、不成一派而博觀約取、泛采眾說者，如紀昀、錢陳群、法式善、陳文述、黃承吉、焦循、惠棟、錢泳等〔註40〕，是以當時詩壇實堪稱揚波鼓盪、漪歟盛哉！

第三節　甌北歸隱之志及其著述動機

甌北之學術成就，係於歸隱林泉之後而臻於高峰〔註41〕，然而此學而優則仕、慨然有康濟天下大志之儒者，何以甘於隱遁江南、殫精著述？甌北之詩作，時而流露出此等獨善其身與兼善天下之矛盾，而其人生閱歷之拓展，以及對於功名利祿之價值觀，更對其創作理念及評騭詩人、史實之標準深具影響，是以本節乃以其時代背景為經，生平際遇為緯，試作探究以窺其端倪。

一、出身江南之正負面影響

所謂地靈人傑，江南之山明水秀、物富民豐，不僅提供文人雅士詩酒流連、縱筆歌咏之風景形勝，亦相對造就不少驥驣之才。

出身江蘇常州陽湖之甌北，除家學淵源之涵養外，自不外乎鍾靈毓秀之地利陶冶。是時藏書之富與刻書之盛，首推江浙，江蘇更居清代科舉人數及排名先後之魁首〔註42〕。然亦正因此人文環境而予甌北平步青雲之志致命一擊。乾隆二十六年殿試，甌北原已掄魁在望，卻以一道「江浙多狀元，無足異；陝西則本朝尚未有，今王杰卷已至第三，即與一狀元，亦不為過」之聖旨，由狀元屈居探花郎。

六年之愉悅翰林生涯後，旋即領郡出守、從軍滇徼，縱使襄贊軍務有功，亦不過擢為知府任用。甌北素不喜作外吏，況案牘之勞形，

〔註39〕　參見何石松《乾隆詩學初探》，第四章第一節〈乾嘉詩學之其他詩說〉。
〔註40〕　同上。
〔註41〕　詳見本文第三章第二節。
〔註42〕　參見王師建生所著《趙甌北研究》，上冊，頁21～22。

實頗有牛刀小試之憾！授爲廣西兵備道不久，旋因廣西讞獄舊案被劾降級，清廷之「以漢治漢」政策，於甌北可謂應用無遺。

宦轍縱使可拓詩境，然外吏之案牘勞形、戎馬奔波及仕途之多蹇，早已使得甌北心灰意冷。回想當年旅食京華，爲人捉刀渡日；而後扈從出塞、效命沙場；先後六度會試，終得艱難一第；原以爲至此如躍龍門，孰料宦海仍有風波之險！

早年之京華交游，甌北與趙文哲、蔣士銓已有偕隱之約〔註43〕，迨奉詔領郡出守，奏辭不得，遂悵吟「生平恥乞郡，忽作鎮安守」〔註44〕而鬱鬱出都。擢貴西兵備道之際，復乞歸養而不得，遂檢歷年宦囊之所餘，付弟陽湖買地，築室以待。至讞獄失察遭劾，甌北遂毅然抽簪而乞歸侍母。當年「苦爲求名久滯留，頻年拋卻故園秋」〔註45〕之年少豪情早已不復存在，如今只空餘「老境逼來將白髮，宦途盡處是青山」〔註46〕之滿腹辛酸！故解官歸養，既可全孝思，亦無異於得其懸解。

二、乾嘉之際，歸隱著述蔚爲風氣

由於清初對王學之反動、清廷之種族歧視、文獄繁興，遂使得清初之學風漸趨轉變。而士子爲求全避禍，多窮經研史或沉潛於金石考據之學；問鼎功名者，亦多於中年抽簪而返，潛心著述，如錢大昕、王鳴盛、盧文弨、蔣士銓、姚鼐等，或有感於宦海之浮沈，或欲全終養之思，率皆高蹈林泉而致力於立言大業。甌北受同僚、詩友之影響，自然亦有遠離溷塵之念。及至黃粱夢醒，終悟「好官自有人，豈必某在斯」、「書有一卷傳，亦抵公卿貴」〔註47〕之理，遂秉「一枝生花筆，

〔註43〕 《甌北集》卷十五附趙文哲詩，有「息壤空留青山好（在京）時，有買張氏青山莊，分宅偕隱之約」云云；卷十七附蔣士銓寄甌北詩，亦有「故人日頹唐，行且還桑梓，待君買山資，誓約休如水」之謂。
〔註44〕 同上，卷十四〈何坦夫州牧內遷刑曹，余亦有滇行，詩以誌別〉。
〔註45〕 同上，卷三〈南歸〉。
〔註46〕 同上，卷二十一〈歸過卽事〉。
〔註47〕 同上，卷二十三〈偶書〉。

滿懷鏤雪思」〔註48〕，而將歷來之所聞見，一一付諸於筆端。

　　甌北傳世之作，計有《陔餘叢考》四十三卷，《皇朝武功紀盛》四卷，《二十二史箚紀》三十六卷、《補遺》一卷，《簷曝雜記》六卷，《甌北集》五十三卷，《甌北詩鈔》二十卷，《甌北詩話》十二卷〔註49〕，依其性質可分三大類：

〔註48〕同上，卷二十四〈書懷〉。

〔註49〕據筆者所考，甌北傳世之著作，今可見之版本如下：

　　1.　《二十二史箚記》：

　（1）三十五卷、補遺一卷、序一卷、目錄一卷

　　　　清嘉慶年間湛貽堂刊《甌北全集》本，現存台北故宮圖書館。

　　　　清光緒二十年廣雅書局刊本，現存於台灣師範大學。

　　　　清光緒二十年壽考堂刊本，現存國圖台灣分館。

　　　　民國後：中華書局聚珍仿宋本，現存中研究史語所傅斯年圖書
　　　　　　　　館。　世界書局中國學術名著第一輯、史學名著第一、
　　　　　　　　二、三集合編。　廣文書局校點本。　藝文印書館叢
　　　　　　　　書集成簡編（據廣雅書局本影印）。　華世出版社，杜
　　　　　　　　維運校證補編本。　仁愛書局校證本。　新文豐出版
　　　　　　　　社叢書集成新編本。

　（2）三十七卷

　　　　民國後：商務印書館國學基本叢書本。

　　2.　《陔餘叢考》：

　（1）四十三卷

　　　　清乾隆五十六年刊本，現存國圖台灣分館、台大（文圖）。

　　　　清嘉慶年間湛貽堂刻《甌北全集》本，現存台大（文圖、研圖）、
　　　　中研院史語所傅斯年圖書館。

　　　　民國後：世界書局中國學術名著第二輯，讀書箚記叢刊第一集。
　　　　　　　　新文豐出版社叢集成新編本。

　　3.　《皇朝武功紀盛》：

　（1）四卷

　　　　清嘉慶四年，桐川顧修刊讀書齋叢書本。

　　　　清乾隆五十七年湛貽堂刊《甌北全集》本，現存國圖台灣分館、
　　　　台大（文圖、研圖）、東海大學古籍室。

　　　　清乾隆年間南匯吳省蘭聽彝堂刊藝海珠塵本。

　　　　民國後：藝文印書館百部叢集成（據讀書齋叢書本影印）。　新
　　　　　　　　文豐出版社叢書集成新編本。　文海出版社影印湛貽
　　　　　　　　堂本

　　4.　《簷曝雜記》：

一、辨證考據：《陔餘叢考》。

二、詩作、詩評：《甌北集》、《甌北詩鈔》、《甌北詩話》。

三、史學著述：《二十二史箚記》、《皇朝武功紀盛》、《簷曝雜記》。

詩歌創作，係甌北言情道志之充分體現，詩話則以唐宋元明清諸
大家爲評騭對象，至於辨證考據及史籍著述，則深受乾嘉學風之影
響。何石松《乾嘉詩學初探》有云：

> 綜觀乾嘉學者，惠棟、戴震領袖吳、皖二派，專攻經學外，
> 羽翼之者，如紀昀、王昶、錢大昕、畢沅、翁方綱等：研
> 究經學；復精於詩學，畢沅、錢大昕、王昶，皆從沈德潛
> 游，主格調說；翁方綱主肌理說；博於經，又及於史之章

（1）四卷
　　清嘉慶年間湛貽堂刊《甌北全集》本，現存台大（文圖、研圖）、
　　中研院史語所傅斯年圖書館。
　　日本文政十二年日本刊本、現存東海大學古籍室。

（2）六卷
　　版本不詳，現存國圖台灣分館。

5.《甌北集》：

（1）五十三卷
　　清嘉慶年間湛貽堂刊本，現存台大（文圖、研圖）、中研院史語
　　所傅斯年圖書館。

6.《甌北詩鈔》：

（1）十九卷
　　清同治十三年，舊學山房重刊本，現存東海大學古籍室
　　民國後：商務印書館國學基本叢書本。

（2）二十卷
　　清嘉慶年間湛貽堂刊《甌北全集》本，現存台大（文圖、研圖）、
　　中研院史語所傅斯年圖書館。

7.《甌北詩話》：

（1）十卷
　　清嘉慶年間湛貽堂刊《甌北全集》本，現存東海古籍室，中研
　　院史語所傅斯年圖書館

（2）十二卷
　　日本文政十一年玉嚴堂刊本，現存台大（文圖、研圖）。
　　民國後：廣文書局古今詩話叢編本。　木鐸出版社霍松林校點
　　本、郭紹虞《清詩話續編》本。

　　學誠，頗不滿袁枚之性靈說；博於經史、兼及詩文之趙翼、
　　洪亮吉，一則力詆袁枚，由是可知，經學名家雖不必以詩
　　學名，然詩學名家則多必爲明經之士〔註50〕

是時之樸學，大抵以經學研究爲主體，旁及於小學、史學、音韻、地
理、校勘、目錄，甚至影響及詩壇〔註51〕。而詩人於言情道志之外，
亦多博學淹貫，通有數能。甌北一生交游甚廣，其中如袁枚、蔣士銓、
王文治、翁方綱等皆以詩鳴而各有特色，甌北與其譚詩論藝、酬唱往
來之際，自不免略受影響。此外，受知汪由敦，文史造詣精進不少；
王鳴盛《十七史商榷》、錢大昕《二十二史考異》，於甌北之撰著《二
十二史箚記》更深具影響力。再則，謝啓崑、彭元瑞、劉鳳誥之切磋、
李保泰之襄助，於《箚記》之成書亦是功不可沒。

　　是故甌北之毅然歸隱、潛心著述，實深受時代背景、學術風氣、
交游切磋之長足影響。

〔註50〕見《乾嘉詩集初探》第一章第二節〈乾嘉之學風〉。何氏論乾嘉考據
　　　　學風影響甚大云云，誠爲確論，然指趙翼與洪亮吉，「一則力詆袁
　　　　枚」，此則有待商榷。按甌北之詩學見解，與袁枚大抵無異，唯頗受
　　　　考據學風之影響，且較富於史識，屢援史以證詩、因詩以證史。至
　　　　於戲述袁枚遊蕩之跡而作詞控於巴拙堂太守，指其爲「風流班首」、
　　　　「名教罪人」，實乃二人交密所致，且甌北晚年詩風愈趨詼諧，遂有
　　　　此遊戲文字。控詞所羅織之事，雖屬不虛，然甌北殆欲寓諷於謔耳，
　　　　尚不致「力詆」之。若夫洪亮吉之詩學觀，亦與袁枚有同有異，可
　　　　參見吳宏一《清代詩學初探》，第七章第二節〈性靈說之反響〉。
〔註51〕乾嘉考據學風於學術思潮之影響，另可參見梁啓超《清代學術概論》
　　　　及吳宏一《清代詩學初探》第一章第三節。

第三章 趙甌北之詩歌創作

第一節 《甌北集》與《甌北詩鈔》

　　藉詩歌以言情道志，常能收言近旨豐、諷一勸百之效，甌北既秉立言以不朽之堅定信念而勤於著述，又具深厚之學殖以供其左抽右旋，遂亦多藉詩歌以表達其情感、理念。生平所作詩歌近五千首，不僅產量於清代詩壇名列前茅，其內容亦多有可觀。生前曾分別編印《甌北集》、《甌北詩鈔》二種〔註1〕。

　　《甌北集》共五十三卷，係依年代編次，起自乾隆十一年，迄於嘉慶十六年，計有詩作四千八百一十首，分列如后：

詩體＼數量	三言	五言	六言	七言	五七雜言	八言	九言	小計
古　詩	1	463	0	340	10	5	1	820
律　詩	0	457	2	2001	0	0	0	2460
絕　句	0	41	7	1482	0	0	0	1530
總　計	1	961	9	3823	10	5	1	4810

〔註1〕 嘉慶十七年，湛貽堂刻《甌北全集》，內有《二十二史箚記》三十六卷、《補遺》一卷；《陔餘叢考》四十三卷；《甌北集》五十三卷；《皇朝武功紀盛》四卷；《簷曝雜記》六卷；《甌北詩鈔》二十卷；《甌北詩話》十二卷。爲現存《甌北全集》之最完整刊本。下文所引之甌北著作，除詩話採郭紹虞之《續清詩話》本外，餘皆以湛貽堂刊本爲主。

　　甌北詩作之付梓，大抵自乾隆二十二年二月起，至嘉慶年間止，內容迭有增添。據卷首〈汪由敦序〉，名之曰「甌北初集」，成於乾隆二十二年二月；乾隆四十二年〈蔣士銓序〉，稱付梓詩作二千首；乾隆五十年夏，王鳴盛序亦稱該集係歸田以來，編刻所為詩二千篇；同年秋〈翁方綱序〉稱該集共二十七卷；〈祝德麟序〉則云《甌北集》初刻二十四卷，其後三年，甌北復益以近稿三卷郵寄予之校讐；至乾隆五十六年李保泰與張舟之〈甌北詩鈔跋〉，均指是時所傳者乃三十三卷本，可見《甌北集》殆於乾隆二十二年左右首度問世，四十二年以降則增為二十四卷本，五十年起又有二十七卷本印行，至五十六年之前又增為三十三卷本，迨嘉慶年間則已有五十三卷之夥！

　　由於甌北集係隨年編次，古今體散布，參差錯出，難使各體精神一一顯露，甌北遂從諸友人之議，并交由張舟校訂、李保泰協編，刪存舊刻十之五六，分體重編，名曰《甌北詩鈔》。書初成於乾隆五十六年，書中並附載袁枚、祝德麟、李保泰、張舟之評語，以誌一時之詩文交契，兼醒讀者之眉目。全書分五言古、七言古、五言律、七言律、絕句，計有：

古　　詩	律　　詩	絕　　句
五言：254 首	五言：268 首	五言：23 首
七言：210 首	六言：1 首	六言：8 首
	七言：917 首	七言：689 首
小計：464 首	小計：1186 首	小計：720 首
合　　　　計：2370 首		

　　《甌北詩鈔》係據《甌北集》之基礎刪削而來，內容雖較精簡，然亦未免有遺珠之憾，此外，篇章之字句、順序亦稍有變動而非一仍其舊。卷首除《甌北集》原有之序跋外，又益以祝德麟、趙懷玉之〈序〉；李保泰、張舟之〈跋〉及張雲璈、程拱之〈題辭〉。

第二節　甌北之詩歌內容

　　甌北之詩歌創作，不僅卷帙繁多，內容亦十分豐富，或抒情感懷，或寫景咏物，或議論說理，有應制賡和、詩酒流連之篇，亦有關懷民生、反映社會現實之作。從戎鎮邊，必無漏於塞外風光；間居自適，則留心於周遭事物，或出之以古體，或出之以律絕，可謂不拘一格而各耀輝光。本節試以甌北之創作時代分期，以見其境遇之變遷、人生觀之改異於創作之反映：

一、翩翩少年，才華初顯

　　甌北雖早年失怙，家境甚窘，然其才華卻已於少年時期熠熠生輝。年方十二，作舉文一日可成四五篇，又常為同窗捉刀，迨館於杭應龍家，與杭氏子弟相交甚篤，同學共遊，其樂融融，如〈與杏川、白峰、廷宣、震峰踏春醉歌〉〔註2〕，以「典衣沽酒藉草飲，高歌金石聲淵淵；狂名一日里中遊，措大必帶三分顛」寫其與杭氏昆仲春出遊，衫袖翩翩，年少不羈之才情躍然紙上。

　　雖然涉世未深，然甌北於天地宇宙、史實名物卻頗有己見，其〈古詩二十首〉〔註3〕有「天者積氣成，離地便是氣……乃知地與天，相隔不寸許」之宇宙觀，更以金銀銅鐵錫五金以應「制器既必需，生財亦不測，用濟天缺陷」之女媧五色石補天說，以為其功乃在「彌縫隙」而非天真有破裂。對人性善惡之辯與理氣先後之說，甌北則以為理本寓於氣中，善惡之辯則毋庸強加分別。至於佛家輪廻之說，「幽渺終可疑」，其可取者乃在有「寓懲勸」之效。若夫年歲之長短，終歸塵土，「惟有古賢傑，身去留其神」，乃能真不朽。論及歷史人物，甌北多作翻案語，如郭巨埋兒以養母，人以為孝，甌北則謂此係「衰世尚名義，作事多矯激」，失乎中庸而有違倫常；范蠡偕西施泛舟而去，人多謂此舉係明哲保身，甌北則以其所為乃

〔註2〕　見《甌北集》卷一。
〔註3〕　同上同卷。

忠於謀國。至於先王典制，原有未盡完善者，是以須知變通，勿拘墟守故。

此外，甌北亦頗留心於觀察周遭，咏物寫景抒懷皆有佳作，如「梅花詩」〔註4〕，以「生面素娥青入畫，前身高士白爲衣」、「瘦影當窗高在格，素粧臨水淡傳神」寫其皎潔清高，並將其老樹著花之嫣然丰姿喻爲「人間枯木禪」，頗富機趣。「鷺點碧天飛白字，樹披紅葉賜緋衣」〔註5〕之生動筆觸，則使陽湖之寧謐景緻宛然赴目。遊毘陵城北之青山莊，乃由人事已非之殘山賸水觸景生情，道出「豪名本是遭人妬，禍事眞成與鬼謀」、「回首歡場付爽鳩，春夢一場那可再」的滄海桑田之慨，令人不勝唏噓。〔註6〕

其「冬夜布被爲偷兒所竊歌」（《甌北集》卷一）則以詼諧筆調，形容家中「補綻已似百衲衣」，正擬翌日入質以供晨炊之青氈，又爲偷兒所竊之情景，屋漏逢連夜雨，實無異於「黔婁尙遭竊」，然而貧苦中卻能自我解嘲，實風趣之至！

失怙以來，經濟日益拮拘，甌北上負倚閭之望，下有幼弟待扶，迨陽湖饑饉而失館，遂襆被京師，慨然北行：

　　東風吹客上扁舟，千里郵程聽棹謳，

　　我歎賣文難養母，人言投筆好封侯…

　　黔驢技恐徒貽笑，冀馬群原有識眞，

　　等是孤兒須努力，衰宗門戶久難振。〔註7〕

可謂道盡寒儒辛酸、北行蒼涼！

二、旅食京華、艱難一第

甌北赴京後，初依外舅劉午巖，旋入劉統勳家纂修宮史，迨翌年（乾隆十五年）鄉試中舉，遂爲汪由敦延於家代筆札而才名益顯。其

〔註4〕 同上同卷。
〔註5〕 同上同卷〈陽湖晚歸〉。
〔註6〕 同上同卷。
〔註7〕 節錄自同上卷二〈北行〉。

〈客興〉〔註8〕詩曾云：

　　京國依人慣，謀生倚捉刀，布衾寒似鐵，名紙敝生毛，

　　燈常蟲聲咽，風霜馬骨高，那禁思鄉切，此日正持螯。

卽道出寄人籬下、捉刀謀生之思鄉情懷。而甌北之捷才亦因而名炙人
口，其好友蔣士銓曾贈詩〔註9〕曰：

　　皇帝甲戌春，識君矯屋底，嚴電橫雙眸，共稱天下士。

　　云出松泉門，捉刀冠餘子，搖毫涌詞源，睥睨無一世。

可見其捷才快筆必名震京師。

　　甌北之離鄉背井、爲人作嫁，原是冀望科舉一第，魚躍龍門。孰
料乾隆十六年之辛未會試報罷，翌年之壬申恩科又告下第，自慚有愧
於高堂白髮，亦咄咄於所學，〈壬申下第作〉〔註10〕可謂寫盡此等憾
恨無奈：

　　倦游情緒峭寒天，人海喧中黯自憐，

　　漫擬穿楊憑一箭，又須刻楮廢三年。

　　達摩向壁家參佛，子晉吹笙已得仙，

　　我豈不知歸去好，將行又計買山錢。

　　身本高陽一酒徒，無端托業忝爲儒，

　　舉場我歎魚緣木，敗卷人嗤鬼畫符，

　　羞學空函書咄咄，共誰擊缶和嗚嗚，

　　祇應白髮高堂夢，猶問泥金信到無。

　　也知得失一鴻毛，舍此將何術改操，

　　親老河難人壽俟，時清星敢少微高。

　　長鳴棧馬還思豆，未解庖牛忍善刀，

　　回首短檠殘炷在，搬薑自笑鼠徒勞。

　　閉門仍與一編親，肯便午時踏軟塵，

　　鑄硯終看穿硯日，拆橋多是過橋人。

〔註 8〕　見《甌北集》卷二。

〔註 9〕　見《甌北集》卷十七。

〔註10〕　見《甌北集》卷三。

關河倦羽三更雁，風雪寒衣百結鶉，

笑看禰衡名刺在，已經磨滅字都湮。

名場失意之落拓，正有如籬落寒葩，甌北遂有「對君莫訝相憐甚，同是無人賞鑒花」〔註11〕之浩歎！

乾隆十九年會試，甌北中明通榜，同年又考取內閣中書舍人，遂辭義學教習及出宰專城〔註12〕之榮而直廬珥筆：

浪遊所急升斗祿，官學濫竽充教讀，

期滿例得邑令去，足為老親給饘粥。

無端又羨鳳池棲，一試輒如貫革鏃，

無官今轉嫌官多，一身兩岐進退谷。

明知出宰可濟貧，尚須三載入除目，

京官雖無專城榮，選期北逼蠶上蔟，

遂辭花縣就薇垣，寧舍巧遲取拙速。

座中有客私相尤，窮人只向窮路逐，

徒慕虛名失厚實，他日應悔中書禿。

伊余自揣良已審，腐儒那任作民牧，

直廬珥筆文字供，頗似車輕就路熟，

寒酸腸久甘藜莧，疎懶身難試案牘，

好官樂在多得錢，書生相本無食肉。

非命所有強致之，利之所在害即伏，

殺牛或轉不如禴，失馬安知未為福。

京官儉則償清閒，外吏豐則任勞碌。

稱物平施本天道，傳之翼者兩其足。

君不見腰纏騎鶴特寓言，東食那能更西宿。〔註13〕

頗有貧賤不移、富貴不屈之書生本色。旋及南歸省親，返鄉團圞：

六年為客住京畿，潞水西風一棹歸，

笑比鷦鴣啼怕冷，秋涼時節正南飛。

〔註11〕 同上同卷〈野菊〉。

〔註12〕 參見杜維運《趙翼傳》頁30。

〔註13〕 見《甌北集》卷三〈考授中書舍人，遂罷義學教習〉。

　　苦爲求名久滯留，頻年拋卻故園秋，

　　一官到手忙歸去，大有人嗤楚沐猴。〔註14〕

　　雖非春風得意馬蹄疾，然心情之愉悅自亦不在話下，歸途或寫景，或言懷，甚或有考古之作；路經德州之南，有地名夾馬營，查慎行詩以爲此即宋太祖所生之地，甌北則謂宋太祖所生地當在洛陽，此係地名偶同，未可牽合〔註15〕。〈遊金山寺〉〔註16〕，憶及東坡昔日高懷雅興，而己則「欲禮高僧無玉帶，空留詩句妙高臺」。抵家之際，「老親不意遊子到，驚喜翻恐昨夢來，趣呼厨頭速炊黍，一語未畢又屢催」〔註17〕，而「山妻攜女出相見，女未識父猶疑猜」〔註18〕，六年睽違、孤踪浪遊，如今終得團圞話家常！

　　翌年，甌北返京補內閣中書舍人，每三日一入直，與友儕頗極酬唱之樂：「一朝忽作莫逆交，儤直省垣日相熟。不嫌牛驥同櫪槽，旋更距蚓共頭足。偶論文藝輒移晷，每和詩句必累幅」（《甌北集》卷四‧〈贈耐亭〉）、「百戰詩成漸未好，諸君莫惜手同叉」〔註19〕，皆寫其談詩論藝之豪情雅興。

　　乾隆二十一年起，四度扈從出塞，鴻濛異徵之戎馬生涯，於甌北之視界頗有推擴之功。其「扈從木蘭途次雜詩」〔註20〕即寫塞外極望，人煙絕踪，峰似排鋩險若鎖鑰，「安營無常所，一夕輒一徙」，所至之處，或「疑到天盡邊」、「恍覺非人間」，荒涼之至；或「遙巖發高雲，幽壑鳴流泉」，清景姸然；一夕之間，寒則「鼻息結在鬚，滿口生冰稜」，忽爾歊陽當空，「隔幕炙我背，力透布兩層」。此外，甌北於「行

〔註14〕　同上同卷〈南歸〉四首之二。

〔註15〕　同上同卷。

〔註16〕　同上同卷。

〔註17〕　同上同卷〈抵家〉。

〔註18〕　同上。

〔註19〕　同上同卷〈初二日大雪，寓齋夜坐，有懷耐亭，用東坡韻，兼索同直賀舫、莘錢、敦堂同賀〉。

〔註20〕　見《甌北集》卷五。

圍卽景」〔註21〕之虎槍、相撲、跳駝、馳馬、套駒，皆作生動描寫，途次之所聞見如帳房、風旗、土竈、晃燈、行牀、矮桌、馬繩、駝筐、銅硯、皮包、皮碗、火鎌、短褂、幔城、氈廬、御道、便橋、病駝、羸馬、割草、打柴、喞嘍喊（謂喊叫、營中甚忌之）、苦施力（蒙語僮奴）、買賣街、蒙古營、棒椎峰、羊腸河、塌子頭（蒙語沮洳地）、達巴罕（蒙語高嶺）等，均有細膩描摹〔註22〕。

甌北原係「少小生江湖，未嘗習騎射」〔註23〕，一旦秋獮扈駕，跨馬出關，儼然亦成一據鞍馳騁之幽并健兒！

三、志在薇垣，抱負初展

甌北自乾隆十六年起，凡六度會試皆下第，直至乾隆二十六年恩科始中試，雖首卷屈居探花，然欣慰之情仍溢於言表：

金殿臚聲肅早朝，雲端仙樂奏虞韶，
班依雉尾開宮扇，時先龍舟奪錦標。
四海人才文一等，十年場屋蠟三條，
生平望此如天上，何幸今眞到絳霄。

三唱依然伏地堅，緣知仕宦戒爭先，
無才名敢羞王後，有客書能炫趙前。
蓬島雲霞曾到頂，洞霄班位總稱仙，
已慚鼎足猶非分，敢望巍科第一傳。

走馬長安已老蒼，多慚人説探花郎，
來從金水橋中道，出有天街繡兩行。
恩重始知無可報，才微自問有何長，
宮花插帽生輝處，也比山妻瘦面光。

却憶燈窗弄墨丸，先公珍作掌珠看，
弱齡時已期今日，舉世人皆豔此官。

〔註21〕同上同卷。
〔註22〕見《甌北集》卷八〈扈從途次雜咏〉。
〔註23〕見《甌北集》卷五〈扈從途次雜詩〉

　　一第倖成偏已晚，九原雖笑對誰歡，

　　只餘簫鼓喧迎處，略慰慈闈兩鬢殘。〔註24〕

　　「十年寒窗苦用功，一舉成名天下聞」，原是天下舉子之共同嚮往，甌北自弱齡起亦以此自許。歷經十年場屋煎熬，幾至「禿盡中書筆」〔註25〕，如今終得金殿臚傳，衣錦還鄉，心中豈能不無所感？雖本列首卷而未能掄魁，然聖旨如此，又當奈何？唯有謙沖自牧、知足銜恩以掩悵然之情耳。

　　探花及第之後，甌北即辭出軍機而入翰林，展開為期六年之愉悅生涯。值薇垣期間，所司之職不外乎撰文、修史、典試，如「修史漫興」〔註26〕

　　史局虛慚費月餐，古今歷歷作閒觀，

　　千秋於我宜何置，寸管論人固不難。

　　高燄輝煌紅燭炬，古香浮硯翠螺丸，

　　只輸小宋風流處，少個濃粧伴夜闌。

當即夜闌人靜，纂修《平定準葛爾方略》、《歷代通鑑輯覽》〔註27〕等即興之作，於成敗興壞之說雖未多作著墨，然紅粉知己的幽默之想卻頗撩人遐思。

　　至於奉派撰文，雖頗似當日捉刀生涯之延續，卻可署名以進，不再屈居幕後功臣。〈奉派撰文有作〉〔註28〕一首：

　　官職原宜翰墨緣，叨塵視草候花甎。

　　楊劉體尚西崑麗，唐宋人多內制傳。

　　蘿蔔生毛斷識字，葫蘆依樣僅成篇。

　　相如典冊談何易，敢諍生平筆似椽。

雖謙稱椽筆難揮，依樣作文，然唐之上官體、宋之臺閣體猶能唱和一時，況甌北之捷才雋思，縱使奉制酬唱，想必亦頗有可觀。

〔註24〕　見《甌北集》卷九〈臚傳紀恩四首〉。

〔註25〕　見《甌北集》卷八〈七十自述〉。

〔註26〕　見《甌北集》卷九。

〔註27〕　參見杜維運《趙翼傳》頁55。

〔註28〕　見《甌北集》卷九。

典試一職，甌北則因生平遍嚐科場甘苦，故而頗欲藉此掄才報國：「所期瑞集高梧鳳，藉手文章報廟堂」〔註29〕。於闈中分校事宜，甌北亦有生動翔實之描繪，其〈分校雜咏〉〔註30〕詩分宣名、赴闈、封門、佔房、聘禮牌、供給單、鄉廚、刻匠、分經、發策、刷題、選韻、號簿、薦條、文几、卷箱、紅燭、藍筆、落卷、副卷、撥房、論帖、塡榜、謝恩、門包、房卷諸題，各加描摹吟咏，傳誦一時〔註31〕。

館閣清班，乃書生之榮遇，甌北不僅宿願得償，亦因而得以廣交當代俊彥，如錢大昕、謝啓崑、蔣士銓、李調元、程晉芳、陸錫熊、姚鼐、張吟薌、張舟、王文治、諸重光、趙文哲、彭元瑞、吳省欽、錢載、王詒堂、周升桓、曹仁虎等，皆與甌北有貰飲酬唱之誼，「舊雨數人成晉稧，小園半畝喜秦并，開樽正及繁花放，題壁猶傳快雪晴」〔註32〕、「最難入座皆詞容，似爲徵詩破酒錢，此事朋簪今漸少，風流合付圖書傳」〔註33〕、「劇談舌翻瀾、雅謔只炙輠，各訂一編藁，刮磨到妥帖」〔註34〕、「名飲豈須統竹肉，清談無過畫書詩，只慚蔬韭誇高宴，未免人嗤措大爲」〔註35〕，可謂名士風流，極盡雅興。

對於功名富貴歷史成敗，甌北此時亦頗有通透之見：

> 公卿視寒士，卑卑不足算，豈知漏一盡，氣燄隨煙散，
> 翻藉寒士力，姓名見豪翰，使其早知此，敢以勢位慢，
> 士也而早知，亦可自傲岸，胡爲交失之，各就目睫看，
> 此則工囁嚅，彼則雄顧盼，堪笑一雲泥，該此兩癡漢，

〔註29〕同上同卷〈秋闈分校卽事之一〉。
〔註30〕見《甌北集》卷九。
〔註31〕轉引自杜維運《趙翼傳》頁72所載：法式善《槐廳載筆》卷二十：「壬午鄉試，趙甌北編修翼分校，作秋闈雜咏詩，一時傳誦」。
〔註32〕見《甌北集》卷十〈拂珊光祿招桐嶼、秋帆時晴齋看花小飲，卽用去歲韻〉。
〔註33〕同上。
〔註34〕見《甌北集》卷十一〈歲暮示吟薌〉。
〔註35〕見《甌北集》卷十二〈竹君、述庵、蕺園、來殷、珥山、璞函小集寓齋卽事〉。

　　文章千古事，詎可以勢爭，何哉諸巨公，好以學古鳴，
　　未便鳳樓造，先長牛車盟，自命韓歐家，群奉燕許名，
　　譽之稍不滿，艴然輒怒生，先生付一笑，擲埴任冥行，
　　古來著述事，豈盡歸公卿。〔註36〕

　　富貴何時有盡期，胡爲行者競如馳，
　　日雖夸父身能逐，山豈愚公力可移，
　　絕頂樓臺人倦後，滿堂袍笏戲闌時，
　　與君醒眼從旁看，漏盡鐘鳴最可思。〔註37〕

　　霸圖開國古漳濆，銅雀臺高迥入雲，
　　自古英雄多好色，最難子弟總能文，
　　史將正統移歸蜀，身托虛名服事殷，
　　此意被人終看破，不如七十二疑墳。〔註38〕

無論達官鉅卿、販夫走卒，最後終歸塵土，仔細思量，實令人都絕升
沈之想。而能否留名青史，端賴搦管操觚者之抉擇去取，是故秉筆者
實須卓有史識，持衡直書，方能發揮獎善懲惡之效：

　　有客忽叩門，來送潤筆需，乞我作墓誌，要我工爲諛。
　　言政必襲黃，言學必程朱，吾聊以爲戲，如其意所須，
　　補綴成一篇，居然君子徒，核諸其素行，十鈞無一銖！
　　此文倘傳後，誰復知賢愚，或且引爲據，竟入史冊蕪，
　　乃知青史上，大半亦屬誣。〔註39〕

甌北於詼諧嘲諷之中，實頗寓深慨！

　　此時之生計雖亦有匱乏之虞，然甌北於自我之期許卻益爲堅定：

　　昔年園居詩，乃在尚書塢，月樹間風亭，石林蟠水府。
　　今年園居詩，蕭然一環堵，地僅可笏量，屋每牽蘿補，

〔註36〕見《甌北集》卷十〈後園居詩〉。
〔註37〕見《甌北集》卷十一〈漫興〉
〔註38〕同上同卷〈友人以鄴城懷古詩見示，但侈陳魏瓦齊磚，而於歷代割
　　　　據建都之跡，殊多掛漏，爲補成入首〉。
〔註39〕分見《甌北集》卷十〈後園居詩〉之一、二、十。

若以較疇昔，曾何足比數？顧獨少外營，意界轉栩栩，
種樹鬱成林，蒔花疏爲圃，花如莞而笑，樹若翩以舞，
老我於其間，一窩自仰俯，門外人海喧，門內洞天古，

頻年苦貧乏，今歲猶艱難，內子前致辭，明日無朝餐。
一笑謝之去，勿得來相干，吾方吟小詩，一字尚未安，
待吾詩成後，料理薺鹽酸，君看長安道，豈有餓死官？

杜門少還往，或憐我索居，我豈眞索居，家有插架書。
其中列古人，何止千萬餘？呼之而卽至，不煩催小胥。
堪笑今之人，未必古人如，偏覺見面難，自高其門閭，
一刺投已入，勞我久駐車，此土木偶耳，曷怪與汝疎。

〔註40〕

浸淫書海、安貧樂道，頗有卓然自立之儒者風範！

四、鎮邊出守、眼界益拓

乾隆三十一年十一月，甌北以詞臣擢爲廣西鎮安知府，奏辭不
得，遂於歲杪鬱鬱出都：

館閣淸班十載深，行旌還帶寵光臨，
專城我豈勝邊郡，作吏人猶重翰林。
寸燭三更新讀律，單車一輛遠攜琴，
巖疆何等殷崇寄，敢戀虛名玉署吟。

長安最樂是知交，文酒流連月有期，
饌薄百錢堪作主，談澆一字或爲師。
離筵忍打花奴鼓，空容將賡木客詩，
別罷都門車幾兩，他時落月有相思。

平生無一事堪豪，每到垂成易所遭，
半世爲文憐未就，一行作吏更何操。
舊翻殘帙留兒讀，不巧名山讓客高，
多少蒼生待康濟，始憐試手乏牛刀。

〔註40〕 同上。

少日研磨翰墨場，得登詞館敢他望，

代毛去垢曾三洗，束髮從戎未一當，

見獵敢云心尚喜，善刀聊幸拙堪藏，

簪毫莫更誇能事，未必蓬山定見長。〔註41〕

領郡專城，雖似榮寵，然甌北志本在詞桓，回顧六年來之長安交契、詩酒流連，而今而後則蓬山萬里，孤舟獨行。更思及生平出處、宦海浮沉，縱能藉「株守頻年想壯遊，從今景物豁吟眸」〔註42〕聊以自慰，亦難掩「平生無一事堪豪、每到垂成易所遭」之浩歎！

「地當中國盡、官改土司流」〔註43〕之鎮安轄境，廣表八百餘里，層巒叠嶂，摩雲夏天，路廻榛莽、瘴癘叢生，所幸民風淳樸、訟事稀簡，是以甌北鎮邊之行，於見聞多所增廣：

時清關隘靖兵塵，餙備仍嚴絕徼巡，

仙佛未經吾獨往，獉狉初闢俗猶淳。

深山日少常如暮，密葉冬榮只似春，

奇境天留詞客賞，驂鸞應譜見聞新。〔註44〕

如「建瓴直下五丈旗，抽刀欲斬不可斷」〔註45〕，宛若銀河落九天之鑒隘塘瀑布；「綠蔭連天密無縫，那辨喬峰與深洞，但見高低千百層，併作一片碧雲凍。有時風撼萬葉翻，恍惚諸山爪甲動，冥濛一氣茫無邊，森沉終古不見天」〔註46〕之樹海；「赤立太窮山露骨，倒懸不死樹盤筋，天遲開鑿留淳氣，路入陰森鎖瘴氛」〔註47〕之蓮花九崫；「五官雖未備，團團具梗概」〔註48〕之人面竹等，皆爲中土所未有之奇觀。

〔註41〕　見《甌北集》卷十三〈奉命出守鎮安，歲杪出都，便道歸省、途次紀恩感遇之作〉十二首之二、五、六、七。

〔註42〕　同上。

〔註43〕　同上同卷〈鎮安土風〉。

〔註44〕　同上同卷〈行邊〉。

〔註45〕　同上同卷〈鑒隘塘瀑布〉。

〔註46〕　同上同卷〈樹海歌〉。

〔註47〕　同上同卷〈蓮花九崫〉。

〔註48〕　見《甌北集》卷十六〈人面竹〉。

　　乾隆三十二年，甌北因讞案與李侍堯失和而被劾，翌年遂奉派赴滇襄贊軍務，心中實頗憤慨：

> 半年蒞邕管，拙政何所成，朝來奉簡書，忽復有遠行。
> 遠行將何之，滇南左用兵，王事敢告勞，辦嚴趣長征。
> 獨念垂白母，聞言晝夜驚，妻孥又細弱，欲托無友朋，
> 臨當出門去，不覺涕泗橫，報國固素懷，誓不共賊生，
> 悲離何必諱，此亦人至情。
>
> 古來戎馬間，軀命長草草，一身既從軍，生死那得保？
> 此意黯自憐，未敢向人道，作氣自振厲，命酒豁懷抱。
> 山妻則已知，顧弗忍潸考，間出一語商，似預籌未了，
> 亂之以他詞，中心各如擣。臨別復何言，得歸不必早，
> 實我膝下兒，奉我堂上老。〔註49〕

縱有報國之素懷，亦難禁傷別之涕淚，唯有藉酒豁懷，一澆胸中塊壘。而所謂振氣自厲，實爲「男兒不遭彈官去，便合沙場灑血流」〔註50〕之忿忿吶喊！

　　自桂入滇，正值炎夏，時而淫霖澆灌，時而鬱蒸難當，除有觸瘴之虞，更有危橋絕巇之險：「軟如匹練搖輕風，長如彩霓駕遠空，俯身骇見百沸水，脚底酸到頭顱中」〔註51〕、「絕壁積鐵黑、路作之字折，下有百丈洪，怒噴雪花熱」〔註52〕。霜降之後，隨阿里袞出邊、渡潞江、越黄陵岡、高黎貢山、龍陵、鐵壁、虎踞諸關、進駐盞達、遮放、平夏、盞達戛鳩諸土司，所聞所見，甌北均形之詩，如「危梁一線亘若虹，絕壑兩旁瞰無底」〔註53〕，據傳爲明王驥進兵麓川之杉木籠山遺跡、「萬仞屏顏插穹漢」、「線路盤旋躡榛莽」〔註54〕之高黎

〔註49〕見《甌北集》卷十四〈從軍行〉四首之一、二。

〔註50〕同上同卷〈奉命赴滇從軍律緬甸〉。

〔註51〕同上同卷〈行至土富州，竹橋十餘丈，爲暴水衝斷，督土人接成，步行過之，用放翁度筰韻〉。

〔註52〕同上同卷〈瀾滄江〉。

〔註53〕同上同卷〈杉木籠山，王驥征麓川進兵處〉。

〔註54〕同上同卷〈高黎貢山〉。

貢山、「千燈夜閃星河影，萬馬秋騰鼓角聲」〔註55〕之盞達土司、「年
豐市有扶頭醉，冬暖人多曝背暄」〔註56〕之平夏桃源，甚或得蘿蔔佐
飯、麪餅嚐新，均有詩以誌之〔註57〕。值軍機之際，四度扈從出塞，
已使甌北視界大開，此番戎馬生活體驗，於見聞益拓。

　　乾隆三十四年五月，征緬之戰未畢，甌北卽奉命回駐鎮安本任，
翌年三月又奉調廣州知府。廣州因係省邑，養生之資亦較富裕，然而
鐘鳴鼎食、笙歌夜讌均非甌北心之所繫，其所樂者乃在一家終得團圞：

> 燈花連夕報深紅，眞覺今朝樂也融，
> 廿口遂無虧缺處，十年多在別離中。
> 洗塵酒滿頻添燭，順水船來不藉風，
> 莫笑寒官作豪擧，梨園兩部晝欄東。
>
> 滇南回憶舊從征，敢望重聯骨肉情，
> 蘇軾有人傳浪死，王陵愁母欲捐生。
> 玉關竟得全軀入，蘭橑翻堪盡室迎，
> 此段團圞總君賜，感深轉使淚縱橫。〔註58〕

　　廣州臨海，因而時有海盜出沒，甌北「決囚歎」〔註59〕一首，
卽寫其肆無忌憚之剽掠惡行，是故捕獲之後，條別其輕重，三十八人
就戮，餘皆遣戍。濱海之故，見聞亦異於內地：

> 目力將窮境更賒，望洋今日得雄誇，
> 信知地外皆爲水，應到天邊始是涯。〔註60〕

水天一線，渺渺無際，視界之遼闊自與塞外邊郡之崇山峻嶺迥異。

　　廣州海上之蜑民景觀亦爲一大特色：

> 畫舫凌波映曉梳，盈盈十五似芙渠，

〔註55〕見《甌北集》卷十五〈駐軍盞達〉。
〔註56〕同上同卷〈平夏〉。
〔註57〕同上同卷〈連日無蔬菜，至平夏買得蘿蔔、大喜過望、而紀以詩〉、
　　　　〈錢充齋觀察遠餉永昌麵、作餅大嚼、詩以誌惠〉。
〔註58〕見《甌北集》卷十六〈太恭人同舍弟夫婦內子輩到官舍〉。
〔註59〕見《甌北集》卷十六。
〔註60〕見《甌北集》卷十七〈虎門望海〉。

儂家生長胭脂水，不要牽舟岸上居。

漢宮遺種有名花，只在河南水一涯，
今夜定情何處宿，輕橈蕩入素馨斜。

照影晴波似鏡中，鬢邊茉莉引香風，
曉粧別有施朱法，卯酒微醺兩頰紅。〔註61〕

盈盈畫舫，傍水而居，別有一番雋永風情。此外，港埠亦時有番舶、
洋人進出：

其艙分數層，一一橫板擋，闢竇列銃礮，庋閣實貨藏，
水櫃百斛泉，米囷千石餉，入則縋而下，出則縆以上，
閉成墨穴昏，開有線天亮，後樓爲明窗，主者居頗暢，
玻璃嵌綺疏，辟支栽錦帳，架土有菜畦，列盆作花當，
瑣屑無不備，益見衰且廣。〔註62〕

賈胡碧眼睛，魋曷迥殊狀，窄衣緊裹身，文纏不挾纊，
腰帶金錯刀，手斠玉色釀，免冠挾入腋，鞠躬作謙讓，
云以敬貴客，其俗禮所尚。〔註63〕

巍然巨艦，既豪華壯觀又配備齊全，其上更有金髮碧眼、體格魁梧之
異色人種，對於清廷閉關自守政策下之黎民百姓、地方官吏而言，自
是奇觀異聞。

乾隆三十六年四月，甌北奉旨擢爲貴西兵備道觀察，奏辭不成，
遂束裝赴任，觀其〈擢受貴西兵備道紀恩述懷〉〔註64〕：

擢官何事乞歸田，別有離懷黯自牽，
天上除書恩主眷，風前殘燭老親年。
白雲飛處憐孤影，黃紙宣來是特遷，
直恐君親成兩負，一燈危坐轉悠然。

萬里黔陽信壯遊，江山楚蜀綰襟喉，

〔註61〕 同上卷十六〈蜑船曲〉。
〔註62〕 同上卷十七〈番舶〉。
〔註63〕 同上。
〔註64〕 見《甌北集》卷十七，六首之三、五。

好從巴峽通巫峽，何用連州易播州，

橡燭沿書重幕夜，星符馳檄百蠻秋，

書生此福慚非分，準折惟應惠蹟留。

可知甌北旣無意於外吏，縱爲特擢亦無欣喜可言，況黔路迢迢而慈闈年邁，忠孝實難兩全也。

赴黔途中，順道作羅浮之遊。緩步登覽「層層石磴勢蜿蜒」[註65]之華首臺，沿遇仙橋畔二旁綠陰，直抵華首寺前，山僧正「六時課緊課金剛」[註66]；夜宿冲虛觀，「八卦爐收丹竈冷，七里芒射斗壇清」[註67]，別有一番神秘氣象；黃龍洞「山半雙瀑布，萬古懸長虹」[註68]，極爲壯觀；飛雲峰爲羅浮極高處，「終歲頂自封，昏如不醒夢」[註69]；至於山中有大蝶迎客、彩雀導行之傳說，沿途旣未之見，歷來亦無人入穴印證之，故甌北以爲「古來誌怪書，大抵意造成」[註70]，皆刻意弔詭博取虛名耳。羅浮於中原諸山並非首屈一指，其靈秀乃在雲與水：「四百三十峰，峰峰有雲起，七十有二溪，溪溪有水瀰」[註71]，甌北自認身行半天下，名山閱萬里，若論雲水之多則未有及此者。

過珠江、端溪、努灘、雞翼漢、牂江，於十月朔日抵貴陽。是時朝廷正用兵金川，大軍自滇入蜀，途經威寧，甌北未及受代卽往赴料理過兵事宜，所作途次雜咏頗富感慨：

天許遊蹤徧八荒，一年輒易一殊方，

滇雲粵嶠都行徧，又記郵籤到夜郎。

纔卸征鞍貴筑成，正逢驛送入川兵，

赴官并不攜琴鶴，只駕單車叱犢行。[註72]

〔註65〕同上同卷〈華首臺〉。

〔註66〕同上同卷〈題華首寺〉。

〔註67〕同上同卷〈夜宿冲虛觀〉。

〔註68〕同上同卷〈黃龍洞〉。

〔註69〕同上同卷〈飛雲峰〉。

〔註70〕同上。

〔註71〕同上同卷〈羅浮〉。

〔註72〕見《甌北集》卷十八〈十月朔日抵貴陽，聞官兵自滇入蜀，路經威

出守鎮安未一年赴滇；從軍在滇年餘，回鎮安；甫九月又調廣州；在
廣州一年，今又入黔，誠一年易一地也。所幸甌北早有戎馬生涯之體
驗，料理軍務亦非首遭，故能得心應手：

> 手催勁旅赴西川，點驛簽夫夜不眠，
> 莫訝書生鞍馬熟，從戎曾踏萬山巔。〔註73〕

廣西之風土形勝，又異於滇、廣：

> 形勝西南控制遙，孤城百雉倚山椒，
> 一條路縮滇黔蜀，諸種人分猓玀苗。
> 納土久看遵約束，急公爭自赴征徭，
> 下車撫字應先務，未暇威行吏六條。
> 浹月冥冥兩線懸，始知吠日未虛傳，
> 地連西蜀淋鈴棧，景是南宮潑墨天。
> 雞羽當花翹插髻，羊皮帶血冷披肩，
> 殊方風物真堪笑，惜少新詩細碎編。〔註74〕

> 插鬢雞毛當翠翹，短裙及膝襖齊腰，
> 天南風物無堪記，來賦睢呿九股苗。〔註75〕

> 侏儷言不辨，椎魯意偏真，混沌猶無竅，獉狉略似人，
> 千針縫衲細，百褶製裙新，莫笑鬼方陋，淳如葛懷民。
>
> 〔註76〕

轄境內種族複雜，苗人之裝扮尤為特殊，不僅著短裙，更以雞羽作髮
飾。此外，猓玀族則「貴黑賤白等級殊」、「自號黑種雄邊隅，其餘白
者悉下姓，弭首帖尾供搖驅」〔註77〕，是以甌北大感「今來黔中更詭
異，九股六額繁有徒，牯羊鬧屍聚群醜，犵狫打牙嫁彼姝。猓人特其
一種耳，亦復魋曷殊形模。通計南陲萬餘里，族類何止千百呼。大都

宵，余未及受代，即赴宵料理過兵，途次雜咏〉。
〔註73〕同上同卷〈續調黔兵赴川，余至畢節，料理過境〉。
〔註74〕同上同卷〈官齋〉。
〔註75〕同上同卷〈于役古州途次雜咏〉八首之三。
〔註76〕同上同卷〈苗人〉。
〔註77〕見《甌北集》卷十九〈猓玀〉。

人形物其性，混沌未鑿猶頑愚。矯捷登山腳不襪，風流跳月脣吹蘆，
衣冠不與塵世接，習俗未可禮法拘。始知清淑氣有限，中土以外界弗
踰」〔註78〕。

至於自然景觀，則因地形高低不平，遂「依山高下闢畦町，塍稜
層層帶草青」〔註79〕，坡坨盡是浸綠梯田。深谷人家，則因「山高見
日常遲，日沒又偏覺早」〔註80〕而感夜長晝短。甌北親巡途中，不僅
有「說與人間定笑休，黔西三伏冷於秋，使君不是談天衍，親著深山
六月裘」〔註81〕之體驗，更目睹「山河水晶界，屋宇琉璃殿，枯枝銀
粟垂，老樹瓊花絢」〔註82〕之冰凌奇觀，與昔日之炎荒瘴癘又有天壤
之別。

然因僻處蠻貊，地瘠人雜而又經費拮据，是以甌北厭宦思鄉之情
日增：

> 慚愧車前尚八駒，略無可稱俸錢優，
> 半間屋小聊名舫，六月山濱早著裘。
> 才思漸如強弩末，歸心已折大刀頭，
> 閒來戲數經年事，何一堪爲惠績留？
>
> 忽忽新霜上鬢絲，少年一瞥渺難追，
> 厭聽俗吏趨時術，漸喜名流晚歲詩。
> 牘判兩燈猶眩目，餐加一臠輒傷脾，
> 蘭單自笑瘦牛力，那更能爭駿足馳。〔註83〕
>
> 邱壑胸中久未酬，喜聞小築俯明流，
> 徙仍不出鄉同井，歸免權牽岸一舟。
> 往事猶憐茅屋捲，新居終仗俸錢謀，
> 舍旁可尚留餘地，略要栽花作近游。〔註84〕

〔註78〕 同上。
〔註79〕 見《甌北集》卷十八〈于役古州途次雜咏〉。
〔註80〕 見上同卷〈样江道中〉。
〔註81〕 見《甌北集》卷十九〈途中雜詩〉。
〔註82〕 見《甌北集》卷十八〈凌〉。
〔註83〕 同上同卷〈即景〉。

因而亦益覺詩書之可親：

> 炳燭餘光漸可知，一編聊與伴幽期，
> 短檠忍便拋牆角，修綆終漸汲井眉。
> 掩卷即忘神已耗，讀書有益老徒悲，
> 古人輩輩成行列，我向誰邊去立錐。〔註85〕

> 古井波濤了不興，蕭齋長日坐懵騰，
> 俗無可避將書洗，老不能辭覺病增。
> 韓筆杜詩夙世友，周妻何肉在家僧。
> 服前除卻鄉思外，何物能清覺觀澄。〔註86〕

其〈即景〉詩一首，殆爲羈旅思鄉，觸景生情之最佳寫照：

> 不徑圖經號鬼方，陰森終歲少晴光。
> 地雖種秫無秧馬，市有懸裘是火羊。
> 瘴土人勞頭易白，寒山樹老葉先黃，
> 秋風秋雨冥濛裏，閒聽兒童話故鄉。〔註87〕

五、初隱林泉、無意仕進

甌營早有倦勤之意，乾隆三十七年十月，以廣州讞獄舊案，部議降一級調用，遂力請辭官歸里，以全終養私情。觀其感恩述懷詩〔註88〕，於廿載朝班實有無限浩歎：

> 一重公案律條訛，鐫秩非關吏議苛，
> 迂拙自慚更事少，聖明猶慮棄才多。
> 恰從順水乘歸櫂，擬乞閒身著釣簑，

〔註84〕同上同卷〈舍弟書來，於舊居之北買地，將營草堂，喜歸計漸可成，作詩誌意〉。

〔註85〕同上同卷〈讀書〉。

〔註86〕同上同卷〈即事〉。

〔註87〕同上同卷〈即景〉。

〔註88〕見《甌北集》卷二十〈壬辰冬仲，以廣州讞獄舊事，吏議左遷，特蒙溫旨送部引見，聖恩高厚，蓋猶不忍廢棄，而衰親年已七十有五，書來望子甚殷，諭令早歸，一慰倚閭望，因呈乞開府圖公，給假旋里，擬即爲終養計，途中無事，感恩述懷，得詩十首〉之一、二、七。

不是敢辜恩命重，高堂衰鬢已全皤。

曾將烏烏訴私情，大吏堅留計未成，
今日適酬將母願，清時敢尚去官名。
循陔已愧歸期晚，當廳方修孝治明，
補報聖恩猶有日，鬢毛故未雪花生。

官罷君恩忍遽忘，尚餘禿管寫枯腸，
好編潁上歸田錄，敢效忠州集古方。
舊學還期傳黨塾，新詩閒與咏羲皇，
生平報國堪憑處，終覺文章技稍長。

館閣清班，原是甌北心之所嚮，然而六載愉悅翰林生涯之後，卻是
年年播遷，「每到垂成易所遭」。縱使領郡卓有政績，一朝讞案失察
亦難逃被劾厄運。部議降級之懲處，於志在康濟蒼生之甌北無異奇
恥大辱，而回調薇垣之想，更是渺不可期。自仕宦以來，故園拋卻
已久，如今慈闈衰鬢皤皤，深恐日後徒貽子欲養而親不在之憾，弗
若乘勢泛歸櫂，既得求全於烏私之情，亦可一償立言夙願，傲嘯林
泉。

　　北返途中之所聞所見，於「生平負傲兀，罰受折腰恥」〔註89〕
之甌北自不免有所感。舟行灘多路阻，遂由「上灘恨灘多，下灘恨灘
少」之情，悟出人心貪多務得之理，而有「試與順風人，回看風力矯，
嗟彼阻風者，待兔守株老，凡事作此觀，百念可以了」〔註90〕云云。
更對一己之生平際遇頗有通透之見：「憑將身世喻觀河，何處堪容放
意過，屈指舟行五千里，順風常少逆風多」〔註91〕、「本是人間一退
翁，故宜路鬼戲途窮。若非反走回頭路，那得輕帆挂順風」〔註92〕，
東坡所謂「未是江頭風波惡，別有人間行路難」云云，甌北此際定當
深有所體！

〔註89〕同上同卷〈舟發灘陽〉。
〔註90〕同上。
〔註91〕同上同卷〈大通港守風遣悶〉。
〔註92〕同上同卷〈舟行至黃天蕩，北風大作，廻泊燕子磯〉。

　　行經岳陽樓，則思及范仲淹「先天下之憂而憂、後天下之樂而樂」之民胞物與胸懷，及孟浩然「氣吞雲夢澤、波撼岳陽城」之軒昂氣宇、非凡才情〔註93〕；赤壁弔古，則由山河形勝追憶三國周郎、北宋東坡〔註94〕；睹鸚鵡洲之萋萋芳草，則憐禰衡以清狂傲物而種禍〔註95〕；抵臨臬亭，乃慨歎於不得追陪東坡「揀盡寒枝不肯棲」之縹渺孤鴻影；泊舟琵琶亭，則自覺「身比虛舟傍岸歸，心如古井不波汩」，較之香山當年聞曲而淚濕青衫，真乃心如止水矣！〔註96〕

　　「老境逼來將白髮，宦途盡處是青山」，甌北歸田之後，心境已然漸趨平淡，既有終老之想，亦勤於讀書創作：

少日曾貪面百城，而今萬卷送浮生。
一身去職如花落，兩眼觀書尚月明。
鴻爪春泥思往跡，馬蹄秋水得閒情。
天留老筆非無用，要與熙朝寫太平。

新茸茅廬在水南，擬栽修竹翠毿毿。
持齋怕入遠公社，習靜便用彌勒龕。
詩就多兼唐小說，客來興作晉清談。
所慚懶廢無才思，輸與山陰老學庵。

幽棲敢便托鴻冥，閒裏工夫也不停，
官罷已無分鶴俸，村居須講相牛經。
荷鋤老圃耘瓜蔓，採藥深山劚茯苓，
程課忙來翻一笑，何如案牘舊勞形。〔註97〕

荷鋤採藥，寄情翰墨，當年館閣清班之文人風流，如今卻藉山水林泉、村居閒情而另呈風貌。陽湖之畔，買得漁塘三十畝，「曲池五百弓，周圍作疆圉，中有廿畝地，幽僻似蘭渚，於焉結茅屋，綠陰就老楮」

〔註93〕 同上同卷〈題岳陽樓〉。
〔註94〕 同上同卷〈赤壁〉。
〔註95〕 同上同卷〈鸚鵡洲弔禰正平〉。
〔註96〕 同上同卷〈舟泊琵琶亭作〉。
〔註97〕 見《甌北集》卷二十一〈歸田即事〉五首之三、四、五。

〔註98〕，更「種桑四百株，栽柳三千椿」〔註99〕，俾使寒燠各有所資。
村民酬應較少，長日閒坐，「猶有壯心無處耗」，遂「付他萬卷去消磨」
〔註100〕：

> 兩板衡門暇日多，虛憁閒製小詩哦，
> 唐音宋調俱無用，自有田家擊壤歌。
>
> 消磨長日仗舟鉛，常苦巾箱少逸篇，
> 解事童奴傳好語，門前新到賣書船。
>
> 飽食眞無所用心，自嚴程課惜分陰，
> 百錢買得芝蔴鑑，閒與兒曹説古今。〔註101〕

不僅自製小詩，吟哦抒懷，亦勤於自課，愛惜寸陰。此外，更留心
於周遭事物，細忖人生哲理，如「戲咏蛛網」〔註102〕詩：「經先緯
斯後，外闊內漸窄，界畫羅盤痕，圓規渾儀式。入扣撰迴文，先天
圖太極，宛宛旋螺紋，團團磨牛迹，循環無斷緒，疏密有定則。匀
豈粉線闌，巧賽錦機織，鰕簾出鬼工，鮫綃絕人力。當空不成罽。
映目轉無色，用以掩不虞，誘物入徽纆」，於蛛網之形狀實描摹入微。
咏鏡則云：「誰從對面偷描我，忽漫分身作化人。藏醜一毫難作假，
效顰雙黛最傳眞」〔註103〕，風趣之至。更由不同境遇、意義分寫燈、
香：「爲人嘗盡寒窗味，有女曾分夜績明。舞字伶工千隊整，修書學
士兩條清」、「佛仙可接先通氣，蜂蝶無端便覓花。名士百斤非重物，
師門一瓣有餘嗟」〔註104〕。至於二千年來儒釋之爭，甌北則別有一
己之見：

> 儒者好闢佛，斥爲異端異，豈知佛與儒，各有其極至，

〔註98〕 同上同卷〈漁塘即事〉七首之一。
〔註99〕 同上註，七首之六。
〔註100〕 同上同卷〈漫興〉。
〔註101〕 見《甌北集》卷二十二〈消夏絕句〉。
〔註102〕 見《甌北集》卷二十三。
〔註103〕 同上同卷〈小倉山房集中有咏物九首，戲用其韻〉之一。
〔註104〕 同上，九首之四、九。

　　東方主生長，其聖亦生意，立教因人情，萬有我皆備，

　　飲食與男女，所欲咸得遂，但隨事設防，發情止禮義。

　　西方主肅殺，其聖亦殺氣，立教絕人欲，斬斷一切累，

　　淫殺貪嗔癡，件件須摒棄，一念一劃除，弗使留餘地。

　　儒如枝葉萌，佛如鋒刃厲，要之掃愁障，亦是學問事，

　　所以相頡頏，二千年不墜。〔註 105〕

然而遍翻青史、歷覽前塵之後，甌北終究不失儒者素養，既悟「學佛求仙枉費功，年來漸覺總成空」〔註 106〕、「不能立勳業，及早奉身退，書有一卷傳，亦抵公卿貴」〔註 107〕之理，遂秉「一枝生花筆，滿懷鏤雪思」〔註 108〕而殫精著述。歸隱林泉之後，除勤於作詩誌懷，自乾隆三十八年起，五年間另撰有《陔餘叢考》之初稿。〔註 109〕

　　所謂處江湖之遠，則思廟堂之高。甌北雖寄情於翰墨，卻非已絕君國之思，是以聞王師於金川奏捷，便作詩以誌喜〔註 110〕；大行皇太后升遐，則敬製輓詩五章〔註 111〕，迨慈闈終養，遂於出處頗覺矛盾：畢竟甌北原有報國之殷望，服闋之後，親友亦多勸其赴官，唯念及「多少田間身再出，聲名往往捐清芬」〔註 112〕，更恐重披宦袍後，亦僅只空談幹濟、尸位素餐。然而頻送老友赴京補官，心中又不能不無所感：

　　柳條折盡送人行，都謂承明上玉京。

　　老寨頻看鄰女嫁，白頭重憶舊風情。

　　袍笏登場也等閒，惹他動色到柴關。

　　妻兒翻不如猿鶴，啼怨山人不出山。〔註 113〕

〔註 105〕同上同卷〈雜題〉九首之二。

〔註 106〕同上同卷〈五十初度〉十首之末。

〔註 107〕同上同卷〈偶書〉三首之二。

〔註 108〕見《甌北集》卷二十四〈書懷〉。

〔註 109〕參見杜維運《趙翼傳》第六章第三節。

〔註 110〕見《甌北集》卷二十三〈聞金川奏凱，詩以誌喜〉。

〔註 111〕同上同卷〈聞大行皇太后升遐，敬製輓詩五章〉。

〔註 112〕見《甌北集》卷二十五〈服闋後親友多勸赴官，作詩誌意〉。

〔註 113〕同上同卷〈數月內頻送南雷、述菴、淑齋諸人赴京補官戲作〉。

眼見好友一一重入宦途，家人又無法理解其內心隱憂與矛盾，其心境
之煎熬實可想而知！乾隆四十五年，聖駕南巡，甌北渡河迎鑾，此等
矛盾更溢乎言表：「憶昔樞曹日，曾隨豹尾行，揮毫氊帳夕，聯騎羽林
營。身爲循陔退，心猶報國誠，道旁瞻翠葆，凝睇一含情。」〔註114〕

　　至於立言不朽之夙願，亦因長夏曝書而頗生感慨：

　　　嗜書空如嗜噉蔗，書不在腹乃在架。
　　　黃梅過後日如火，晒向中庭課長夏。
　　　高函大帙充棟隆，多少精血藏此中。
　　　當其志欲爭不巧，誰肯留拙不見工。
　　　如何遙遙千載內，傳者但有數十公。
　　　其餘姓氏漸莫舉，魚黿滅沒洪濤風。
　　　由來茲事非倖致，邾郳敢長黃池雄。
　　　文人例有一編稿，鍥棗鋟梨紛不了。
　　　若使都傳在世間，塞破乾坤尚嫌小。
　　　少年下筆偶得意，輒思橫壓古人倒。
　　　古人拍手青雲端，大笑班門枉弄巧。
　　　關張之勇施嫱妍，何處許人學起草。
　　　到此方知願莫酬，摩娑插架轉悠悠。
　　　卻憐齒豁頭童日，還托雕蟲一卷留。〔註115〕

「文人例有一編稿」，當其創作之際，亦必全力以赴，掩其不工而去
其拙；然傳世與否，卻非所能逆料。反觀自我，亦已年踰半百，猶自
勤於一編，敦知齒豁頭童之日，究能藉翰墨以不朽，抑或徒貽災梨禍
棗之譏？

　　出處之念既時生矛盾，立言之志又恐難遂，是以一旦得償終養慈
闈之願，又得悉曾獲乾隆數度垂詢，遂重被宦袍，決心出仕：

　　　身托循陔十載閒，本期再出玷朝班，
　　　敢憑奉母三遷里，便作辭官六聘山。
　　　行笈封題新字濕，朝衫拂拭舊痕斑，

〔註114〕見《甌北集》卷二十六〈順河集迎駕恭紀〉。
〔註115〕同上同卷〈長夏曝書有作〉。

　　只慚經濟無毫髮，終恐虛縻廩粟頒。

　　歸田幾度荷垂詢，此誼難安作隱淪，
　　千里火雲衝暑路，滿頭蒜髮出山人。
　　跡同熱客心殊愧，恩在寒儒感最眞，
　　敢以孱軀怯鞍馬，向來筋骨本勞薪。〔註116〕

　　屛跡多年守里門，忽傳天語到江村，
　　帝殷求舊思甄錄，臣乃何人荷記存？
　　始舉群生無素物，祇應一飯不忘恩。
　　棲遲自爲衰親病，敢託虛名處士尊。

　　已作空山麋鹿群，從今忍復老耕耘，
　　讀書可效惟循吏，知己難違況聖君。
　　歲晚滄江人釣雪，春明絳闕史書雲，
　　終期了卻循陔願，頂踵還抒報國殷。〔註117〕

此番再仕，對於前程既有無限憧憬，亦有幾許怯却，「仕宦幾家收局
好，聲名平日在山高」〔註118〕，欣喜中仍難免夾難矛盾！

六、重返自然，立言以傳

　　擊楫赴京，原期再列朝班，一償報國夙願，孰料造化弄人，甌北
舟行將至臺庄，突患風痹，兩臂不得抬舉，客中無醫，只得廻舟歸里：

　　陸程正擬上征鞍，忽中風痹兩手攣。
　　人笑暮年重出仕，天將衰疾教休官。
　　曲肱已碍床安臥，折臂翻如石自殘。
　　灼艾連期凡幾炷，可憐徹骨夜呼酸。

　　辦裝約略百金纆，已是寒家一歲資。
　　窮命錢常爲小祟，旅途病恐誤庸醫。

〔註116〕見《甌北集》卷二十七〈途次先寄京師諸故人〉八首之二、三。
〔註117〕見《甌北集》卷三十三〈汪時齋民部書來，述去冬十二月十四日上
　　　　垂詢臣翼再三，並問何故在籍，筋部查奏，吏部以翼乞假侍母病，
　　　　奏入報聞。臣感激之餘，恭紀二律〉。
〔註118〕同註116，八首之四。

聊欣廻棹成歸路，從此將官換作詩。
又有君恩慚未報，瘏人終望起殘肢。

憶昔從軍絕徼秋，擬憑赤手縛蠻酋。
曉泅瘴水羊渾脫，夜枕腥皮虎臠髏。
弓爲臂強翻覺軟，橛當腕脫尚能遒。
如何一副幽燕骨，今日衰殘作贅疣。

來往郵程一月期，歸航仍繫綠楊枝。
里鄰笑客原輕出，猿鶴催文已久移。
散遣僮奴佳處去，收藏袍帶祭時披。
慚他斗酒山妻話，枉費臨行餞伏雌。〔註119〕

回想起當年之據鞍馳騁、深入蠻陌，而今卻爲衰疾所困，怏怏而返，
有才無命，只得徒呼奈何！而晚途遂只有回歸林泉、寄情翰墨耳：

經時瘧疾臥江天，芒角空煩到酒邊。
老我頭顱將壓雪，看人圖畫到凌烟。
蒼生猶或期安石，聖主何曾棄浩然。
自是書生貧薄命，晚途只許託林泉。

御屏曾荷記微臣，何忍江湖作隱淪。
如許百年空付我，徒將萬卷去驚人。
看花紫陌懷前度，種藥青山過此身。
歲晚滄江幾回首，卿雲五色麗高旻。〔註120〕

頻年出處兩躊躇，病廢今眞守敝廬。
身退敢談天下事，心齋惟對古人書。
蓋頭有屋新編草，食肉無錢慣茹蔬。
預擬明春看花會，門生兒子舁籃輿。

屏跡無端羨宦游，天將衰疾遣廻舟。
此行本是蛇添足，垂老何堪馬絡頭。

〔註119〕見《甌北集》卷二十七〈將至臺庄，忽兩臂頓患風痺，客中無醫，
　　　　徹夜酸痛，廻舟歸里，感成四律，情見乎辭〉。
〔註120〕同上同卷〈養疾未愈書感〉。

野徑重支棕竹杖，朝衫仍換木棉裘。
只餘金闕難忘處，夢斷時還一淚流。

少日虛名冀北空，老來羞述舊豪雄。
目中敢謂無餘子，海內漸忘有此翁。
鎖院草麻雞唱月，郵亭揮檄馬嘶風。
追思寸管矜才地，尚落禪家習氣中。

消閒何物度晨昏，一縷爐烟息眾喧。
歌舞戲場無樂地，英雄歸路有儒門。
勤抄先訓編家法，虔祝豐年報國恩。
青史他年傳人物，少微星倘在江村。〔註121〕

盧居茹蔬，寸管抒懷，甌北之村居生活實係苦中作樂以稍掩其無奈，是故追思前塵，猶不勝慨歎，夢斷之際，更難抑淚流。「悟徹吾生也有涯，何妨隨分樂年華，諸兒夜讀書連屋，數畝秋成稻滿車。年老香山猶望子，囊空杜甫慣携家，閒將多少詩人比，才不如他福勝他」〔註122〕之達觀語，實乃強自開慰耳！

此後之甌北，逐漸息塵機而傾心於名山大業：
塵機息後了無牽，雲在潭心月在天。
佳景無過當境是，好詩多被古人先。
豈須枯寂功參佛，或謂清閒福勝仙。
世是唐虞人鮑謝，何妨跌蕩送華顛。〔註123〕

閉門寧厭寂寥居，亂帙縱橫獺祭魚。
拙句點金成巧句，古書翻案出新書。
一燈紅焰花常吐，兩袖烏痕墨未除。
業就敢期傳不巧，或同小說比虞初（方輯《陔餘叢考》）。〔註124〕

或卽景抒懷，或殫精於古籍，而初隱林泉時所撰之《陔餘叢考》，亦

〔註121〕同上同卷〈歲暮雜詩〉。
〔註122〕同上同卷〈悟徹〉。
〔註123〕同上同卷〈卽事〉。
〔註124〕同上同卷〈卽事〉。

於此時重加刪訂編修〔註125〕。

乾隆四十八年，甌北奉邀主講眞州樂儀書院，爾後之教席生涯又成甌北人生觀之一大轉捩：

　　白髮蕭蕭已滿簪，忽膺講席赴江潯。
　　出身我本村夫子，虛望人推舊翰林。
　　無復旌麾前隊色，敢羅絲竹後堂音。
　　老來踏遍人間路，終覺青氈味較深。

　　鵞湖鹿洞古陶成，此席人情已漸輕。
　　略似老沽宮觀祿，稍貪名主坫壇盟。
　　一江相接家猶近，孤館無喧地自清。
　　只是惹他僮僕笑，有官不做做先生。〔註126〕

　　六載翰林院優游生活之後，旋卽鬱鬱出都，而今一壇教席，頗似當年館於私塾，反覺親切有味。翌年移主揚州安定書院，揚州之繁華勝境、歷史陳跡與甌北之才華遂相得益彰，而使其創作愈趨豐富且多樣化。如重遊平山堂而追憶名士風流、紅橋修禊，遂有「勝會不常人視昔，我曹應又有人思」〔註127〕之自我肯定；於笙歌讌集，更無諱於「濃粧氣壓多烘客，豔曲聲翻夜度娘，惱煞司空誇見慣，累儂臨老發清狂」〔註128〕之描寫；調茹素者烹飪之精，則以「有如寡婦雖不嫁，偏從淡雅矜素粧，……吾知其心未必淨，招之仍可入洞房」〔註129〕諷之；寫米價日貴，則有「老夫近得休糧法，咀嚼新詩詿餓腸」〔註130〕、「卻慚書卷空塡腹，不抵充饑一飄糠」〔註131〕

〔註125〕 參見杜維運《趙翼傳》第七章第三節。
〔註126〕 見《甌北集》卷二十八〈赴眞州樂儀書院卽事〉。
〔註127〕 見《甌北集》卷二十九〈清明後一日，松坪前輩招同西巖、涵齋、棕亭湖舫雅集〉。
〔註128〕 見《甌北集》卷三十〈陳繩武司馬招同春農寓齋讌集，女樂一部，歌板當筵、秉燭追歡，卽事紀勝〉四首之四。
〔註129〕 見《甌北集》卷二十九〈西巖治具全用素食，以夢樓持齋故也、作素食歌見示，亦作一首答之，並調夢樓〉。
〔註130〕 同上同卷〈米貴〉。
〔註131〕 見《甌北集》卷三十〈米價日增，旅食不免節縮，書此一哂〉。

之幽默；思之所至，惱人清夢之夜蚊亦可生哲理：「一蚊便攪人終夕，宵小原來不在多」﹝註132﹞；著襪履以謁長者之淵源考據，亦可書之成詩﹝註133﹞；至於生平出處、經國大業，已屆耳順之年的甌北更深有所體：

> 生平游跡遍天涯，塞北交南萬里賒。
> 人羨見聞增宦轍，天如成就作詩家。
> 翻來笳拍傳紅粉，繡入弓衣抵碧紗。
> 一卷風烟紀行什，頗同海客泛星槎。
>
> 鬖絲禪榻影飄蕭，看盡人間覆鹿蕉。
> 尚未成僧緣食肉，久辭作吏且伸腰。
> 所愁原壤無稱述，若比黔婁已富饒。
> 消遣殘年復何事，江天風物寫漁樵。﹝註134﹞
>
> 文章與政事，並營必鹵莽。吾友三四人，俱早辭塵網。
> 績學推王錢，工詞數袁蔣。去官事著述，冥心縱孤往。
> 彼皆曠代才，猶難力兼兩。卻觀韓歐蘇，仕不廢吟賞。
> 文成吏牘餘，詩就訟堂上。至今所流傳，光燄炳穹壤。
> 毋乃真天人，固絕人意想。﹝註135﹞

回首名場，壯志未酬之憾恨已漸消歇，轉而傾注全力於江天風物、翰墨丹鉛；更由王鳴盛、錢大昕、袁枚、蔣士銓諸好友之早辭塵網，引發「文章與政事，並營必鹵莽」之慨，而於韓愈、歐陽修、蘇軾之學仕兼顧，則譽為天人而不勝嚮慕。

乾隆五十一年歲暮，甌北辭去安定書院教席返鄉，二載淹留，雖頗動歸思，然於諸同好、同生亦不勝依依之情：

> 皋比敢忝坐論文，深愧陳蕃下榻殷，
> 時過官更新令尹，客孤我亦故將軍。

﹝註132﹞見《甌北集》卷三十〈一蚊〉。
﹝註133﹞同上同卷〈咏史〉。
﹝註134﹞同上同卷〈六十自述〉八首之三、六。
﹝註135﹞同上同卷〈雜書所見〉。

離懷塞北宵寒月，倦跡江東日暮雲，

記取河梁攜手處，幾行別後落波紋。

草綠庭階畫掩關，諸生偏喜共追攀，

學慚曹洞無衣鉢，名敢韓門說斗山。

鴻爪痕留詩唱和，牛腰卷謝筆塗刪。

他年為我增榮處，藥榜連翩玉筍班。〔註136〕

翌年臺灣有林爽文之亂，李侍堯奉旨赴閩督辦軍需，路經常州，遂邀
甌北往助。甌北與李氏於粵桂均曾有司屬之誼，適袁枚去歲自武夷
歸，亟稱其勝境，甌北遂與之偕行：

十載江湖穩釣舟，忽參戎幕佐軍籌，

人疑白首何輕出，我為青山未遍游。

野店客魂雞膈膊，殊方蠻語鳥鉤輈。

憑添一卷閩南草，翠壁題名處處留。〔註137〕

隔歲無端動遠思，此行亦似有前期。

可應天欠詩人債，遊武夷山喫荔支。〔註138〕

烽火遙傳海上洲，故人邀我作閩遊。

也因國事來焦額，豈必邊功自出頭。

人命死生三寸筆，軍儲贏縮五更籌。

誰知大戟長槍裏，薄有書生一得謀。〔註139〕

於軍需之調籌擘劃，甌北頗具過人之見，李氏以是甚為折服〔註140〕。迨亂事底定，更欲奏起甌北於閩補官，然甌北卻已絕意仕進而毅然請辭：

久慣鄉閭欸段遊，多煩高誼勸鳴騶。

受恩終被人穿鼻，垂老羞為妓上頭。

〔註136〕同上同卷〈歲暮將歸，留別揚州諸同好，並示院中諸生〉四首之二、
　　　　四。

〔註137〕見《甌北集》卷三十一〈十載〉。

〔註138〕同上同卷〈途中雜詩〉，五首之五。

〔註139〕見《甌北集》卷三十八〈七十自述〉，三十首之二十二。

〔註140〕參見杜維運《趙翼傳》第八章第六節。

此客只宜吹鐵笛，有人早已卜金甌。

挑燈自顧頹唐影，古井如何再起漚。〔註141〕

宦途之偃蹇與十載林泉之優遊，早已使得六十二歲之甌北心如止水，宛若古井不汨流。大軍班師之際，乃「一個閒人訪武夷」〔註142〕，遍歷浙東山水形勝：

嘯咏江湖鬢已霜，忽添鐃吹入詩章。

共知殷浩宜高閣，偏伴陳登臥下床。

醉後語言無忌諱，老來詩筆漸頹唐。

只餘飽啖楓亭荔，口福天教滿願償。

最喜歸途傍海涯，浙東岩壑極幽遐。

千年開道從康樂，一路看山到永嘉。

花草無名開錦幄，犬雞俱壽餌丹砂。

此中好景誰消得，只合詩家與畫家。〔註143〕

甌北此行，既饜遍遊浙東山水之宿願，亦兼報國恩，只是「事定仍拂衣，一路快登眺，出不爲求名，歸不失高蹈」〔註144〕而欣然賦歸。旋膺兩淮鹺使全德之請，再主安定講席。

　　爾後之甌北，遂益勠力於立言大業，先後有《皇朝武功紀盛》、《廿二史箚記》、《甌北詩話》成書〔註145〕。齋居無事，偶有所得，更援筆賦之，詩作中近二千五百首皆爲此後所作，佔其詩歌全集之泰半。

　　嘉慶初年，白蓮、天理教之亂事相繼而作，苗亂亦更形擴大，東南沿海復有海盜猖獗，甌北憂時念亂之情，時溢於言表：

〔註141〕見《甌北集》卷三十一〈李公欲奏余起入官，敬辭誌意〉。

〔註142〕見《甌北集》卷三十二〈北歸〉二首之一。

〔註143〕同上同卷〈題閩遊草後〉四首之一、四。

〔註144〕同上同卷〈嚴灘〉。

〔註145〕《皇朝武功紀盛》約成於乾隆五十三年至五十七年之間，其纂輯經過可參見杜維運《趙翼傳》第八章第二節。據趙懷玉《甌北年譜》所載《廿二史箚記》成於嘉慶二年，《甌北詩話》成於嘉慶六年，其成書經過可參見杜維運《趙翼傳》第九章第一節及節十章第七節。

側聞蠻徼暫軍興，籌筆何當效簿能。

曳足尚思觀鼓噪，絔頭已自怯車徵。

犎轠漫擬饑鷹起，伏櫪難爲老驥騰。

顧影夜深私自歎，征南刀久血痕凝。〔註146〕

一百餘年息戰爭，此生久擬老昇平。

誰知栗里人扶杖，忽聽潢池盜弄兵。

莽莽樊城原燎火，滔滔灉水血流聲。

執殳敢忘前驅志，衰病徒悲髀肉生。〔註147〕

從戎曾問日南深，中土何期起綠林。

敢幸退閒身不與，自傷衰老力難任。

江湖憂國迂何補，戰伐稽時恐禍深。

只有天心終厭亂，令清妖霧豁重陰。〔註148〕

賽兒邪教起經年，處處蜂屯煽白蓮。

草竊若非塗地敗，蔓延將更越疆連。〔註149〕

　　烈士暮年，壯心未已，甌北雖未能親執干戈效命沙場，卻頻揮寸
管而繫憂國之思於筆端。聞苗首就誅，軍事告藏，即以詩誌喜，並寄
予「待看蕩洗兵氛淨，依舊耕桑遍兩湖」〔註150〕之殷望；追原禍始，
則忿忿於史官之貪狼：「但須牧宰皆廉吏，何至川原作戰場」〔註151〕；
至於寢兵之後，則有「丁壯歸農猶佩犢（鄉勇），田廬無主競巢鳩（賊
產），甲生蟣蝨兵皆憊（征兵歸營），簿校芻糧吏正愁（軍需報銷）」
〔註152〕之縝密預籌。旋即海盜又不能厚其生理俾內投，坐視「飄然

〔註146〕見《甌北集》卷三十七〈側聞〉。

〔註147〕見《甌北集》卷三十八〈湖南逆苗、湖北邪教先後滋事，官兵攻剿，
　　　　尚未殄滅、江村聞信，詩以遣憂〉。

〔註148〕見《甌北集》卷三十九〈書懷〉。

〔註149〕同上同卷〈聞闖賊入蜀、將軍明公統索倫吉林兵追及，擊殺萬餘，
　　　　自此逆黨震懾，藏功當有日矣，喜賦。〉

〔註150〕見《甌北集》三十八〈聞湖南苗首就誅，軍事告藏，以詩誌喜〉。

〔註151〕見《甌北集》卷四十四〈閱邸抄，殘賊剿除將盡誌喜〉。

〔註152〕同上同卷〈聞各路兵營報捷，殘賊計日可盡，喜賦〉。

而來忽然去」〔註153〕之寇讎，深引爲東南隱憂，恨不能將其一網打盡！憂國憂民之赤忱，遂令此頻頻北望之「江天野老」〔註154〕，更有「要聽銷兵大凱音」〔註155〕之熱切期盼。

乾隆五十年，「十年館閣每隨行，角逐名場兩弟兄」〔註156〕之摯友蔣士銓去世，五十五年，與甌北亦曾有偕隱之約的張塤又病歿京邸，甌北深感「平生數交契，張蔣最綢繆，忽忽俱黃土，茫茫剩白頭」〔註157〕，淒然顧影，不禁老淚縱橫。爾後，昔日之司屬、僚友、愛子、後進又相繼物故，子然獨立，歎老傷逝，其輓詩之多與悲情之蒼涼實令人泫然！〔註158〕

晚年之甌北，更勤於一編以消遣殘年：

修途迢遞無窮轍，苦海蒼茫大願船。
太息男兒多少事，只餘瑟縮枕書眠。〔註159〕

重向陳編續舊盟，多生結習有餘情。
居今敢便忘稽古，細行何能受大名。
高枕北窗尋樂地，擁書南面作長城。
衰殘敢謂無餘事，炳燭光猶到曉明。〔註160〕

勤學若此，固藉遣殘年，實亦性情所好，積習已深！而甌北之聲名，亦於晚年趨於最高峰。嘉慶十一年，甌北作〈八十自壽詩〉八首，京華舊雨及大江南北諸名流皆寄詩文稱祝，錦軸牙籤，兩廳事屛幛皆滿，甌北彙而付梓，蔚爲洋洋大觀〔註161〕。嘉慶十五年，更以八

〔註153〕見《甌北集》卷四十六〈海上〉。
〔註154〕同《甌北集》卷三十九〈荊襄〉四首之一。
〔註155〕見《甌北集》卷四十一〈擬老杜諸將之作〉十首之末。
〔註156〕見《甌北集》卷二十九〈子才書來，驚聞心餘之訃，詩以哭之〉。
〔註157〕見《甌北集》卷三十三〈吟孅病歿京邸，其子孝方扶柩過揚，廿年老友遂成永別，憑棺漬酒，不自知涕之無從也〉。
〔註158〕參杜維運《趙翼傳》第十章第二節。
〔註159〕見《甌北集》卷四十二〈書憤〉。
〔註160〕見《甌北集》卷五十二〈消閒〉二首之二。
〔註161〕參見趙懷玉《甌北年譜》。

十四歲高齡而與桐城古文名家姚鼐重赴鹿鳴筵，並奉加三品榮銜。為誌此恩寵，甌北有「重赴鹿鳴筵恭紀四詩」〔註162〕，旋即竟為海內名流屬和近四千首〔註163〕，「一代江南才子名」〔註164〕，實非虛有！

第三節　甌北詩歌特色及其評價

甌北作詩，首重性情之發抒，所感所聞所見，或喜或怒或哀或樂，有清新流麗之雋永小詩，亦有雄奇奔放之長篇巨製；興酣落筆處，有痛快淋漓之豪邁；用典使故，則有鎔裁無迹之極詣。尤以扈從出塞、鎮邊出守之後，見聞益拓，詩作亦愈趨成熟。至於以詩說理，則深得宋詩精髓，並時有一己之創見。

蔣士銓曾評甌北詩云：「鑱刻萬物、接以藻繢」、「徵事發議，兀奡雄辯」、「自出都後且益工，蓋天才踔厲，其所固然，而又得江山戎馬之助，以發抒其奇，當夫乘軺問俗，停鞭覽古，興酣落筆，百怪奔集，故雄麗奇恣，不可逼視」〔註165〕，袁枚亦謂：「耘松之於詩，目之所遇，即書矣，心之所之，即錄矣，筆舌之所到，即奮矣，……忽正忽奇，忽莊忽俳，忽沈鷙，忽縱逸，忽叩虛而逞臆，忽數典而鬭靡，讀者游心駭目，碌碌然不可見町畦」〔註166〕。錢大昕評甌北詩風之轉變云：「耘菘所涉之境凡三變，而每涉一境，即有一境之詩以副之」〔註167〕；王鳴盛亦謂其詩：「在廊廟臺閣，則有應奉經進，頌禱密勿之詩；在軍旅封圻，則有應酬告諭、紀述揚厲之詩；在山

〔註162〕見《甌北集》卷五十二。

〔註163〕同上同卷〈重赴鹿鳴詩、海內名流屬和者三四千首、暇日編輯長卷、戲書於後〉。

〔註164〕同上同卷〈附廣厚詩〉。

〔註165〕見蔣士銓《忠雅堂文集》卷一、〈趙雲松觀察詩集序〉，亦載於《甌北集》、《甌北詩鈔》前。

〔註166〕見袁枚〈甌北詩鈔序〉，載於《甌北集》、《甌北詩鈔》前。

〔註167〕見錢大昕〈甌北詩鈔序〉，同上。

林田野，則有言情咏物、閑適光景之詩」〔註168〕。所謂「奇思壯采，驚心動魄，無一意不創，無一語不新」〔註169〕、「隨乎濃淡奇正短長高下之宜，而有以極其致」〔註170〕、「興酣落筆推我友，嬉笑怒罵無不有」〔註171〕、「先生才足高千古，下筆如龍復如虎。九天珠玉咳唾成，無縫天衣不須補」〔註172〕、「久已聞名在見前，龍騰虎嘯復詩篇。獨開生面奇劖嶄，直抒中懷快瀉川。筆下竟無堅勿破，行間寧有隱難宣。三分鼎足稱袁蔣，旗鼓相當盡必傳」〔註173〕；更有松江秀才張鳳舉，手繪〈拜袁揖趙哭蔣三圖〉，自謂非三人之詩不讀；桐廬程拱則有〈奉答甌北詩〉，謂袁蔣趙三家，「譬如海上三神仙，望者奚能定軒輊」〔註174〕，錢塘張雲璈更取袁枚字簡齋、甌北字雲松，合而名其齋爲簡松草堂〔註175〕，可知甌北於乾嘉詩壇詩名之盛！

　　至於攻訐其詩，貶爲「但詼諧戲謔，俚俗鄙惡，無所不至」〔註176〕、「實詩家魔道，爲通人訴病久矣」〔註177〕云云，則多本乎格調派觀點，遂以袁趙等性靈派詩風爲風雅之蠹、六義之罪魁，實則性靈派詩人固難免流於放浪，然詩作自有其不朽眞價。誠如舒位所云：

　　　初讀甌北詩，其詩豔於雪，再讀甌北詩，其詩鑄如鐵；
　　　久讀甌北詩，大叫乃奇絕。不待鍾嶸評，先遣匡鼎説。
　　　胸中千萬卷，始得一兩篇；脚根千萬里，始得一兩言；
　　　目中千萬世，始得一兩年。佞之可稱佛，謫亦不失仙。
　　　其詩自可傳，其詩有可刪；其詩不能學，其詩必須讀。

〔註168〕　見王鳴盛〈甌北詩鈔序〉，同上。
〔註169〕　同張舟〈甌北詩鈔跋〉，載於《甌北詩鈔》前。
〔註170〕　見吳省欽〈甌北詩鈔序〉，同上。
〔註171〕　見《甌北集》卷三十〈蔣宗海和甌北贈春農同年〉。
〔註172〕　見《甌北集》卷三十六〈附鮑印贈甌北詩〉。
〔註173〕　同上同卷〈附吳蔚光寄甌北詩〉。
〔註174〕　載於《甌北詩鈔》前。
〔註175〕　見趙翼〈簡松草堂詩集序〉，轉引自杜維運《趙翼傳》附錄八。
〔註176〕　見朱庭珍《筱園詩話》。
〔註177〕　見劉聲木《萇楚齋隨筆》。

　　讀詩悅我口，抄詩脫我手，壯悔堂中無，老學庵中有。

　　是謂讀書多，是謂作詩久。曰梅子熟矣，聞木犀香否？

〔註178〕

甌北以其「絕人之才、過人之趣、兼人之學、超人之識」〔註179〕而
搦管操觚，雖有「鋒鋩太露、機調過快」、「筆滑不留手」〔註180〕、「以
詩爲戲」〔註181〕之失，然亦因而自成其特殊風格，其特色殆有：

一、詼諧風趣

　　甌北詼諧風趣之作，於集中可謂隨處可見，如自嘲老態龍鍾，「寒
松骨凌競，凍梨面垢膩」、「未死先作鬼」、「應號活死人」〔註182〕。
咏眼鏡則云：「長繩繫雙日，橫橋向鼻跨，瑩比壺映冰，朗勝炬燃樺，
平添膜一層，翻使障翳化」〔註183〕，袁枚謂「詩能令人發笑者佳」
〔註184〕，卽引甌北此詩爲例。初用拐杖，雖喜其便捷，卻嫌「添得
一條腿，佔去一隻手」〔註185〕。「讀書苦忘，以詩自歎」〔註186〕則
有「分明何處似相見，一斷機絲渺難續，剪紙漫費巫陽招，升屋空
期皋某復」之生動形容。翻閱前人詩集有感，乃戲云：「古來好詩本
有數，可奈前人都佔去，想他怕我生同時，先出世來搶佳句。並驅
已落第二層，突過難尋更高處，恨不刧灰悉燒却，讓我獨以一家著」
〔註187〕。老友王夢樓持齋，甌北作素食歌以調之，謂持齋者雖忌食

<hr>

〔註178〕見舒位《瓶水齋詩集》卷十三〈與甌北先生論詩並奉題見貽讀詩鈔
　　　　後〉。
〔註179〕見杜維運《趙翼傳》，頁172。
〔註180〕見錢鍾書《談藝錄》（上海：開明書店，民國26年），頁157。
〔註181〕見李調元《雨村詩話》（台北：藝文印書館百部叢書集成初編本）
　　　　卷一。
〔註182〕見《甌北詩鈔》五言古四〈戲老〉。
〔註183〕見《甌北詩鈔》五言古二〈初用眼鏡〉。
〔註184〕見袁枚《隨園詩話》卷三十九。
〔註185〕見《甌北詩鈔》五言古四〈初用拐杖〉。
〔註186〕見《甌北詩鈔》七言古三。
〔註187〕見《甌北詩鈔》七言古四〈連日翻閱前人詩，戲作效子才體〉。

葷腥，然「有時故仿豚魚樣，質不相仿色亂眞」，實「有如寡婦雖不嫁，偏從淡雅矜素粧，……吾知其心未必淨，招之仍可入洞房！」〔註 188〕晚年之甌北，詩風益發詼諧恣肆，如調袁枚：「到老未除才子氣，多情猶昵美人香」〔註 189〕、「八十衰翁已白紛，惜花心在老逾殷。哥舒半段槍無敵，專救人間娘子軍」、「多少妖姬又冶容，家家虔祝瓣香濃。青樓占得長生位，也抵先儒祀瞽宗」〔註 190〕，對於袁氏之流連風月、廣收女弟，極盡戲謔之能事。由此均可見甌北生性之詼諧風趣。

二、用典工巧

甌北生性好學，於書無所不窺，是以發之於詩，遂「百家廿一史，一一恣騰越」〔註 191〕、「每於徵引處賣弄家貲，實亦由腹笥便便，故絡繹奔赴」〔註 192〕，此正爲甌北詩主性靈，卻不廢學力之明證（詳見第三章第一節）。如「咏史」詩〔註 193〕：

食椒能幾粒，八百斛猶貧。枉署摸金尉，先爲入草人。

但知鳥攫肉，豈悟象焚身。何事枉奔者，依然覆轍循。

全詩八句，共用五典故以譏諷世人之貪財聚斂：食椒云云，典出《唐書・元載傳》：「籍其家，胡椒至八百石，他物稱是」；「摸金尉」一職，則出自陳琳〈爲袁紹檄豫州〉文中：「操又特置發丘中郎將、摸金校尉，所過隳突，無骸不露……」，實則發丘郎將、摸金校尉二官名，皆陳琳所虛設，用以詆毀曹操；「入草人」語出《新五代史・李嚴傳》，指後唐莊宗命李嚴入蜀購奇珍異寶以充後宮，而前蜀主王衍則有律

〔註 188〕見《甌北詩鈔》七言古三〈西巖治具全用素食，以夢樓持齋故也，作素食歌見示，亦作一首答之，并調夢樓〉。

〔註 189〕見《甌北集》卷三十九〈寄壽子才八十〉。

〔註 190〕同上同卷〈子才以雙湖太守禁妓，作詩辭之，戲題其後〉。

〔註 191〕見張雲璈《簡松草堂詩集》卷十一〈謁趙耘菘觀察歸後，復展《甌北集》快讀之，走筆爲長歌奉簡〉，轉引自杜維運《趙翼傳》頁 197。

〔註 192〕見《甌北詩鈔》五言古二〈大石佛歌〉袁枚詩評。

〔註 193〕見《甌北詩鈔》五言律二。

令，貴重財物不准出劍門，平常物品出蜀者，謂之「入草物」。李嚴以是僅得金二百兩、地衣、毛布之類而返。莊宗大怒，遂發兵攻蜀，欲擒王衍而名之爲「入草人」。「鳥攫肉」，則以漢朝黃霸任太守時，派官吏察訪民情，途中所食爲飛鳥所攫事，暗喻掠奪人財者之凶狠；「象焚身」，典出《左傳・襄公二十四年》：「象有齒以焚其身」，意喻象因齒之珍貴而致禍也。

〈過文信國祠同舫庵作〉〔註194〕，亦極善於鎔裁典故：

鬚眉正氣凜千秋，丞相祠堂尚久留，

南渡河山難復楚，北來俘虜豈朝周。

出師未捷悲移鼎，視死如歸笑射鉤。

何事黃冠樽俎語，平添野史汙名流！

「正氣凜千秋」，意指文天祥於燕京土牢中所作之六十行五言詩「正氣歌」，浩氣凜然，永垂不朽；「丞相祠堂尚久留」一句，則暗用杜甫〈蜀相〉詩：「丞相祠堂何處尋，錦官城外柏森森」，意指文丞相祠有如諸葛武侯祠，將永世爲人所追祀；「南渡河山難復楚」，則謂高宗雖南渡偏安，而時勢已迥異於前，恢復無望，難與昔日申包胥哭於秦廷以請援兵復楚事相比；「北來俘虜豈朝周」則意喻文天祥雖爲元人所俘，然情況則迥異於昔日箕子之叛於商紂而朝於周武王；「出師未捷悲移鼎」，亦鎔裁杜甫〈蜀相〉詩之末二句：「出師未捷身先死，常使英雄淚滿襟」，意指文天祥於宋端宗景炎二年曾進兵江西，恢復州縣多處，只恨壯志未竟，旋爲元兵所敗；「射鉤」一事，則指春秋時代，管仲曾射桓公而中帶鉤，而後桓公采鮑叔牙之薦而用管仲，以是稱霸；「何事黃冠樽俎語，平添野史汙名流」，則指《宋史》載文天祥曰：「國亡，我分一死矣。倘緣寬假，得以黃冠歸故鄉，他日以方外備顧問，可也」云云，實係野史所增之枝節而玷汙其氣節也。全詩八句，竟用七典，由此亦可窺知甌北之嫻於史傳，善於鎔裁！

又如「題元遺山集」〔註195〕：「無官未害餐周粟，有史深愁失楚

弓」，則反用伯夷叔齊義不食周粟而餓死首陽山事，意指元好問未曾仕於元，是故縱不殉節，亦不失於「忠臣不事二主」之義；「有史深愁失楚弓」則借用劉向《說苑・至公》篇所載「楚弓楚得」典故，而以弓喻社稷，意喻元好問雖無害於食元糧，卻深恐史書予以其失節之評論！〈題吳梅村集〉〔註196〕：「死遲空羨淮王犬，名盛難逃惠子騾」二句，前者係據吳偉業〈北上過淮陽〉詩：「我本淮王舊雞犬，不隨仙去落人間」而化用之，意指吳偉業未能殉節於明思宗而苟活人間，徒羨死節者擁有忠君愛國之令名；後者典出《呂氏春秋》，乃借用魏惠王欲傳位於惠子，惠子易衣變冠，乘輿而走一事，意喻清廷欲用吳偉業，而吳則設法推脫逃避。此四則典故，與甌北亦值江山易主之時代背景頗為近似，若直斥其非，必然自速禍端，甌北卻能巧於用典，含蓄出之，實令人折服！

大抵甌北詩作之中，以七律最工於用典，而甌北亦頗以此自豪，其致王昶手札嘗有：「惟詩中七律工夫，稍就熨貼」〔註197〕之謂，序張雲璈《簡松草堂詩集》有「用意使典，粗有一日之長」〔註198〕云云，可知用意使典，誠為甌北詩歌特色之一。

三、以詩說理

甌北之詩歌創作，不僅有言情道志，寫景咏物之雋永篇什，亦屢藉詩歌以寓人生哲理，品評名物，更有通透之論詩所見（詳見第三章第一節）。如〈古詩十九首〉〔註199〕，指出人鬼分處陰陽，「各自路一條，半行不相礙，奈何世人愚，心自生魑魅」，而對於「明明白白中，頭上有天戴」卻「戴天不畏天，但畏鬼加害」，實則「此意則已疏，舍明求諸昧」。至於先王之典禮，「其有未盡善，原弗禁改毀」，

〔註195〕見《甌北詩鈔》七言律四。
〔註196〕同上同卷。
〔註197〕轉引自杜維運《趙翼傳》前趙翼手跡之三。
〔註198〕同上附錄八。
〔註199〕見《甌北詩鈔》五言古一。

須知變通而勿膠柱鼓瑟。論人心之大患，乃在於不知足：「乃知人心幻，當境總不美，彼山覺此高，到此又慕彼，過去轉餘戀，未來輒預擬」，實則「淨土卽心是」。

　　至於品評歷史人物，甌北亦屢有創見，如「讀史廿一首」〔註200〕，以爲范蠡之所以「手挾西施去，同泛煙濛濛，人謂謀身智，吾謂謀國忠」，實志在「絕禍水」而非自求善終。而秦始皇之築長城、隋煬帝之開渠道，雖「以之召禍亂，不旋踵滅亡」，然「豈知易代後，功及萬世長」。郭巨埋兒養母，甌北則以爲「衰世尙名義，作事多矯激」；「伯道避賊奔、棄子存兄息」，亦太不近乎情理，「何妨聽其走，或死或逃匿，而乃縛於樹，必使戕於賊」？此皆不合乎君子中庸之道也。至於嘗留屜響於館娃宮之西施，則「恩受吳宮功在越，可憐啼笑兩俱難」〔註201〕。甌北更以歷來咏明妃、楊妃者，多失其平，遂作二絕云：「遠嫁呼韓豈素期，請行似怨不逢時。出宮始覺君恩重，臨去猶爲斬畫師」、「鼙鼓漁陽爲翠娥，美人若在肯休戈。馬嵬一死追兵緩，妾爲君王拒賊多」〔註202〕，可謂獨抒已見而翻盡千古公案！甚至爲人作墓誌有感，因而對正史亦提出尖銳質疑：「乃知青史上，大半亦屬誣」〔註203〕；對於民間傳聞，反頗有所取：「書生論古勿泥古，未必傳聞皆僞史冊眞」〔註204〕，此皆甌北異於常人之創見！

四、考據入詩

　　甌北以學殖豐厚，又深受乾嘉徵實學風影響，是故除《陔餘叢考》、《簷曝雜記》專事考證外，詩中亦偶有考據之作。由其〈疑團〉〔註205〕詩：「一物何能耻不知，荒唐呵壁祇生疑，思窮盤古胚胎日，

〔註200〕同上同卷。
〔註201〕見《甌北詩鈔》七言律三〈館娃宮〉
〔註202〕見《甌北詩鈔》絕句一〈古來咏明妃楊妃詩多失其平，戲作二絕〉。
〔註203〕見《甌北詩鈔》五言古二〈後園居詩〉。
〔註204〕見《甌北詩鈔》七言古二〈觀索揷槍嚴歌〉。
〔註205〕見《甌北詩鈔》七言律六。

想到尼山袚席時。鼎鼎可年幾兩屐，茫茫千古滿盤棋，笑他如豆書生眼，徒詡生花筆一枝」，卽可窺知其實證精神之一斑；而其咏物寫景之作，遂亦多作深刻細膩之具體描摹。是故東坡以爲「作詩必此詩，定知非詩人」；而甌北則謂「是知興會超，亦貴肌理親，作詩必此詩，乃是眞詩人」〔註206〕，卽著眼於實證觀點而言情道志、寫景咏物，以免求象外之神不得，反流於空疏虛浮。如宿於沙溪旅店，見有繪八仙圖成軸而題詩於其上者，然詞欠雅馴，甌北遂改書數語於後，並考證其源流，謂八仙中僅「韓湘張果呂洞賓，此外載籍無其人」，實乃後人召鬼神、示游戲，「把他多少古先人，亂點鴛鴦集冠帔」〔註207〕。一朝撲得不鳴之蚊，更悉心辨其異同，以爲「一般形模兩般性，有聲者雄無聲雌，眼前習見孰留意，靜觀乃識同中異」〔註208〕。路經德州之南，有地名夾馬營，查愼行詩以爲此卽宋太祖所生之地，甌北則考證宋太祖所生之地在洛陽，此係地名偶同，未可牽合也〔註209〕。又查初白集中有〈汴梁雜詩〉八首，然僅稱梁宋遺墟而未加詳考，遂補其缺，爰成八首，以爲汴州自朱梁以宣武軍得天下，始建爲東都，然溫潛位猶在洛也，末帝方以汴爲京，後唐仍遷於洛。石晉至汴，以其地便漕運，乃定都焉。漢周宋因之。劉豫受封，亦嘗遷於此，金海陵謀南伐，宣宗避北侵，又皆來都，此汴京沿革也。〔註210〕

〔註206〕見《甌北詩鈔》五言古二〈論詩〉。

〔註207〕見《甌北詩鈔》七言古四「戲本所演八仙，不知起於何時，按王氏《續文獻通考》及《胡氏筆叢》俱有辨論，則前明已有之，蓋演自元時也。沙溪旅館有繪圖成軸而題詩於上者，詞不雅馴，因改書數語於後」。

〔註208〕見《甌北詩鈔》七言古五〈蚊有不鳴者，蓋鳴者雄，不鳴者雌也，戲書〉。按蚊之鳴聲係翅膀拍動所發，無論雌雄俱有之，而雌蚊之聲則大於雄蚊，以助於雄蚊辨認，可參見王建生《趙甌北研究》下冊頁565、註186。甌北所云有誤也。

〔註209〕見《甌北集》卷三。

〔註210〕見《甌北詩鈔》七言律四。

　　然而甌北雖博贍史籍、精於考據，其詩風卻頗為多樣化，大抵皆明白曉鬯、清新可喜，縱為考據之作，亦不致流於金石訓詁之學問詩，多就史實而有所發抒，或以輔證詩意之賞析耳。如王宗稷編《東坡年譜》，據坡詩：「我年二十無朋儔，君來叩門如有求，醉翁遣我從子游」而謂「至和二年，坡年二十，有晁美叔求交於坡」。甌北則考證坡年二十，尚在成都，至嘉祐二年，年二十二方試禮部，受知於歐公；且坡自註此詩，亦稱嘉祐初也。王氏徒以「我年二十無朋儔」之句，遂以其事繫於是年，不知詩人敘事，原只舉大數，豈可泥於一字一句，即以為據？〔註 211〕由此即可窺知甌北之作詩、讀詩雖頗注重實事求是，然尚不至於過於拘泥考據或斷章取義，而仍能於考證之餘予以「詩歌之眞理」自由馳騁之地！

　　綜觀甌北之詩，或憫時傷逝，或抒情寫景、或說理咏物，不僅內容廣泛，詩風更忽正忽奇，或莊或諧，或使事用典，或直敘白描，可謂奇縱不羈，極具變化。其用典過繁者，或有流於生澀難解之嫌〔註 212〕，然運用巧妙處，則妥帖圓潤而頗收言近旨豐之效。至於以詩說理之特殊詩風，更受近人之推崇，如張維屛《聽松廬詩話》評甌北五古詩論古、論詩、論理諸作，「雖虛字太多、發論太盡，於古人渾厚含蓄、一唱三歎之旨，幾不復存，然胸中有識，腕底有力，眉開目爽，自成為有韻之文」〔註 213〕，所謂瑕終不掩瑜耳。陳柱亦謂其「詩中彌滿哲學思想，非如尋常詩人之僅僅傷時憂世，悲貧悼賤」、「思想之高超，實頗足以獨步千古」〔註 214〕，更崇其為「詩哲」，此誠非過譽也。

〔註 211〕見《甌北詩話》卷五。

〔註 212〕如五古〈五人墓〉、七律〈蝦鬚簾四十韻〉諸詩。

〔註 213〕見張維屛《國朝詩人徵略》（南港中央研究院藏，道光庚寅刻本）卷三十八。

〔註 214〕見陳柱《清儒學術討論集》（上海：商務印書館，民國 19 年）〈趙甌北詩之哲學〉。

第四章　趙甌北之詩學理論

第一節　詩歌創作原則與評價標準

　　甌北之詩學見解，除《甌北詩話》此一論詩專著外，尚散見於古近體論詩詩、《陔餘叢考》卷二十三、二十四之諸條箚記中，其創作原則殆可歸納如后：

一、詩本性情，不拘格調

　　《甌北詩話》有「詩本性情，當以性情爲主」〔註1〕、「詩寫性情，原不專恃數典」〔註2〕等語；〈閒居讀書作六首〉亦有：「乃知卓犖人，胸次故不羈，吟咏出興會，萬物供驅馳」〔註3〕、「所以才智人，不肯自暴棄，力欲爭上游，性靈乃其要」〔註4〕云云；再言詩欲藏諸名山，則須「本從性情出，仍來養心脾」〔註5〕；則明示抒寫性情之原則，即：「何如無成心，悲喜隨所托，悲則有呻吟，喜則有歌咢」〔註6〕；更指斥：「言情篇什貴雋永，豈比宿逋可催討，假啼那得有急淚，強笑安能便絕倒」，此等見解大抵即針對沈德潛格調說之「詩以

〔註1〕見《甌北詩話》卷四。
〔註2〕同上，卷十一。
〔註3〕見《甌北集》卷二十三。以下所引之論詩詩可參見附錄二。
〔註4〕同上，卷二十二〈編詩〉。
〔註5〕同上，卷三十八〈讀香山詩〉。
〔註6〕同上，卷十〈連日筆墨應酬書此一笑〉。

載道」觀而發，力主作詩須以性情為主，若能直抒性靈，即是「力欲
爭上游」；而明代前後七子以來之格調派，雖侈言學唐，有所謂直指
向上一路之說，實則「但襲其面貌、仿其聲調，而神理索然」〔註7〕。
甌北更於其詩作中提出對擬古派之具體批評：

> 學詩必學杜，萬口同一噪，連城有真璧，未可碔砆冒，
> 鳴呼浣花翁，在唐本別調……迨明何李輩，但摹面目肖，
> 彭亨鼓蛙怒，咆勃奮虎嘯，徒滋虛氣張，終覺輕心掉……
>
> 〔註8〕

又如〈雜題〉詩末八相〔註9〕：

> 有明李何學，詩唐文必漢，中抹千餘年，不許世人看，
> 毋怪群起攻，加以妄庸訕，宋儒探六經，心源契一貫，
> 亦掃千餘年，註疏悉屏竄，書疑古文偽，詩斥小序亂，
> 理雖可默通，事豈可懸斷，竹垞西河生，所以又翻案，
> 吾言則已贅，一編聊自玩。

此皆可見甌北於侈言學古而事事模擬之格調派深表不滿，蓋拘於前人
行步，則必有損於真性情之發抒也。

　　是以甌北評價中唐元、白詩之所以勝於韓、孟，即在於元、白詩
多「觸景生情，因事起意，眼前景、口頭語，自能沁人心脾，耐人咀
嚼」〔註10〕，而韓、孟則尚奇警，「猶第在詞句間爭難鬥險，使人蕩
心駭目，不敢逼視，而意味或少焉。」〔註11〕北宋蘇、黃並稱大家，
然東坡「隨物賦形，信筆揮灑，不拘一格，故雖瀾翻不窮，而不見有
矜心作意之處」〔註12〕，而山谷則「專以拗峭避俗，不肯作一尋常語」、
「故往往意為詞累，而性情又為所掩」〔註13〕，二家詩境不同，而優

〔註7〕　見《甌北詩話》卷八。
〔註8〕　見《甌北集》卷三十七〈題陳東浦藩伯敦拙堂詩集〉。
〔註9〕　同上，卷二十三。
〔註10〕　見《甌北詩話》卷四。
〔註11〕　同上。
〔註12〕　同上，卷十一。
〔註13〕　同上。

劣自見也。

　　至於南宋愛國詩人陸游，其才雖不及蘇軾，而成就卻能出乎其上，蓋東坡早年口快筆銳，語少含蓄，自烏臺詩案後則不復敢論天下事、作不平之鳴，「故其詩止於此，徒令讀者見其詩外尙有事在而已」〔註14〕，而放翁則能「以一籌莫展之身，存一飯不忘之誼，舉凡邊關風景、敵國傳聞，悉入於詩……或大聲疾呼，或長言咏歎，命意旣有關係，出語自覺沉雄。」〔註15〕又如金末元遺山，「其才雖不甚大，書卷亦不甚多」，「修飾詞句，亦非所長」，然能「專以用意爲主，意之所在，上者可以驚心動魄，次亦沁人心脾」〔註16〕，感時觸事，聲淚俱下，是以沉摯悲涼，千載後猶令人低廻不已。

　　甌北之所謂「用意」，亦卽能撫時感事，直抒性情之意，可見甌北論詩之極詣，在於情感之自然流露，旣不囿於擬古之束縛，亦無礙於格調之規矩行步，更反對爲情造文而描詩。

二、以才運學，才學並濟

　　甌北論詩，係才氣、學養並重而不執一而求，其〈閒居讀書作〉〔註17〕曾謂：「乃知人巧處，亦天工所到」〔註18〕；亦有：「少時學語苦難圓，只道工夫半未全，到老始知非力取，三分人事七分天」之說；《詩話》所列十大家，更常許以「天才」之令名，然甌北並不因重才情而忽視後天之學養，此又可分二端析論之：

　　（一）就學力論，甌北雖極重性情之發抒，卻不因而忽略思維之運作與形式技巧之鍛鍊，如評吳梅村詩，以爲其古詩擅長處，尤妙在轉韻，「一轉韻，則通首筋脈，倍覺靈活。……惟用韻太泛濫，往往上下平通押……未免太不檢矣」、「其病又在專用實字，不用虛字，故

〔註14〕同上，卷六。
〔註15〕同上。
〔註16〕同上，卷八。
〔註17〕見《甌北集》卷二十三。
〔註18〕同上，卷二十八〈論詩〉。

掉運不靈、斡旋不轉，徒覺堆垛，益成呆笨」〔註19〕；《詩話》卷十二〈詩病〉一則中亦指出詩中忌重韻、字法句法重出、引用人名地名過繁、襲用古人句法不當等，可見甌北於遣字、鍊字、用韻亦頗用心。

然而甌北評杜詩，以為明末崆峒諸人所謂太白全乎天才，杜子美全乎學力，此乃耳食之論：「思力所到，即其才分所到」〔註20〕，乃性靈所固有而非全以學力勝，亦即才分與學力二者實相互為用，不可強加劃分。但學力又須藉才分加以縱橫變化，方不致泥古不通，如援引典故須切當而鎔裁無迹，以免意為詞累或食古不化，以杜詩〈自京赴奉先咏懷五百字〉：「朱門酒肉臭，路有凍死骨」一句為例，此語本有所自〔註21〕，而一入其手便覺驚心動魄，似從古未經人道者；東坡熟於莊、列諸子及漢魏晉唐諸史，故隨所遇，輒有典故以供援引〔註22〕，此皆學富筆靈，遂能「借彼之意，寫我之情」〔註23〕，不僅無掊摭堆垛之失，反能凝鍊語言而使情感倍覺深厚。

是故甌北雖不廢人巧，然力主才學相濟，以才運學，而追求合乎「自然」之極詣，如〈註詩〉〔註24〕：

著色原資妙選才，也須結構匠心裁。

可憐絕豔芙蓉粉，塗在無鹽臉上來。

雖不廢匠心結構之功，然其〈佳句〉詩〔註25〕又稱：

枉為軥佳句，勞心廢剪裁。生平得意處，卻自自然來。

〔註19〕 見《甌北詩話》卷九。

〔註20〕 同上，卷二。

〔註21〕 《甌北詩話》卷二：「『朱門酒肉臭，路有凍死骨』，此語本有所自。《孟子》：『狗彘食人食而不知檢，塗有餓莩而不知發。』《史記·平原君傳》：『君之後宮婢妾，被綺縠，餘粱肉，而民衣褐不完，糟糠不厭。』《淮南子》：『貧民糟糠不接於口，而虎狼厭芻豢；百姓短褐不完，而宮室衣錦繡。』此皆古人久已說過，而一入少陵手，便覺驚心動魄，似從古未經人道者。」

〔註22〕 同《甌北詩話》卷五。

〔註23〕 同上，卷十。

〔註24〕 見《甌北集》卷四十六。

〔註25〕 同上。

〈旬日無詩〉〔註26〕一首亦云：

　　天機雲錦朗昭回，刀尺徒勞廢剪裁。

　　怪底經旬無一句，等他有句自然來。

皆明言靈感於創作之影響，並以合乎「自然」之化境爲極詣，其〈無詩〉〔註27〕一首堪稱此境界之最佳詮釋：

　　風行水上自成波，偶值無風可奈何？

　　今日不知明日句，枯腸遍要預支多。

　　如東坡雖有「清詩要鍛鍊，方得鉛中銀」之說，「然坡詩實不以鍛鍊爲工，其妙處在乎心地空明，自然流出，一似全不著力，而自沁入心脾」〔註28〕；驅使書卷入於議論，亦能穿穴翻簸，無一板用，是以縱使「亦有研鍊之極，而人不覺其鍊者」〔註29〕，他人雖千槌萬杵，猶不得如此爽勁，而坡以揮灑出之，全不見用力之迹，此卽東坡能以才運學，使之臻於化境，故能如行雲流水，不擇地而出，行於所當行而止於所不可不止。

　　是故縱爲「盤空硬語，須有精思結撰，若徒掃撦奇字，詰曲其詞，務爲不可讀以駭人耳目，此非眞警策也」〔註30〕，必先有中心思想爲主導，再進求文字技巧之運用，使之「意在筆先」〔註31〕，亦卽「所謂鍊者，不在乎奇險詰曲、驚人耳目，而在乎言簡意深，一語勝人千百，此眞鍊也。……鍊在句前，不在句下，觀者并不見其鍊之迹，乃眞鍊之至矣」〔註32〕如是則能工巧而不落於纖佻，奇警而不流怪誕，妙於鎔裁而不見痕迹。

　　（二）就生平際遇論，甌北則極強調時代環境、社會背景於詩人人生觀之影響。此殆與甌北仕途之多蹇，閱歷之豐富頗有關涉，其〈六

〔註26〕同上，卷五十一。
〔註27〕同上，卷四十八。
〔註28〕見《甌北詩話》卷五。
〔註29〕同上。
〔註30〕見《甌北詩話》卷三。
〔註31〕同上，卷六。
〔註32〕同上。

十自述〉〔註 33〕曾有:「生平游跡遍天涯,塞北交南萬里賒,人羨見聞增宦轍,天教成就作詩家」之慨,是以「一卷風煙紀行什,頗同海客泛星槎」〔註 34〕。〈題閩遊草後〉亦謂:「花草無名聞錦幄,犬雞俱壽餌丹砂,此中好景誰消得,只合詩家與畫家」〔註 35〕身處江湖之遠,本應有遷客騷人之牢愁,而甌北卻故作達觀語以自遣,甚或有「此事不關官大小,斯文真繫世興衰」、「故應河嶽英靈氣,不在區區大雅輪」〔註 36〕之說。

　　所謂「地靈人傑」、「文窮而後工」,大才如是者尤甚:「奇才勝地兩相值,磁石吸針鐘應杵,山靈不放君空回,君亦不肯虛此來」〔註 37〕,是故洪稚存以言事被貶,甌北卻以「人間第一最奇境,必待第一奇才領」、「國家開疆萬餘里,竟似為君拓詩料」、「憶君惟恐君歸遲,愛君轉恨君歸早」〔註 38〕之語相開慰,並舉李白之流夜郎、蘇軾之渡瓊海以為證。《詩話》評陸游詩「境界凡三變」〔註 39〕:早年學杜,挫籠萬有而窮極工巧;中年從戎巴蜀,眼界大開而境界一變;晚年皮毛落盡,滌除工巧而趨於平淡,能臻此境界,卽源於見聞之廣、體悟之深。元遺山才不甚大,書卷亦不甚多,較之蘇、陸自有大小之別,然其廉悍沈摯處則勝於蘇、陸,此殆以「生長雲、朔,其天稟本多豪傑英健之氣;又值金源亡國,以宗社邱墟之感,發為慷慨悲歌」〔註

〔註 33〕 見《甌北集》卷三十。

〔註 34〕 同上。

〔註 35〕 同上,卷三十二。

〔註 36〕 分見於《甌北集》卷三十六〈前輩商寶意、嚴海珊、袁簡齋諸公詩久已刊布,近年來盧抱經、王西莊、錢竹汀考古之書及吳白華、趙璞函、顧晴沙、蔣心餘、張瘦銅、王穀原、錢竺石、王述菴、吳穀人詩文亦先後刻成,羅列案頭,足資欣賞,率題四律〉四首之一、二。

〔註 37〕 見《甌北集》卷三十八〈題蔣心餘攜子游廬山圖,為其季子師遐孝廉作〉。

〔註 38〕 同上,卷四十二〈題稚存萬里荷戈集〉。

〔註 39〕 見《甌北詩話》卷六。

〔註 40〕 同上。

40〕，是以有不求而工者，「此固地爲之也，時爲之也」〔註41〕其〈題元遺山集〉〔註42〕：

> 身閱興亡浩劫空，兩朝文獻一衰翁，
> 無官未害餐周粟，有史深愁失楚弓，
> 行殿出蘭悲夜火，故都喬木泣秋風，
> 國家不幸詩家幸，賦到滄桑句便工。

所謂「國家不幸詩家幸，賦到滄桑句便工」，卽是時代環境、個人際運於作品影響之最佳詮釋。

又如〈題吳梅村集〉〔註43〕：

> 才高綺歲早登科，俄及滄桑劫運過，
> 仕隱半生樗散跡，興亡一代黍離歌。
> 死遲空羨准王犬，名盛難逃惠子驪，
> 猶勝絳雲樓下老，老羞變怒罵人多。
>
> 國亡時早養親還，同是全生跡較閒，
> 幸未名登降表內，已甘身老著書間。
> 訪才林下程文海，作賦江南庚子山，
> 剩有沉吟偷活句，令人想見淚痕斑。

亦著眼於其身世出處，而許以「纏緜悽惋」、「筆至情深」〔註44〕之評。

繼吳梅村之後，甌北於清代詩人獨標舉查愼行，以爲其年少時，隨軍南行，目睹兵戈殺戮之慘，民苗流離之狀，故出手卽帶慷慨沈雄之氣；入京之後，角逐名場，奔走衣食，閱歷既久，鍛鍊益深，「氣足則調自振，意深則味有餘」〔註45〕，故能得心應手，無一字不穩愜，此皆得力於江山戎馬，身世出處之助，遂能推擴心胸視界，無復淺語也。

〔註41〕 同上。
〔註42〕 見《甌北集》卷三十二。
〔註43〕 同上。
〔註44〕 見《甌北詩話》卷九。
〔註45〕 同上，卷十。

三、詩貴創新、忌榮古虐今

自明前後七子力主擬古以來，詩歌分期以見高下之說遂日趨壁壘
分明。清初王士禛標舉神韻，兼取唐宋以遏門戶之見，然自神韻說消
沉，沈德潛又推尊唐詩，厲鶚等則標榜宋詩，於是門戶之爭復成。甌
北論詩主性情，故頗不滿於唐規宋法之束縛，但凡發諸肺腑者，均堪
稱佳作，何須唯古是尚？其〈論詩〉〔註46〕詩：

> 滿眼生機轉化鈞，天工人巧日爭新，
> 預支五百年新意，到了千年又覺陳。
>
> 李杜詩篇萬口傳，至今已覺不新鮮，
> 江山代有才人出，各領風騷數百年。
>
> 隻眼須憑自主張，紛紛藝苑漫雌黃，
> 矮人看戲何曾見，都是隨人說短長。

卲明自指出詩歌之發展無日不趨新，所謂「世間美好無盡藏，古人寧
遂無餘地，代有作者任取將，……眞仙不藉舊丹火，神醫自有新藥方」
〔註47〕，是故甌北於己作亦不憚改：「焉知今得意，不又他日疚，詩
文無盡境，新者輒成舊」〔註48〕，必先抱持詩歌之進化觀，方能無儳
於前賢大名而自暴自棄、人云亦云或守疵抱纇，難以割愛。

正因詩道廣大，無日不趨新，是以「論人且復先觀我，愛古仍須
不薄今」〔註49〕，分唐界宋的腐儒之見皆無足取：

> 宋調唐音百戰場，紛紛脣舌互雌黃，
> 此于世道何關係，竟似儒家鬭老莊。〔註50〕
>
> 詞客爭新角短長，迭開風氣遞登場，
> 自身已有初中晚，安得千秋尚漢唐？〔註51〕

〔註46〕見《甌北集》卷二十八。
〔註47〕同上，卷三十五〈連日翻閱前人詩，戲作效子才體〉。
〔註48〕同上，卷二十四〈刪改舊詩作〉。
〔註49〕同上，卷四十三〈稚存見題拙集《甌北詩話》，次韻奉答〉。
〔註50〕見《甌北集》卷四十八〈論詩〉。
〔註51〕見《甌北集》卷二十八〈論詩〉。

　　　　世儒目論多拘牽，每薄今人慕古賢，

　　　　庸知不朽有眞價，何論已往與目前？〔註52〕

詩歌之眞價，乃在於能推陳出新而自成絕唱，若泥於古人行步，則終
難出其樊籬，是以〈讀杜詩〉〔註53〕有云：

　　　　杜詩久循誦，今始識神功，不創前未有，焉傳後無窮？

　　　　一生爲客恨，萬古出群雄，吾方老津逮，何由羿彀中？

卽意謂「必創前古之所未有，而後可以傳世」〔註54〕。

　　　至於例來文人相輕，互爲訾議，實乃胸次狹隘所致，其〈子才過
訪草堂，見示近年遊天臺、雁蕩、黃山、匡廬、羅浮諸詩，流連竟夕
喜賦〉〔註55〕及〈爭名〉二詩，於此皆有精闢之論：

　　　　文人例相輕，反脣互瑕尤，楊恥王後居，邢笑任集偷，

　　　　嘲杜飯顆山，壓李黃鶴樓，豈知皆小見，氣矜群兒咻，

　　　　茫茫大宇宙，聽人各千秋，蓋棺論自定，睽睽有萬眸。……

　　　　文士相輕古有之，詞壘壁場各堅持，

　　　　集偷沈約嗤爲賊，經授遵明不奉師，

　　　　村女插花偏自好，醜人詬鏡果何私，

　　　　千秋自有無窮眼，豈用爭名在一時？〔註56〕

對於例來文人相輕惡習至表不滿〔註57〕，所謂「千秋自有無窮眼，豈
用爭名在一時」〔註58〕，但凡有眞本領者，終難掩輝光，而能得客觀
定評。

　　　《甌北詩話》十二卷中，評李白、韓愈、白居易、蘇軾各一卷，

──────────

〔註52〕同上〈寄隨園主人〉。

〔註53〕同上，卷三十九。

〔註54〕見《甌北詩話》卷四。

〔註55〕見《甌北集》卷三十。

〔註56〕同上，卷三十七。

〔註57〕〈子才過訪草堂，見示近年遊天臺、黃山、匡廬、羅浮諸詩，流連
　　　　竟夕喜賦〉詩中「壓李黃鶴樓」一句，指李白至黃鶴樓，本欲題詩，
　　　　然因崔顥已有絕唱而擱筆事（見《唐才子傳》）。然李白於崔顥並無
　　　　相輕之意，甌北殆爲與上句「嘲杜飯顆山」對仗而故用之耳。

〔註58〕一卷爲年譜。

陸游二卷，元好問、高啓共一卷，吳偉業、查慎行各一卷，其中不僅有唐、宋、元、明之詩人，更將僅早其數十年之查慎行亦列入大家，並謂「詩有眞本領，未可以榮古虐今之見輕爲訾議也。」〔註59〕，此正爲甌北詩學進化觀之體現，頗能摒棄揚古抑今，貴遠賤近之陋習。

是以甌北極重視發人之所未發之創體、新詞，如論李白，特贊許其對建安以降綺麗詩風之反動，能不屑於雕繪，掙脫格律束縛。評杜甫，則強調其有前人所無之獨創句法，如「綠垂風折筍，紅綻雨肥梅」之倒裝句，不僅適應聲律要求，亦突出茂葉垂綠，初葩綻紅之生動意象。論韓詩，則指出已有李、杜二大家居其前，縱極力變化亦難再關蹊徑，故特就杜詩之奇險處推擴，而有各種創體、創格、創句。風行水上，自然成文之東坡，亦有筆力所到，自成創格之佳作，如〈百步洪〉詩，連用七喻形容水流之迅駛；〈與趙景貺、陳履常同過歐陽叔弼小齋〉句法之奇，皆自古所未有，然老橫莫敢議其拙率者。此外，如韓、孟之長篇聯句，元、白之長篇次韻，蘇軾之雙聲叠韻詩，黃庭堅之二十八宿詩，以至專用字之偏旁綴合成句，以古人姓名藏句中、藥名體等雜體詩，甌北亦均予以形式技巧之肯定。

然而甌北並不專主形式技巧之逞奇爭勝，而更在乎精思結撰卻不露痕迹之眞鍊工夫〔註60〕。是故如韓愈〈南山〉、〈征蜀〉、〈陸渾山火〉諸作，甌北視之爲「聱牙轇舌而實無意義」〔註61〕；江西詩派宗主黃山谷，亦「專以拗峭避俗，不肯作一尋常語，而無從容游泳之趣」〔註62〕。可見甌北雖忌抱柱守株，人云亦云，然決不因刻意創新而於字句間爭奇鬪險，乃是追求言簡意深，眞鍊之至之自然化境。是以所謂「預支五百年新意」〔註63〕，當指詩歌內容之創新，

〔註59〕見《甌北詩話》卷十。
〔註60〕參見本節創作原則之二「以才運學，才學相濟」。
〔註61〕見《甌北詩話》卷三。
〔註62〕同上，卷十一。
〔註63〕見《甌北集》卷二十八〈論詩〉。

無論發抒性情或鎔鑄舊典，皆須以「立意」爲原則〔註64〕，如是則上可令人驚心動魄，次亦沁人心脾。

　　旣須推陳出新另立新意，又須本諸性情以求其眞，尙不得藉字句逞奇鬪險，則所謂「新意」究竟何所指？甌北〈稱詩〉〔註65〕一首卽可略作詮釋：

　　　　稱詩何必苦爭新，無意爲詩境乃眞，
　　　　水月鏡花言外意，雪來柳往景中人，
　　　　江東杜甫垂雲暮，枕中歐陽夜嚮晨，
　　　　莫食地肥煙火氣，仙人掌有露華新。

其要大抵卽在於不刻意爭新，但由耳目之所聞見發端，卻能能醇淡中先得人心之所同然，使「人人意中之所有，卻未經人道過，一經說出，便人人如其意之所欲出」〔註66〕。如劉希夷名句：「年年歲歲花相似，歲歲年年人不同」、王維〈渭城曲〉：「勸君更進一杯酒，西出陽關無故人」等〔註67〕，皆爲人心之所相通，故能感人傳世。

第二節　論詩體流變

　　甌北論詩體流變之說，分見於《甌北詩話》卷三、卷四、卷十一、卷十二及《陔餘叢考》卷二十三、二十四等處，然多隨條札記而無完整系統，本節乃加以歸納，並分古體詩、近體詩及其變體、雜體詩三大類，擇要而綜述如下：

一、古體詩

　　指不拘聲律、對仗，而有別於唐代近體詩之作，又可分十二類：

（一）一、二言詩

　　《陔餘叢考》卷二十三，〈一、二言〉條以爲一言詩乃濫觴於《詩

〔註64〕 同註60。
〔註65〕 見《甌北集》卷五十二。
〔註66〕 見《甌北詩話》卷十一。
〔註67〕 同上。

經》〈緇衣〉章，顧炎武所謂「敝」字爲句、「還」字爲句。此外，《吳志・歷陽山石文》亦以「楚」、「吳」字爲句。若夫二言詩，孔穎達〈詩正義序〉及劉勰《文心》皆舉《詩經》「祈父」、「肇禋」爲最早，甌北則謂此固二字詩，然尚非兩字卽成一韻，乃若《老子》「法本章」、《史記》「田家之祝詞」、《吳越春秋》「黃竹之歌」等，方以兩字相諧矣，然此尚非通首二言，通首皆二言者，古來唯《輟耕錄》所載〈虞伯生咏蜀漢事〉一首耳。

按：詩〈緇衣〉章及吳志〈歷陽山石文〉固有一字句，然亦非通篇，故稱之爲一言詩，仍嫌牽強。至於甌北所引《老子》「法本章」、《史記》「田家之祝詞」諸篇，韻雖二字相叶，然其意則須四字一頓乃完足，故亦只得聊備一說耳。

（二）三言詩

《陔餘叢考》卷二十三〈三言詩〉條云〈國風〉：「山有榛」、「隰有苓」；〈周頌〉：「綏萬邦」、「屢豐年」之類，已有三言句法，漢〈安世房中歌〉：「豐草葽」、「雷震震」二章及〈郊祀歌〉：「練時日」、「太乙貺」、「天馬徠」諸章則已創其體，故蔡絛《金玉詩話》〔註68〕謂三言起於魏末高貴鄉公，非確論也，蓋古詩中原有此句法，迨漢初方以之爲全篇，然後世罕有爲之者。

按：梁任昉《文章緣起》及嚴羽《滄浪詩話》又有三言始於晉散騎侍常夏侯湛之說，郭紹虞《滄浪詩話校釋》已辨其非〔註69〕。實則三言之濫觴，確可上溯至「國風」，惟未爲通篇耳，甌北所云誠爲確論。

（三）四言詩

《陔餘叢考》卷二十三，「四言」條云四言詩當以舜典「喜起之

〔註68〕《金玉詩話》一卷，《說郛》題蔡絛撰，並注「西清無爲子」五字。今是書已殘而不全，郭紹虞《宋詩話輯佚》即據《說郛》所收錄而定名爲《西清詩話》。

〔註69〕見郭紹虞《滄浪詩話校釋》（台北：里仁出版社，民國76年）頁50，註6。

歌」爲首，《尚書・大禹謨》：「內作色荒，外作禽荒」六句亦濫觴也。至如〈擊壤歌〉、〈卿雲歌〉、〈塗山歌〉、〈虞人箴〉、〈西王母謠〉等，或有疑係後人僞託者，甌北則謂其音節皆高貴簡古，要非漢以後人之所能。蓋周秦以上及漢初詩皆四言，自五言興而四言遂少。

按：先民歌謠作者之眞僞已不可辨，故甌北此論或可聊備一說。又四言另有始於韋孟諷諫之說，明陳懋仁《文章緣起註》謂此殆以其敘述布詞自爲一體，已臻定式，故稱四言始自韋孟，非徒言耳。綜上所述，則四言殆濫觴自先民歌謠，至三百篇蔚爲大觀，迨韋孟則自成定體也。

（四）五言詩

《陔餘叢考》卷二十三，「五言」條云三百篇中，五言單句固已指不勝屈，然猶未製爲全篇，通篇五言者當始於〈古詩十九首〉及蘇李之贈答，蓋漢武好尚文詞，故才士爭新鬭奇，創爲此體。實則天地間自然有此一種，至時而開，不能秘也，如劉勰所謂「召南行露，已肇半章；孺子滄浪，亦有全曲」，則五言久矣，蓋四字密而不促，六字格而非緩，故或變之以三、五。

按：甌北論五言詩之成因，誠爲允論，惟〈古詩十九首〉當爲東漢末，五言已臻成熟之極詣，蘇李之贈答則係後人所僞託，故當云五言乃至此時而成熟，非始自彼時也。徐師增〈文體明辨序目〉有：「五言之源生於『南風』，衍於『五子之歌』，流於『三百五篇』，而廣於離騷，特其體未備耳。逮漢魏蘇李，始以成篇」云云，言簡而意賅，可資參考。

（五）六言詩

《陔餘叢考》卷二十三，〈六言〉條云六言詩當濫觴自《詩經》：「謂爾遷於王都」，「曰予未有家室」等句，至漢大司農谷永，乃創爲全篇而自成一家。惜今已不傳，後世爲之者亦絕少。

按：《詩經》及漢樂府中，六言之單句頗多，然通篇皆六言者，

殆始自谷永，惜今有目無詩，已不可考。黃節《詩學》引《後漢書·孔融傳》，謂融者有詩、頌、碑文、六言、策文、表、檄等，所謂六言卽六言詩也，今傳三首。綜上所述，則六言固濫觴自《詩經》、漢樂府，至谷永始成定體，後世則孔融擅焉，惜今多不傳，殆漢人文賦書牘多用六言，是故以之爲文者多，爲詩者少也。〔註70〕

（六）七言詩

《陔餘叢考》卷二十三，〈七言〉條採劉勰七言出自詩騷之說，並引顧炎武之語，謂《楚辭》〈招魂〉、〈大招〉去其「些」、「只」字，卽是七言，特未以之爲全篇耳。至漢武柏梁聯句乃通體七言，人遂以爲七言之始也。

然甌北又考稱古已有通篇七言者，如寧戚〈飯牛歌〉、項羽〈垓下歌〉、漢高祖〈大風歌〉、漢初〈雞鳴歌〉、安世〈房中歌〉等皆是，故非始自柏梁聯句也。

按：柏梁聯句詩見《古文苑》卷八。顧炎武《日知錄》卷二十一曾加考證，謂是後人剟取武帝以來官名及〈梁孝王世家〉乘輿駟馬事以合之也。丁福保〈全漢三國晉南北朝詩緒言〉則稱柏梁一詩，「考宋古本文苑之無註者，每句下但稱官位而無名氏。有姓有名者，唯郭舍人東方朔耳。自章樵增註，妄以其人實之，以致前後矛盾，因啓後人之疑，故妄增之姓名宜刪」。此亦足備一說。

甌北所論，固皆爲七言之濫觴，然均屬醞釀期之作。誠如陳懋仁〈文章緣起註〉所云「柏梁」以前，有〈皇娥〉、〈白帝子〉、〈擊壤〉、〈箕山〉、〈大道〉、〈狄水〉諸歌，俱七言也。或曰始于〈擊壤〉，或曰已肇〈南山〉，或曰起自〈垓下〉，然「兮」「哉」之字類于助語，句體非全，故自漢魏六朝，下及唐宋以來，迭相師法者，實祖「柏梁」也。且夫語助詞之屬，楚《騷》須去之以成七言，《樂府》則須納之以全七字之數，或增或減，體例不定，亦難令人信服矣。

〔註70〕見黃節《詩學》（台北：啓華出版社，民國58年），頁5。

明徐禎卿《談藝錄》:「七言始起,咸曰『柏梁』,然寧戚〈扣牛〉,已肇〈南山〉之篇矣。其爲則也,聲長字縱,易以成文,故蘊氣調詞,與五言略異,要而論之,〈滄浪〉擅其奇,〈柏梁〉宏其質,〈四愁〉墜其雋,〈燕歌〉開其靡,他或雜見於樂篇,或援格於賦系,妍醜之間,可以類推矣。」論七言之流變,言簡意賅,可資參考。

（七）八言詩

《陔餘叢考》卷二十三,〈八言〉條云今所傳世之八言詩甚少。《漢書·東方朔傳》謂朔有八言、七言上下各二篇,然今已佚。顧炎武以《詩·魏風·伐檀》:「胡瞻爾庭有懸狟兮」爲八言,然兮字係語助詞,非詩中字也,唯「我不敢效我友自逸」一句,悉爲八言。

若夫李賀詩有「酒不到劉伶墳上土」一句,宋人李端叔〈題王循書院壁〉有「不愛爾井泉百尺深,不愛爾庭樹千丈陰」、元人戴帥初〈題范文正公黃素小楷〉:「有耳不聽下里巴人,有手不寫劇秦美新」,皆不過一二句,而通首仍七言。古來通篇八言者,殆唯《舊唐書》盧群在吳少誠席上所作之歌諷:「祥瑞不在鳳凰麒麟,太平須得邊將忠臣,但得百僚師長肝膽,不用三軍羅綺金銀」云云。

按:甌北所謂「惟我不敢效我友自逸」一句。楊愼謂又可作「我不敢效我、友自逸」二句。故八言之濫觴縱可上溯至《詩經》,然尚非定體也。

（八）九言詩

《陔餘叢考》卷二十三,〈九言〉條採摯虞〈文章流別論〉之說,以爲九言濫觴自詩〈大雅·泂酌〉。若夫李白、杜甫、韋應物,元好問等古詩中雖間有一二句九言者,然非通篇,通首皆九字句者,唯明汪珂《玉珊瑚網》所載元天目山僧明本〈梅花詩〉一首。爾後明楊愼亦有九言之〈梅花詩〉一首,乃創爲九言律矣。

按:甌北所云甚是。此外,任昉〈文章緣起〉又有九言始於魏高貴鄉公之說,然有目而無詩,僅聊備一說耳。

（九）十言、十一言詩

　　《陔餘叢考》卷二十三，〈十言、十一言詩〉條云李東陽《懷麓堂詩話》稱詩有十字者，如太白：「黃帝鑄鼎於荊山鍊丹砂，丹砂成騎龍飛上天太清家」是也；有十一字者，如少陵詩：「玉郎酒酣拔劍斫地歌莫哀，我能拔爾抑塞磊落之奇才」、東坡詩：「山中故人應有招我歸來篇」是也。

　　按：今考諸《懷麓堂詩話》，並無此說，唯楊慎《升庵詩話》有：「李太白『黃帝鑄鼎於荊山鍊丹砂，丹砂成騎龍飛上太清家』，十言也。東坡詩『山中故人應有招我歸來篇』，十一言也」云云，殆甌北記憶有誤耳。且所引李白樂府〈飛龍引〉、杜甫〈短歌行贈王郎司直〉、東坡〈書王定國所藏江煙疊嶂圖〉等，全首中亦僅一、二句作十言、十一言耳，實不得列為一體。

（十）三、五、七言詩

　　《陔餘叢考》卷二十三，〈三五七言〉條云三、五、七言詩起於李太白〈秋風辭〉，爾後劉長卿〈送陸澧詩〉、宋、寇準〈江南春〉、金趙秉文〈秋風辭〉等，具為祖述之作。至清查慎行〈咏簾〉一首，自一字至七字皆有，則為創體。

　　按：嚴羽《滄浪詩話》謂三五七言體者，自三言而終以七言。而甌北所謂李白〈秋風辭〉一首者，歷來於其作者爭議頗多，嚴羽即以為隋鄭世翼所作。至於甌北所謂查慎行〈咏簾〉之作，今遍考其《敬業堂詩集》均未見，唯卷四十九《微波詞長短調》中有〈珍珠簾〉一闋，然此乃查氏早春憶弟之作，非關咏物也。其句法則一至九言皆有，未知甌北所指是否即此。

（十一）長短句

　　《陔餘叢考》卷二十三，〈長短句〉條稱三百篇中有間用長短句者，如「山有榛、隰有苓」一章。至漢而益多，如安世〈房中歌〉「我定歷數」一章，三言、四言、七言紛沓成篇；樂府〈日出入〉一首，

四、五、六、七言間用；漢武帝〈李夫人歌〉四、七言皆有；《漢書》〈燕王歌〉三、六、七言雜出，此皆後世長短句之祖。

按：甌北所謂長短句，意指古詩之雜言體，與詞之別名無涉。嚴羽《滄浪詩話》稱詩有一字至七字者，如唐張南史雪月花草等篇；又如隋人應詔文三十字，凡三句七言、一句九言，然皆不足爲法。

陳懋仁〈續文章緣起〉則以爲雜言詩起於漢戚夫人〈春歌〉，自三言而終以五言。至隋唐時有三、五、六、七、九言，其體之所以雜，出自篇什者也。

清劉大勤《師友詩傳續錄》則謂一至五七言或一五九言之體，古卽有之，然終近遊戲，不必措意。

綜上所述，雜言體殆濫觴自《詩經》，至漢樂府日多。然先民歌謠或漢代樂府，多以發抒性情爲主，遂不注重文句之整鍊，而屢有口語入於詩。至近體詩勃興，文人或有刻意擺脫束縛者，或無所用心而近乎遊戲，乃出之以雜言以別於近體。若論詩法，則無定式可言也。

（十二）樂　府

《陔餘叢考》卷二十三，〈樂府〉條採《漢書‧禮樂志》之說，以爲樂府之名起於漢武帝。並據《史記‧樂書》、《漢書‧樂志》及《文心‧明詩》諸說，以證樂府有武帝、朝臣之作，亦有地方歌謠。

按：樂府之名，本不起自漢武，然漢武之前所謂樂府者，近似於周秦之樂官，專司郊廟朝會之雅樂。至漢武定郊祀之禮，乃專設樂府官署採集民間歌謠以入樂，方有後世所謂之樂府詩。

漢武所設之樂府，除採集民歌外，文人貴族亦多所擬作再被之管絃，是故樂府詩既有民間之歌辭，亦有文人貴族之頌歌。

至於後世擬作，或捨調而取本意，或捨意而取本調，甚或有意調俱離而自創新體者。馮班《鈍吟雜錄》論之甚詳，可參見之。

二、近體詩及其變體

此指聲律論成熟之後，重聲律、言章法之絕句，律詩及其變格，

又可分爲七類：

（一）絕　句

　　《陔餘叢考》卷二十三，〈絕句〉條云絕句之名，當始於南朝，如《南史》王昶奔魏，道中有〈斷句詩〉，梁元帝降魏，亦作絕句四首，可見絕句之名，宋、梁時已有。

　　至於絕句與律詩之產生先後，甌北則以唐人稱絕句爲律詩，李漢編《昌黎集》，凡絕句皆入律詩，白居易亦以絕句入格詩，可證前人所謂「絕截自律」之說確爲可信。

　　按：甌北所引王昶、梁元帝詩，雖亦出之以四句，且名爲「斷句」，然體製則非後世所謂之近體詩，乃取其「臨絕」「悲絕」之意也。至於「絕截自律」之說，實不可信。蓋五絕自五言古詩來，七絕自歌行來，二體皆在律前。且五言四句之作，漢樂府如〈枯魚過河泣〉即是也，曹植集中亦有數首，然均屬少見，亦非後世所謂之近體絕句。乃至南朝聲律論勃興，復受吳歌西曲影響而作者日增，故律先於絕，絕截自律之說實誤也。

（二）五七言排律

　　《陔餘叢考》卷二十三，〈五七言律排〉條云五七律及排律雖創於初唐沈宋諸人，然六朝已開其端。沈約〈八咏詩〉已全是五律，惟七八兩句失粘耳。至陰鏗〈安樂宮詩〉，則已全乎律體。梁簡文帝〈春情〉一首、溫子昇〈搗衣〉一首、王勛〈北山〉一首、陳後主〈聽箏〉一首，又皆七言屬對，絕似七律，惟篇末雜以五言二句耳。薛道衡〈昔昔鹽〉此又五排濫觴；蔡孚〈打毬篇〉，七排濫觴也。

　　按：排律之名，大抵肇自高棅《唐詩品彙》〔註71〕。甌北溯其源流，所云甚是。此外黃節《詩學・六朝詩學》一節以爲五言古詩既興，而後變體作焉：由二句換韻變爲四句換韻，再變爲八句同韻，進

─────────────────

〔註71〕見清錢良擇《唐音審體》（台北：藝文印書館，清詩話第五冊，民國48年）。

而有五言排律，七古亦然，先有三句同韻之變體，進而有兩句換韻，而後又有四句三同韻者。由七絕雛形，又漸有七律形體，再益爲七排體式。是故由五七言古創而爲絕、律、排律，源流遞而可數。黃氏此說實可補充甌北之論。

（三）五、七言律詩

《陔餘叢考》卷二十三，〈五七言排律〉條云五七律及排律雖創於初唐沈宋諸人，然六朝已開其端。《甌北詩話》卷十二，〈七言律〉條又云自〈古詩十九首〉以五言傳，〈柏梁〉以七言傳，於是才士專以五七言爲詩。然漢魏以來，尚多散行，不尚對偶。自謝靈運輩始以屬對爲工，已爲律詩開端；沈約輩又分別四聲，創爲蜂腰、鶴膝諸說，而律體始備。至唐初沈、宋諸人，益講求聲病，於是五七言律遂成一定格式。蓋事之出於人爲者，大抵日趨於新，精益求精，密益加密，本風會使然，故雖出於人爲，其實天運也。就有唐而論，其始也尚多習用古詩，不樂束縛於規距行步中，卽用律亦多五言而七言猶少，七言亦多絕句，而律詩猶少。自高、岑、王、杜等早期諸作，敲金戞玉，研練精切。格式旣定，遂如一朝令申，莫不就其範圍。然猶多寫景，而未及於指事言情，引用典故。至少陵以窮愁寂寞之身，藉詩遣日，於是七律益盡其變，不惟寫景，兼復言情，七律之蹊徑，至是益大開。其後劉長卿、李義山、溫飛卿諸人，愈工雕琢，七律遂爲高下通行之具。

按：甌北所謂律詩權輿於南朝，諧律於初唐而精切於沈宋，變化於老杜云云，誠爲確論。惟「高、岑、王、杜等早朝諸作」云云，「高」當作「賈」，今高適律詩中無「早朝」詩，而賈至則有七律〈早朝大明宮呈兩省僚友〉詩，王維、岑參、杜甫均有和作。

（四）六句律詩

《陔餘叢考》卷二十三，〈六句律詩〉條云六句律詩始於李白〈送羽林陶將軍〉，此後惟白居易最多，如〈寒閨夜〉、〈縣西郊秋寄馬造〉

〈留題杭州郡齋〉、〈感芍藥花寄正一上人〉、〈孤山寺石榴花〉花，皆用此體（七言六句）。韓愈集中〈謝李員外寄紙筆〉一首，則五言六句律體也。

按：《甌北詩話》卷四亦有「六句成七律一首，青蓮集中已有之。香山最多，而其體又不一，……前後單行，中間成對，此六句律正體也」云云，可資參考。

（五）拗體七律

《陔餘叢考》卷二十三，〈拗體七律〉條云拗體七律，以杜甫集中最多，乃專用古體，不諧平仄。中唐以後，則李商隱、趙嘏輩又有以第三第五字平仄互易之創體。如「溪雲初起日沈閣，山雨欲來風滿樓」、「殘星幾點雁橫塞，長笛一聲人倚樓」之類，別有擊撞波折之致。至元遺山又創一種拗在第五六字者，如「來時珥筆誇健訟，去日攀車餘淚痕」之類，然後人襲用者少。

按：「溪雲初起日沈閣，山雨欲來風滿樓」一聯，乃許渾〈咸陽城東樓〉詩，非李商隱、趙嘏所作也。至於拗體章法，如杜甫、黃山谷係用古體音節，但式樣仍是律耳。而李商隱、許渾等所作拗體，每首有一定章法，每句有一定字法，乃拗體中另自成律，不許凌亂下筆。大抵拗體乃詩之已成功夫，如學書已至眞行草法一一精能，方可任意下筆，否則徒貽笑大方之家耳。

（六）律詩不屬對

《陔餘叢考》卷二十三，〈律詩不屬對〉條云唐人律詩第三、四句雖有不屬對者，如李白〈夜泊牛渚懷古〉、崔顥〈登黃鶴樓〉之類，然第五六句則未有不對，唯白居易詩有通首不對而平仄甚諧者，如〈重題西寧寺牡丹〉、〈憶元九詩〉等，此外少有作者。

按：崔顥〈登黃鶴樓〉之三、四句，《滄浪詩話》稱之爲十四字對。實則近體之格律章法，乃至老杜方趨於嚴密，且李白之性情本豪放不羈，自不屑於雕章琢句，若僅以格律求之，必有所失也。

（七）律詩兼用二韻

　　《陔餘叢考》卷二十三，〈律詩兼用二韻〉條引黃朝英《湘素雜記》所載，鄭谷與僧齊己、黃塤等共訂今體詩格式云：「凡詩用韻有數格：一曰葫蘆，一曰轆轤，一曰進退。葫蘆韻者，先二後四；轆轤韻者，雙出雙入；進退韻者，一進一退。」

　　按：今本黃朝英《湘素雜記》已無此則，唯見於魏慶之《詩人玉屑》、胡仔《苕溪漁隱叢話》所稱引。所謂葫蘆格、轆轤格之用韻方式，可表解如下：

　　葫蘆格：ＡＡＢＢＢＢ

　　轆轤格：ＡＡＢＢ

　　進退格：ＡＢＡＢ

三、雜體詩

　　指運用各種修辭技巧，而使詩之體製、形式自成特色者，又可分為九類：

（一）離合體

　　《陔餘叢考》卷二十四，〈離合詩〉條引南宋劉一止〈山居詩〉一首：「日月明朝昏，山風嵐自起。石皮破仍堅，古木枯不死。可人何當來，意若重千里。永言詠黃鶴，志士心未已」列為拆字體。

　　按：所謂拆字詩，即《滄浪詩話·詩體》篇中所謂之離合體，係以字拆合成文。梁任昉〈文章緣起〉、唐吳兢〈樂府解題〉、宋葉夢得《石林詩話》、嚴羽《滄浪詩話》，皆以為離合詩肇始於孔融〈漁父屈節〉四言一篇。近人何文匯《雜體詩釋例》則以為離合體可上溯古代讖諱之說〔註72〕，下推藏頭、歇後、口字詠諸作，論說甚詳，可參見之。

（二）廻文詩

　　《陔餘叢考》卷二十三，〈廻文詩〉條云廻文詩始自蘇蕙。《文心

〔註72〕　見何文匯《雜體詩釋例》（香港中文大學出版，民國76年），第三章「離合體」。此說本於劉勰，《文心雕龍·明詩》篇。

雕龍》雖稱始自道原，道原者，何時何人今已不詳，唯梅慶生註《文心雕龍》有宋末道慶作四言廻文一首云云，甌北疑卽道原之訛也。然道慶爲宋人，乃在蘇蕙之後，所以有始自道原之說，殆以南北朝分裂，蕙所作尚未傳至江南故耳。

按：廻文詩之起源，又有始自晉傅咸、溫嶠之說〔註 73〕，然二詩今皆不存。所謂廻文者，意指詩中字句往復讀之皆可成章也。何文匯《雜體詩釋例》云舊似有廻文、反覆二體，大抵廻文詩僅能順讀及廻讀，而反覆體則詩成環狀，舉一字往復讀之皆通且諧韻也〔註 74〕。蘇蕙所作詩文又名〈璇璣圖〉，係屬後者。

（三）集句體

《陔餘叢考》卷二十三，〈集句〉條據宋蔡絛《金玉詩話》、高文虎《蓼花洲閒錄》之說，稱宋初已有集句，至石曼卿而大著。而晉傅咸〈集經語毛詩詩〉一首則爲集句詩之權輿。〔註 75〕

按：集句詩固可因難見巧，要亦文人遊戲筆墨之一端耳。

（四）雜嵌體

1. 人名體

《陔餘叢考》卷二十四，〈以古人姓名藏句中〉條云人名體詩，殆始於《權德輿文集》卷八之〈古人名詩〉：「藩宣秉戎奇，衡石崇位勢，年紀信不留，弛張良自愧。樵蘇則爲惬，瓜李斯可畏。不顧榮宦尊，每陳農畝利。家林類巖巘，負郭躬斂積。忌滿寵生嫌，養蒙恬勝智。疎鐘皓月曉，晚景丹霞麗。澗谷永不諼，山梁冀無累。頗符生肇學，得展禽尚志。從此直不疑，支離疏世事。

按：《甌北詩話》卷十二亦有此條，內容相同。甌北所引權德輿

〔註 73〕見《全唐詩》（台北：文史哲出版社，民國 67 年）第九函第九冊，皮日休〈雜體詩序〉。
〔註 74〕同註 72，第四章「廻文體」。
〔註 75〕見《全漢三國晉南北朝詩》（台北：世界書局，民國 51 年），〈全陳詩〉，卷三。

詩中，句句皆有人名嵌其中：宣秉，見《後漢書》‧列傳卷五十七；石崇，見《晉書》‧列傳三十三；紀信，見《史記》‧列傳七；張良，見《史記》‧列傳五十五；蔡則，見《魏書》‧列傳十六；李斯，見《史記》‧列傳八十七；顧榮，見《晉書》‧列傳六十八；陳農，東漢人，見《中國人名大辭典》（頁 1095）；林類，春秋魯人，見《中國人名大辭典》（頁 591）；郭躬，見《後漢書》‧列傳七十六；滿寵，見《魏書》‧列傳二十六；蒙恬，見《史記》‧列傳八十八；鐘皓，見《後漢書》‧列傳九十二；景丹，見《後漢書》‧列傳五十二；谷永，見《漢書》‧列傳八十五；梁冀，見《後漢書》‧列傳六十四；苻生，見《魏書》‧列傳九十五；展禽、直不疑，見《史記》‧列傳一○三；支離，古代善屠者支離益之簡稱，見《文選》晉張協〈七命〉李善注。

　　宋范晞文《對床夜語》卷三稱詩用古人名，前輩謂之點鬼簿，蓋惡其爲事所使也。胡仔《苕溪漁隱叢話》前集卷四十八云用事忌僅填塞故實。大抵用典貴能切合，若比類得當，則頗能收言近旨豐之效也。

2. 曲牌名體

　　《陔餘叢考》卷二十四，〈曲牌名入詩〉條，引《客中閒集》所載明舒芬詩：「爲愛宜春令出遊，風光猶勝小梁州，黃鶯兒唱今朝事，香柳娘牽舊日愁。三撾鼓催花下酒，一江風送渡頭舟，嗏子沉醉東風裏，笑剔銀燈上小樓」稱此乃以曲牌名入詩也。

　　按：《客中閒集》，今未見著錄，亦不知作者何人。〈宜春令〉、〈小梁州〉、〈黃鶯兒〉、〈香柳娘〉、〈一江風〉、〈沉醉東風〉、〈上小樓〉，皆元曲曲牌名也。

3. 建除體

　　《甌北詩話》卷十二有〈建除體〉一條，稱詩苑類格有建除體一種，以「建、除、滿、平、定、執、破、危、成、收、開、閉」十二字冠於句首，此本鮑照所創。

　　按：鮑照「建除詩」原文如下：「建旗出敦煌，西討屬國羌。除去

徒與騎，戰車羅萬箱。滿山又塡谷，投鞍合營牆。平原亘千里，旗鼓轉相望。定舍後未休，候騎敕前裝。執戈無暫頓，彎弧不解張。破滅西零國，生虜郅支王。危亂悉乎蕩，萬里置關梁。成軍入玉門，士女獻壺漿。收功在一時，歷世荷餘光。開壤襲朱紱，左右佩金章。閉帷草太玄，茲事殆愚狂」係以建除十二辰嵌於奇句之首，共十二韻。十二辰又名十二神，術數家以此定日之吉凶，可參見《淮南子‧天文訓》。

4. 題字嵌句首

《陔餘叢考》卷二十四，〈題字嵌句首〉條云東坡將自杭還朝，坐中有營妓鄭容求落籍，高瑩求從良，坡為題「減字木蘭花」一詞，判其牘尾云：「鄭莊好客，容我尊前先墮幘。落筆生風，籍籍聲名不負公。高山白早，瑩骨冰肌那解老。從此南徐，良夜清風月滿湖」蓋用八字於句首，乃「鄭容落籍，高瑩從良」也。

5. 綴合同部首字入詩

《甌北詩話》卷十二，〈各體詩〉條云黃庭堅〈託宿逍遙觀詩〉，專用字之偏旁相同者綴合成句：「逍遙近道邊，憩自慰憊憊，草萊荒蒙蘢，室室甕塵坌。僮僕侍偪側，涇渭清濁混」此係山谷創體。

按：該詩綴合辵部、心部、艸部、宀部、亻部、水部諸字成詩，固近乎文字遊戲，然亦前所未有，故甌北亦別列一體以言之。

6. 數名體

《陔餘叢考》卷二十四，〈數目字入詩〉條云鮑照〈數名詩〉詩：「一身仕關西，家族滿山東，二年從車駕，齋祭甘泉宮。三朝國慶華，休沐還舊邦。四牡曜長路，輕蓋若飛鴻。五侯相餞送，高會集新豐。六樂陳廣坐，祖帳揚春風。七盤起長袖，庭下列歌鐘。八珍盈雕俎，綺肴紛錯重。九族共瞻遲，賓友仰徽容。十載學無就，善宦一朝通」，為數名體之始。

按：鮑照嵌一至十於奇句句首，共十韻，確為數名體之濫觴。

7. 十二辰

《陔餘叢考》卷二十四，〈十二生肖、八音入詩〉條云《北史》

載魏太和中，崔光依宮、商、角、徵、羽本音而爲五韻詩以贈李彪，彪逐作十二次詩以答之說，惜今已不傳。今可見最早以十二辰入詩者乃始於沈炯。

　　按：甌北所言甚是。所謂十二辰者，乃以動物十二種分配十二地支，又稱十二屬。王充《論衡‧物勢篇》論之頗詳，甌北《陔餘叢考》三十四另有十二相屬起於後漢之考證。而沈炯〈十二屬詩〉：「鼠迹生塵案，牛羊暮下來，虎嘯生空谷，兔月向窗開。龍隰遠青翠，蛇柳近徘徊。馬蘭方遠摘，羊負始春栽。猴栗羞芳果，雞砧引清懷。狗其懷屋外，豬蠡窗悠哉」〔註75〕以鼠、牛、虎、兔、龍、蛇、馬、羊、猴、雞、狗、豬分嵌於各句句首，確爲十二屬詩之祖。唯後世作者則不泥於句首及十二屬之次序。

8. 八音體

　　《陔餘叢考》卷二十四，〈十二生肖八音入詩〉條引《客中閒集》所載林清詩：「金紫何曾一掛懷，石田茅屋自天開。絲竿釣月江頭住，竹杖挑雲嶺上來。匏實曉收栽藥圃，土花春長讀書臺。革除一點浮雲慮，木筆題詩酒數杯」，稱此乃以八音入詩也。

　　按：《周禮‧春宮大師》：「播之以八音：金石土革絲木匏竹」此八音原序也。《尚書‧舜典》：「三載，四海密遏八音」。《傳》云：「八音：金石絲竹匏革土木。」逐爲後世之序也。八音入詩實始自沈炯：「金屋貯阿嬌，樓閣起迢迢。石頭足年少，大道跨河橋。絲桐無緩節，羅綺自飄飄。竹煙生薄晚，花色亂春朝。匏瓜詎無匹，神女嫁蘇韶。土地多妍冶，鄉里足塵囂。革年未相識，聲論動風飈。木桃堪底用，寄以答瓊瑤」〔註76〕一首。

9. 藥名體

　　《陔餘叢考》卷二十四，〈藥名爲詩〉條云藥名之入於詩歌，淵源甚早，如《詩經》「采采芣苢」之類，爾後唯文字中用之，而以之

〔註76〕同上，《全陳詩》，卷二。

入於詩詞者甚少，如張籍〈答鄱陽客詩〉：「江皋歲暮相逢地，黃葉風前半夏枝」；柳宗元：「蒔藥閒庭延果老，開尊虛室值開人」〔果老卽甘草〕等，皆不過興會所觸，偶拈入詩，非專以鬭巧也。至陸龜蒙有「鳥啄蠹根回」、「斷續玉琴哀」之句，乃刻意爲之。〔沈括云鳥啄乃鳥啄之訛，斷續則應作續斷，皆中藥名〕《六一詩話》云陳亞嘗以藥名爲詩至百首，如〈咏上元夜遊人〉：「但看車前牛嶺上，十家皮沒五家皮」、〈贈乞雨自曝僧〉：「不雨若令過半夏，定應曬作葫蘆巴」等，皆遊戲筆墨，頗亦可喜。

按：陳亞，宋揚州人，其集今不傳，作品多散見於各詩話筆記，尤以宋吳處厚《青箱雜記》爲最詳。詩中所云「牛嶺」即「牛領」，「五家皮」卽「五加皮」、與「半夏」、「葫蘆巴」皆藥名也。

藥名之入於詩文，誠如甌北《陔餘叢考》卷所云，淵源甚早，然詩經以之入詩，純係比興手法，而刻意以之爲詩者，則當推王融〈藥名詩〉：「重臺信嚴敞，陵澤乃閒荒。石蠶終未繭，垣衣不可裳。秦芎留近咏，楚蘅揹遠翔。韓原結神草，隨庭衛夜光」一首。〔註77〕

10. 星宿名體

《甌北詩話》卷十二，〈各體詩〉條云黃山谷有〈二十八宿歌贈晁無咎〉，以二十八星宿嵌於字內，首創此體。

按：星宿名入詩，殆濫觴於《詩經》〈啓明〉、〈長庚〉，而刻意以之爲詩者，則首創於王融：「眇歎屬辰移，端憂臨歲永。久憨入漢客，每愧遵河影。仙羽誠不退，蓬襟良未整。誰謂無正心，大陵有霜穎」〔註78〕「星宿詩」一首，而廣星名爲二十八宿體者，則爲北宋黃庭堅、晁補之、孔平仲等，其法每句嵌一宿名，先蒼龍（角亢氐房心尾箕），次玄武（斗牛女虛危室壁），次白虎（奎婁胃昴畢觜參），次朱雀（井鬼柳星張翼軫），各宿依次嵌入，不可稍易〔註79〕。其題下注云：「類

〔註77〕 同上，《全齊詩》，卷二。
〔註78〕 同上。
〔註79〕 同註73，見第十章。

格不言二十八宿誰爲此體，得非始於山谷耶？」〔註80〕今觀現存古人詩作均未見，殆始於山谷無疑也。

（五）禁　體

《陔餘叢考》卷二十三，〈禁體詩〉條云此體始於歐陽修守汝陰時，會飲聚星堂而約賦雪詩不得用玉、月、黎、梅、練、絮、白、舞、鵝、鶴等字。然《六一詩話》嘗記進士許洞會諸僧，分題出紙，約不得犯山、水、風、雲、竹、石、花、草、霜、雪、星、月、禽、鳥之類，此殆爲歐公所本。

按：所謂禁體詩，卽約定詩題後限用某字入詩也。

（六）風人體

《陔餘叢考》卷二十四，〈雙關兩意詩〉條云古樂府：「何當大刀頭，破鏡飛上天。天關生口中，銜悲不能語」、〈子夜歌〉：「霧露隱芙蓉，見蓮不分明。明燈照空局，悠然未有期。理絲入殘機，何悟不成匹」、〈讀曲歌〉：「芙蓉腹裏萎，蓮子從心起」、劉禹錫〈竹枝詞〉：「東邊日出西邊雨，道是無晴還有晴」、李商隱〈無題〉：「春蠶到死絲方盡，蠟炬成灰淚始乾」、東坡〈無題〉：「蓮子劈開須見薏，楸枰著盡更無棋。破衫卻有重縫處，一飯何曾忘卻匙」等，皆借字寓意，爲雙關兩意詩也。

按：所謂雙關兩意詩卽「風人體」，係借同音異字之諧音雙關語，或同音同字之混合雙關語，抑或下句釋上句之比興手法而婉曲道情，以達風人之旨，其流變可參見何文匯《雜體詩釋例》一書〔註81〕。

甌北所引古樂府，卽以下句釋上句，而「悲」本作「碑」，此又異字諧音雙關語也。〈子夜歌〉以「蓮」諧「憐」、「絲」諧「思」，而「期」本作「棊」，亦異字諧音雙關語。「匹」字則爲「布匹」、「匹配」之混合雙關，此又各以下句釋上句也。〈讀曲歌〉以「蓮」諧「憐」、

〔註80〕見《山谷外集》（台北：商務印書館四部叢刊續編，民國65年）。
〔註81〕同註73，第九章「風人體」。

－113－

〈竹枝〉詞則以「晴」諧「情」，並以下句釋上句。李商隱詩係以「絲」諧「思」，「淚」則「燭淚」、「人淚」雙關。東坡詩以「蓮」諧「憐」、「薏」諧「憶」、「某」諧「期」、「縫」諧「逢」、「匙」諧「時」，皆借字寓意也。

（七）雜聲韻體

1. 雙聲體

《陔餘叢考》卷二十三，「雙聲疊韻」條引皮日休〈雜體詩序〉之說，稱《詩經》「蟏蛸在東、鴛鴦在梁」為雙聲之始，六朝王融乃仿作雙聲詩。詩人有句中但二字雙聲者，老杜於此等處最嚴。至於全首皆用雙聲，讀之難如口吃者，始自姚合〈葡萄架〉詩，而後東坡亦有之，係文人遊戲筆墨之作。

按：《詩經》、《楚辭》運用雙聲、疊韻、聯緜詞極為普遍，然皆本乎天籟，至如全詩皆用雙聲者，則始自王融〈雙聲詩〉：「園蘅眩紅蘤，湖荇燁黃華。廻鶴橫淮翰，遠越合雲霞」一首。《甌北詩話》卷十二〈雙聲體〉一則又稱東坡有〈口吃詩〉，即本乎雙聲之理也。

2. 疊韻體

《陔餘叢考》卷二十三，〈雙聲疊韻〉條稱梁武帝作疊韻詩一句：「後牖有榴柳」，而命朝士仿作，乃疊韻詩之始。爾後唐末全句疊韻者甚多，皮、陸更以此唱和。

按：以疊韻字入詩，固屬形式技巧，然若運用巧妙，則可於修辭之外，兼收聲律之美，故甌北亦別列一體以言之。

3. 疊字體

《陔餘叢考》卷二十三，〈疊字〉條云疊字之法，乃濫觴於《詩經》、〈古詩十九首〉等，至韓愈〈南山〉詩刻意仿之，後世遂以此為工。有一句疊三字者，如吳融〈秋樹〉詩：「一聲南雁已先紅，槭槭淒淒葉葉同」；有一句內連疊三字者，如劉駕：「樹樹樹梢啼曉鶯，夜夜夜深聞子規」；有兩句連三字者，如白居易：「新詩三十軸，軸軸金玉聲」；有兩句疊四字者，如柳宗元：「柳州柳刺史，種柳柳江邊」等，

雖以此取奇，不過全首中一二句也。惟白居易〈題天竺寺〉詩：「一山門作二山門，兩寺原從一寺分。東澗水流西澗水，南山雲起北山雲。前臺花發後臺見。上界鐘清下界聞。遙想吾師行道處，天香桂子落紛紛」六句皆用疊字而成創格，然尚不失大方之家。

　　按：甌北所謂王融〈秋樹〉詩，今題係作〈紅樹〉；「槭槭淒淒葉葉同」一句，則多作「神女霜飛葉葉同」，參見《全唐詩》卷 687。大抵甌北論疊字體源流，所云甚是。此體若運用得當，可以少總多而情貌無遺；然若運用不當，則不僅音節滯緩，亦徒覺堆垛詞藻耳。

4. 詩句全用平、仄字

　　《陔餘叢考》卷二十三，〈詩句有全平仄者〉條稱《西清詩話》謂詩之全用仄聲者，始自梅堯臣。韓愈〈贈劉生詩〉：「青鯨高摩波山浮」、〈贈僧隆觀〉：「浮屠西來何施爲」；李商隱〈韓碑詩〉：「封狼生貙貙生羆」、「帝得聖相相曰度」等，皆七言之全平仄也。至通首以一句平一句仄相間，又始於皮、陸，今所傳皮日休雙聲〈溪上思〉：「疏杉低通墻，冷鷺立亂浪」是也。是故詩之全平仄者，唐已有之。

　　按：梅堯臣之前，詩雖有一句全用平或仄者，然尚非通首皆是，甌北稱唐人已有之，乃就單句言耳，未足算也。至於皮日休雙聲〈溪上思〉一首：「疏杉低通灘，冷鷺立亂浪；草彩欲夷猶，雲谷空澹蕩」，「灘」字甌北誤作「墻」字，且下二句已非全平全仄矣。

（八）聯句詩

　　《陔餘叢考》卷二十三，〈聯句〉條云此體當始自漢武帝時柏梁臺聯句〔註82〕，至韓愈則嶄新開闢。

　　按：聯句雖濫觴於漢武，然〈柏梁〉各自成章，非一一聯屬。爾後聯句之見於集者，當始於陶潛，六朝諸詩人續有作者，至唐韓、孟始製爲長篇巨構且饒富變化。

（九）和韻詩

〔註82〕　參見本節古詩㈥，「七言詩」條。

《陔餘叢考》卷二十三，〈和韻〉條稱《洛陽伽藍記》所載〈王肅繼室和詩〉及葉夢得《玉潤雜書》所謂梁武帝〈同王筠和太子懺悔詩〉，皆和韻體也，故六朝即有此體也。並採劉攽《中山詩話》之說，稱唐時賡和有次韻（先後無易）、有依韻（同在一韻）、有用韻（用彼韻不必和），又有和詩不和韻者，次韻實始自元白。蓋欲以難相挑耳。

按：清吳喬〈答萬季埜詩問〉云：「和詩之體不一，意如答問而不同韻者，謂之和詩；同其韻而不同其字者，謂之和韻，用其韻而次第不同者，謂之用韻，依其次第者，謂之步韻」此說可與甌所云互為補充。大抵古人步韻唱和，重在取意，至唐代此體漸盛，元、白、皮、陸更因難見巧，遂亦成一格。

第三節　對歷代詩人之評騭

甌北評騭歷代詩人之見解，多見於《甌北詩話》：卷一論李白，卷二論杜甫、卷三論韓愈、卷四論白居易，卷四論蘇軾，卷六論陸游，卷七為陸游年譜，卷八論元好問、高啓，卷九論吳偉業，卷十論查慎行，卷十一論韋應物、杜牧、皮日休、蘇舜欽、梅堯臣、歐陽修、王安石、黃庭堅。然各卷內容龐雜，或因詩繫年以考證詩人之生平行實；或就詩論詩以分析其創作技巧；或總論詩人之詩風、成就；或窮源溯本以明詩體之流變，然內文多天馬行空而較乏系統、條理。

本節乃歸納《甌北詩話》中評述各詩家之人生觀、詩風特色諸說，並依作家之時代先後而分述如下〔註83〕。凡文中所援引者，除特別補充外，俱以甌北詩話為主，卷次如上所述遂不另作說明。

一、李　白（701～762）

李白「古風」之首章即指陳〈大雅〉不作，騷人斯起，然詞多哀怨，已非正聲；至揚、馬益流宕，建安以降則綺麗不足珍，遂有「梁

〔註83〕有關甌北所論各詩家之生平，王師建生所著《趙甌北研究》下冊第七章已補充甚詳，可參見之。

陳以來，黷薄斯極，將復古道，非我而誰」〔註84〕云云，志在刪述以
繼獲麟之後，上踵風雅，是以論詩尚古道而主興寄。甌北論其詩風之
特色殆有：

（一）才氣豪邁、不可羈勒

　　賀知章讀李白〈蜀道難〉後，歎其為「天上謫仙人」，甌北則謂
李白詩之不可及處，在乎「神識超邁，飄然而來，忽然而去，不屑屑
於雕章琢句，亦不勞勞於鏤心刻骨，自有天馬行空，不可羈勒之勢」。
其「沉刻雖不如杜、雄鷙亦不如韓，然一則用力而不免痕迹，一則不
用力而觸手生春」，此即「仙」與「人」之別也。甌北又稱詩家之好
作奇字警語，必千錘百鍊而後成，如杜甫「自擢朽骨龍虎死，黑入太
陰雷雨垂」、韓愈「巨刃摩天揚」、「乾坤擺礌硠」等句，雖足驚心動
魄，然全力搏兔之狀，人皆見之。而李白則不然，如〈上雲樂〉：「撫
頂弄盤古，推車轉天輪。女媧戲黃土，團作愚下人。散在六合間，濛
濛如沙塵」、〈遊泰山〉：「舉手弄清淺，誤攀織女機」，亦奇警極矣，
而皆以揮灑出之，不見鍛鍊之迹。縱有刻露處，如〈新平少年〉：「長
風入短袂，兩手如懷冰」、〈樹中華〉：「客土植危根，逢春猶不死」，
亦皆人所百思不到，一入其手，則若未經構思也。

　　李白又有「興寄深微，五言不如四言，七言又其靡也」〔註85〕
之說，是以其集中古詩多，律詩少，而七律又少於五律。〔註86〕甌北

〔註84〕　唐孟棨《本事詩》引，見《續歷代詩話》（台北：藝文印書館，民國
　　　　　60年）。

〔註85〕　同上。

〔註86〕　《甌北詩話》卷一稱李白五律共七十餘，七律僅十首，然據王師建
　　　　　生著《趙甌北研究》一書云，李白詩集，首由李陽冰整理為《李白
　　　　　草堂集》十卷，樂史別得李白歌詩十卷，合為《李翰林集》二十卷，
　　　　　凡七百七十六篇，又纂雜著為《別集》十卷。王琦《李太白集註》，
　　　　　收李白詩九百九十五首，表書序文等五十八篇，詩文拾遺五十七首。
　　　　　今商務印書館四部叢刊正編本、影印明郭氏濟美堂刊本《分類補註
　　　　　李太白詩》三十卷。《全唐詩》收李白詩九百七十五首，又補遺二十
　　　　　六首，可知各書搜集詩篇多寡不一。王琦《李太白集註》，李白詩有
　　　　　古風五十九首，樂府歌行一百四十九首，其餘古近體等詩。其中七

以爲此殆以其「才氣豪邁，全以神運，自不屑束縛於格律對偶，與雕繪者爭長」。且「開元天寶之間，七律尚未盛行，至德以後，賈至等〈早朝大明宮〉諸作互相琢磨，始覺盡善，而青蓮久已出都，故所作不多也」。然對偶處如〈戰城南〉：「洗兵條支海上波，放馬天山雪中草」、〈胡無人〉：「天兵照雪下玉關，虜箭如沙射金甲」等，仍自工麗，且別有英爽之氣溢於行墨之外。

李白尤擅於樂府，或借舊題以抒己懷、述時事；或於題中應有之義外，別出機杼以肆其才，甌北以爲此殆以其「才思橫溢，無所發抒，遂藉此以逞其筆力，寄其興寄」也。

（二）功成名就、度世登仙

甌北言李白本學縱橫術，以功名自許，企慕魯仲連、侯嬴、酈食其、張良、韓信、東方朔之流，是以〈贈陸調詩〉有：「我昔鬥雞徒，連延五陵豪。邀遮相組織，呵嚇來煎熬」之語。迨安祿山之亂，南奔江左，入永王璘幕中，正欲藉以立功，是故所作〈永王東巡歌〉第二首「但用東山謝安石，爲君談笑靜湖沙」云云，已隱然以謝安自許。

而李白又少好學仙，故登真度世之想，十詩而九。甌北云此蓋出於其性之所嗜，欲於有所建立之後，拂衣還山，學仙以求長生。如〈贈裴仲堪〉云：「明主倘見收，煙霞路非賒。時命若不會，歸應煉丹砂」、〈從駕溫泉贈楊仙人〉云：「待吾盡節報明主，然後相攜臥白雲」、〈贈衛尉張卿〉云：「功成拂衣去，搖曳滄洲旁」、〈贈韋秘書〉云：「終與安社稷，功成去五湖」、〈別從甥高五〉云：「成功解相訪，溪水桃花流」、〈登謝安墩〉云：「功成拂衣去，歸入武陵源」，皆「視成仙得道

律僅八首，甌北稱十首，係各家對律詩之認定寬嚴不一之故。若只就七言八句論，有十二首，如照「律詩」要求，（平仄、對仗等格律），甌北以爲十首，近人葉慶炳教授以爲只有八首，且平仄格律完全合乎規定者，不過三、四首而已！（見《唐詩散論》，台北：洪範書局，民國 66 年，頁 78。今人王忠林、邱燮友等八人合編之《中國文學史初稿》，亦言「七律只有八首」、（台北：福記文化圖書公司，民國 67 年，頁 488）。

若可操券致者，蓋其性靈中所自有也」。

　　然李白雖有出世之志，而功名之念卻至老不衰。甌北指李白集中有留金陵諸公之詩，題曰〈聞李太尉大舉秦兵百萬出征，儒夫請纓，冀申一割之用，半道病還〉，是時李光弼爲太尉，統八道行營，鎮臨淮，李白則已赦歸〔註87〕，在金陵，一聞光弼出歸、遂欲赴其軍自效，可見其壯心未已也。

　　除評述李白之詩風外，甌北又頗悉心於李白生平事蹟及作品眞僞之考證，如〈蜀道難〉本樂府舊題，「刺章仇兼瓊之有異志」、「爲房琯、杜甫危之」之說皆屬烏有、李白入於永王幕乃出於己意、李白曾救郭子儀，及坐永王璘事而得子儀救解之說不可信〔註88〕、李白似有許氏、宗氏二妻、李白亦可稱李拾遺、李白詩文轉有贋作，爲後人攙入、〈古風〉五十九首非一時之作，年代先後亦無倫次，乃後人取其無題者彙爲一卷耳、〈胡無人〉一首預決祿山之死，乃穿鑿之說等，於後人之賞析頗有助益。

二、杜　甫（712～770）

　　甌北以爲宋祁《新唐書・杜甫傳贊》稱其詩「渾涵茫茫，千彙萬狀，兼古今而有之」、王安石、蘇軾、黃庭堅則各就一首二句，歎爲不可及，實皆未道出其眞本領也，其成就乃在於老杜能「才學相濟」而「語不驚人死不休」也。蓋其「思力沉厚，他人不過說到七八分者，少陵必說到十分，甚有十二三分者。其筆力豪勁，又足以副其才思之所至，故深人無淺語」。明前後七子之流謂李白全乎天才，杜甫全乎

〔註87〕天寶十四年，安史亂作，太子李亨卽位靈武，改元至德，推尊玄宗爲「上皇天帝」；永王璘則招募兵士，有窺江左之意。及永王璘兵敗被殺，李白坐罪當誅，後蒙赦，詔流夜郎。半道復會赦而還。
〔註88〕據郭紹虞所考，此說始見於唐會昌中，裴敬所作〈翰林李公墓碑〉，樂史《李翰林別集序》及《新唐書・李白傳》。（見《清詩話續編・甌北詩話》卷十註8，以下所引者皆據此版本，不贅述）。今人詹鍈《李白詩文繫年》謂是裴敬僞記，考辨甚詳，可參見之。

學力，甌北則以爲此實乃耳食之論，其思力所到，卽才分所到，乃性靈所固有而非僅以學力勝。其詩風及創作技巧，殆有如下之特色：

（一）就題描摹，沉著深厚

甌北稱少陵一題必盡題中之意且沉著至十分者，如〈房兵曹胡馬〉，旣言「竹批雙耳」、「風入四蹄」，下又云：「所向無空闊，眞堪托死生」；〈聽許十一彈琴〉詩，旣云「應手看捶鈎，淸心聽鳴鏑」，下又云：「精微穿溟涬、飛動摧霹靂」；以至稱李白詩「筆落驚風雨，詩成泣鬼神」、稱高適、岑參詩「意愜關飛動，篇終接混茫」、稱姪勤詩「詞源倒流三峽水，筆陳獨掃千人軍」；〈登慈思寺塔〉：「俯視但一氣，焉能辨皇州」；〈赴奉先咏懷五百字〉：「朱門酒肉臭，路有凍死骨」；〈北征〉：「夜深經戰場，寒月照白骨」；〈述懷〉：「摧頹蒼松根，地冷骨未朽」等，此皆題中應有之義，他人說不到，而少陵獨到者也。

（二）冥心刻骨，意外奇險

甌北又云杜詩有題中未必有此義，而冥心刻骨，奇險至十二三分者。如〈望嶽〉之「盪胸生層雲，決眥入歸鳥」；〈登慈恩寺塔〉之「七星在北戶，河漢聲西流」；〈三川觀水漲〉之「聲吹鬼神下，勢閱人代速」；〈送韋評事〉之「鳥驚出死樹，龍怒拔老湫」；〈劉少府新畫山水障〉之「反思前夜風雨急，乃是蒲城鬼神入。元氣淋離障猶濕，眞宰上訴天應泣」；〈韋偃畫松〉之「仰干塞大明，俯入裂厚坤」；〈桃竹杖〉之「路幽必爲鬼神奪，拔劍或與蛟龍爭」；〈登白帝城樓〉之「扶桑西枝封斷石，弱水東影隨長流」，扶桑在東而曰「西枝」，弱水在西而曰「東影」，正極言其地之高，所眺之遠；此皆題中本無此義，而竭意摹寫，寧過無不及，遂成此意外奇險之句，所謂十二三分者也。

（三）調氣豪邁，句法獨創

甌北云杜詩五律中，以〈上兜率寺〉：「江山有巴蜀，棟宇自齊梁」一聯爲最，東西數千里，上下數百年，盡納二虛字之中，極富神力！

其次則〈春宿左省〉：「星臨萬戶動，月傍九霄多」一聯，亦有氣勢。
至〈登岳陽樓〉之「吳楚東南坼，乾坤日夜浮」，古今無不推爲絕唱；
〈閣夜〉之「五更鼓角聲悲壯，三峽星河影動搖」、〈登樓〉：「錦江春
色來天地，玉壘浮雲變古今」，亦皆稱絕唱，氣魄皆前所未有，故群
相奉爲開山闢道之始祖，後亦莫有能嗣響者。〔註89〕

　　此外，杜詩又有屬對律切而脫棄凡近者，如〈何將軍山林〉之
「綠垂風折筍，紅綻雨肥梅」、「雨拋金鎖甲，苔臥綠沈槍」；〈寄賈
嚴二閣老〉之「翠乾危棧竹，紅膩小湖蓮」；〈江閣〉之「野流行地
日，江入度山雲」；〈南楚〉之「無名江上草，隨意嶺頭雲」；〈新晴〉
之「碧知湖外草，晴見海東雲」；〈秋興〉之「香稻啄餘鸚鵡粒，碧
梧棲老鳳凰枝」等。古詩亦有創句者，如〈宿贊公土室〉之「明燃
林中薪，暗汲石底井」；〈白水縣高齋〉之「上有無心雲，下有欲落
石」；〈鄭典設自施州歸〉之「攀緣懸根木，登頓入天石」；〈閬山歌〉
之「松浮欲盡不盡雲，江動將崩未崩石」；〈石龕〉之「熊羆咆我東，
虎豹號我西。我後鬼長嘯，我前狨又啼」，甌北皆謂之創體，故其〈讀
杜詩〉有：「杜詩久循誦，今始識神功，不創前未有，焉傳後無窮」
〔註90〕云云。

〔註89〕然甌北於此數聯亦微有訾議，有「春秋時洞庭左右皆楚地，無吳地
　　　　也。若以孫吳與蜀分湘水爲界，則當云『吳蜀東南坼』，且以天下地
　　　　勢而論，洞庭尚在西南，亦難指爲東南。少陵從蜀東下，但覺其在
　　　　東南故耳。」、「五更鼓角聲悲壯，三峽星河影動搖」、「錦江春色來
　　　　天地，玉壘浮雲變古今」，亦是絕唱。然換卻「三峽」、「錦江」、「玉
　　　　壘」等字，何地不可移用」。實則詩歌並非輿圖、地理志，毋需拘於
　　　　尺寸方位。而〈閣夜〉：「五更鼓角聲悲壯，三峽星河影動搖」一聯，
　　　　實暗用《史記·天官書》：「左旗九星在河鼓左，右旗九星在河鼓右，
　　　　動搖則兵起」之典故，意喻崔旰之亂未平也。〈登樓〉：「錦江春色來
　　　　天地，玉壘浮雲變古今」，則以廣德元年有吐蕃之亂，是時少陵旅居
　　　　成都，登樓遠眺，有感於春色依舊，而浮雲變幻、時事擾攘，故慨
　　　　然興歎。錦江、玉壘皆於四川境內，扣準登樓所見而感時撫事，實
　　　　無不妥，甌北所云未免求之太奇。
〔註90〕見《甌北集》卷三十九。

　　杜詩成就之高，早爲千古定論，甌北雖亦極崇之，然卻不儷於其才名而人云亦云。如黃山谷有「少陵夔州以後詩，不煩繩削而自合」云云，甌北則謂此係因杜甫嘗有「晚節漸於詩律細」一句，人遂以爲愈老愈工，實則夔州後詩，惟〈秋興〉八首及〈咏懷古跡〉五首，細意熨貼，一唱三歎，意味悠長；其他則意興衰颯，筆亦枯率，無復舊時豪邁沉雄之慨。更稱其入湖南後，「登岳陽樓一首外，并少完璧。郎〈嶽麓道林〉詩，雖甚爲時人所推，亦不免粗莽，其他則拙澀者十之七八矣」。是故甌北極崇朱子：「魯直只一時有所見，創爲此論。今人見魯直說好，便都說好，矮人看場耳」云云；並指杜甫「書生窮眼，偶値聲伎之宴，輒不禁見之吟咏而力爲舖張」，甚或「失之醞藉而惡俗殺風景」。

　　至於杜甫生平、作品之考證，甌北則指《新唐書・杜甫傳》謂嚴武、杜甫交惡，武欲殺之爲無稽之談；然劉後村謂嚴杜二人終無嫌隙，此亦未必也。〔註91〕至於杜詩之編次，甌北以爲黃鶴、魯嘗之徒失之穿鑿，而王洙本、常熟本亦有編次之誤〔註92〕。此外，甌北更據杜詩之內容而考其生活之貧困、流寓之居所，頗有助於了解老杜之創作背景。

　　若夫李杜之比較，後人多以杜可學而李不敢學，甌北稱此乃「天才不可及也」。更云今人雖多李杜並稱，而當時則未也，惟老杜已預識二人必可名傳千古，故稱李白「千秋萬歲名，寂寞身後事」，亦自負「丈夫垂名動萬年，記憶細故非高賢」。迨元愼、韓愈之李杜並尊、北宋江西詩派又以老杜爲詩之正宗，杜甫之名乃獨有千古，然李之名終不因此而稍減。

三、韋應物（737～790）

　　曾季貍《艇齋詩話》謂前人論詩，不知有韋蘇州，至東坡而後發

〔註91〕詳見《甌北詩話》卷八。
〔註92〕同上。

此秘，遂以配陶淵明。甌北則以爲韋蘇州之同時人劉太眞與韋書已極
稱其情致暢茂，趣逸之至。此外，自香山亦宗陶、韋，嘗有詩稱其詩
清閑，自歎不得與之同時；〈與元微之書〉更稱其歌行於才麗之外，
頗近興諷，五言則高雅閒澹，自成一家，時人無能及者，可證香山亦
重韋，豈至東坡始發其秘耶？

　　按劉太眞與韋書，不見載於《舊唐書》劉太眞本傳。《續唐詩話》
雖亦有此記載，然該書於此文下附記有「此條疑有誤，無善本可校，
姑依原文錄之」云云，而香山〈與元微之書〉則有「然當韋蘇州在時，
人亦未甚愛重，必待身後然人貴之」之說，是以甌北指韋詩已受時人
貴重云云，乃有疑義。〔註93〕

四、韓　愈（768～824）

　　甌北以爲昌黎之所以心摹力追李、杜二公者，蓋以二公才氣橫
恣，各開生面，遂獨步千古。至昌黎時，則已有李杜在前，縱極力變
化，終不能再闢一徑，惟少陵奇險處尚可推擴，遂欲由此開山闢道而
自成一家。然其奇險處甌北則稱此亦自有得失，蓋少陵才思所到，乃
偶然得之，而昌黎則專以此求勝，故時見斧鑿痕迹，此有心無心之別
也。然其亦有文從字順，自然雄厚博大而不專恃奇險者，若徒由奇險
中求昌黎則失之矣，故當據二端析論之：

（一）精思結撰而挫籠萬有

　　甌北以爲盤空硬語，須有精思結撰，若徒捃摭奇字，詰曲其詞，
務爲不可讀以駭人耳目者，此非眞警策也。昌黎詩如〈題炭谷湫〉：「巨
靈高其捧，保此一掬慳」，謂湫不在平地而在山上；「吁無吹毛刃，血
此牛蹄殷」，謂時俗祭賽此湫龍神，而己未具牲牢〔註94〕；〈送無本師〉

〔註93〕沈炳巽《雪漁手輯續唐詩話》（台北：鼎文書局，民國64年）（三），
　　　　卷十，頁6～1413。
〔註94〕郭紹虞謂「牛蹄」卽「牛蹄之涔」，語出《淮南子》，指湫水。此二
　　　　句意謂恨無吹毛之箭斬殺此龍，使血染湫水成殷紅之色（《甌北詩話》
　　　　卷三註5），甌北所言非是。

以「鯤鵬相摩窣，兩舉快一噉」，言其詩力之豪健；〈月蝕詩〉：「帝箸下腹嘗其膰」，謂烹此食月之蝦蟆以享天帝；此皆思語俱奇，真未經人道過。至如〈苦寒行〉：「啾啾窗間雀，所願暑刻淹。不如彈射死，卻得親炰燖」，謂雀受凍難堪，翻願就炰炙之熱也；〈竹簟〉：「倒身甘寢百疾愈，卻願天日恆炎曦」，謂因竹簟可愛，轉願天不退暑，而得長臥於此；此已不免過火，然「思力所至，寧過無不及，所謂箭在弦上，不得不發也」。又如〈石鼓歌〉等傑作，亦未有一語奧澀而磊落豪橫，自然挫籠萬有。〈喜雪獻裴尚書〉、〈咏月和崔舍人〉、〈叉魚〉、〈咏雪〉等，更復措思極細，遣詞極工，雖工於試帖著亦遜其穩麗，此乃「大才無所不辨，並以見詩之工，固在此不在彼也」。

（二）聱牙轕舌而晦澀難解

甌北以為昌黎之務為奇險以致盤空硬語，詰曲聱牙者，如〈南山〉詩之「突起莫閒簁」、「扺訐陷乾竇」，「仰喜呀不仆」、「堛塞生怐愗」、「達枿壯復奏」；〈和鄭相樊員外〉之「稟生效剗剛」、「烹斡力健倔」、「龜判錯袞黻」、「呀豁疚培掘」；〈征蜀〉之「刊膚浹痍瘡，敗面碎剒剮」、「巖鈎踔狙猿，水湯雜鱣鰽。投奇鬧磹礨，塡隍憾偪俏」、「爇堞焅歊燨，抉門呀拗闉」、「跧梁排郁縮，闖寶投窟窆」；〈陸渾山火〉之「盅池波風肉陵屯」、「電光礮磹頳目暖」等詞句，徒聱牙轕舌而實無意義，未免英雄欺人耳。

按甌北所云，誠屬確論，然昌黎亦有不事雕琢排戛而自然清新可喜，意味深長者，如〈山石〉詩：「升堂坐階新雨足，芭蕉葉大梔子肥」云云、五古〈落齒〉詩之亦莊亦諧；七絕如〈盆池五首〉、〈晚春〉、〈楸樹〉等，均極富逸趣，自不容忽視。

甌北又謂昌黎詩多創體、創格、創句，如聯句詩雖古已有之，然特長篇則始自昌黎〔註95〕，如〈城南〉一首，多至一千五百字，自古聯句未有如此之冗者。而自沈、宋創為律詩後，詩格已無不備，昌黎

〔註95〕聯句詩之起源、流變請參閱本章第二節（八）「聯句詩」一條。

則又嶄新開闢，務爲前所未有，如〈南山〉舖列春夏秋冬四時景致；〈月蝕〉侈陳東西南北四方之神；〈譴瘧鬼〉歷數醫師、炙師、詛師、符師是也。又如〈南山〉連用數十「或」字；〈雙鳥〉連用「不停兩鳥鳴」四句；〈雜詩〉四首，各首皆連用五「鳴」字；〈贈別元十八〉連用四「何」字，此皆有意出奇而另增一格。〈答張徹〉五律一首，更自起至結句句對偶，又全用拗體，轉覺生峭。至於創句者，凡七言多作上四下三，昌黎〈路旁堠〉：「千以高山遮，萬以遠水隔」則作上二下三，此創句之佳者。至如〈送區弘〉：「落水斧引以縲徽」、「子去矣時若發機」；〈陸渾山火〉：「溺厥邑囚之崑崙」等，則作上三下四，雖亦奇闢，然終不可讀，故後人亦莫有仿之者。

　　按昌黎七言除上二下三、上三下四之句式外，尚有「母從子走者爲誰」，上五下二之例，此外，五言亦有特殊結構，如「乃一龍一豬」作上一下四、「或靡然東注，或偃然北首」作上三下二，皆異乎上二下三之常格。

　　甌北又推斷昌黎七律所以絕少之故，乃不屑於格式聲病之束縛故耳；至於終身闢佛老，而往來者又多二氏之人，一則正欲藉此以暢其議論，二則如大顚、張道士者，實異乎尋常黃冠者流也。甌北此論，實無異昌黎千載後知己。

五、白居易（772～846）

　　中唐詩以韓、孟、元、白爲最。甌北以爲韓、孟尚奇警，務言人所不敢言；元、白尚坦易，務言人所共欲言。實則詩本性情，奇警者「猶第在詞句間爭難鬭險，使人蕩心駭目，不敢逼視，而意味或少焉」。坦易者則多「觸景生情，因事起意，眼前景、口頭語自能沁人心脾，耐人咀嚼」，此元白之所以勝於韓、孟者。甌北又云元白二人才力本相敵，然香山自歸洛後，益覺老幹無枝，遂稱心而出，隨意抒寫，並無求工見好之意，而風趣橫生，一噴一醒，視少年時與微之各以才情工力競勝者，更進一籌，故白自成大家而元稍次。其詩作成就

殆有：

（一）鍛鍊至潔、氣勁神完

甌北以爲中唐後，詩人多求工於七律而古體不甚精詣，而香山則七律不甚動人而古體令人心賞意愜，此殆以香山「主於用意，用意則屬對排偶，轉不能縱橫如意，惟古詩則意之所出，辨才無礙」。且其筆「快如并剪，銳似昆刀，無不達之隱，稍晦之詞」，視似平易實鍛鍊精純，故劉禹錫贊其爲「郢人斤斲無痕迹，仙人衣裳棄刀尺」。而近體中五言排律或數十韻或百韻，皆「語工詞贍，氣勁神完」，其研鍊之精切，雖千百言亦沛然有餘，無一懈筆，其五言長篇不僅爲歷來詩人之冠，成就亦能雄視百代。

（二）信筆所之，自成創格

甌北指香山無論古、律，皆多創體而自成一格。如五古〈洛陽有愚叟〉、〈哭崔晦叔〉之連用叠調；五排〈洛下春遊〉之連用五「春」字；如詩與原詩同意者曰和，異意者曰答，而香山和微之詩十七章內則有〈和思歸樂〉、〈答桐花〉之類〔註96〕；五排〈偶作寄皇甫朗之〉，忽雜數句單行；五律〈酒庫〉、七律〈雪夜小飲贈夢得〉，皆以第七句單頂第六句下；五排〈別淮南牛相公〉，自首至尾，每一句說牛相，一句自說，自注云：「每對雙關，分敘兩意」；至於六句律詩，以前後單行，中間成對爲正體，而香山「櫻桃花下招客」則前四句作二聯，下二句不對、〈蘇州柳〉前二句作對，後四句單行，〈板橋路〉更通首不對；七律〈贈皇甫朗之〉以第五六句頂三四句說下等，此蓋「詩境愈老，信筆所之，不古不律，自成片段，雖不免有恃老自恣之意，要亦可備一體也」。

次韻詩亦始自元、白。古人但有和詩無和韻，至唐人方有和韻詩，

〔註96〕據郭紹虞所考，此詩《全唐詩》、《白氏長慶集》皆作〈和答詩十首〉，且此詩小序謂「及足下（指微之）到江陵，寄在路所爲十七章」、「旬月來，多乞病假，假中稍暇，且摘卷中尤者繼成十章」，可知元稹所作十七章，香山僅和十首。

然依次押韻、先後不差者，則前古所未有，而元、白則長篇累幅，多至百韻，少亦數十韻。又他人和韻不過一二首，元、白亦多至一千餘篇，甌北云此殆以元、白「覷此一體為歷代所無，可從此出奇，自量才力又足以為之，故一往一來，彼此角勝，遂以之擅場而不能不傳」。甌北又云聯句一種，韓、孟多用古體，惟香山與裴度等人皆用五言排律，此亦創體也。

白詩〈自吟拙什〉：「時時自吟咏，吟罷有所思。蘇州及彭澤，與我不同時。此外復誰愛？惟有元微之」，又〈題潯陽樓〉：「常愛陶彭澤，文思何高玄。又怪韋蘇州，詩情亦清閒」，甌北言此可觀其趣向所在，故白集有〈效陶潛體詩十六首〉，又有〈別韋蘇州〉一首，其詩恬淡閒適之趣，殆多得之于二公。至於香山詩名之所以風行海內，甌北以為蓋在〈長恨歌〉一篇：「其事本易傳，以易傳之事為絕妙之詞，有聲有情，可歌可泣，文人學士既歎為不可及，婦人女子亦喜聞而樂誦之」，聲名遂不脛而走。此外，「又有〈琵琶行〉一首助之，此即無全集，而二詩已自不朽」，是故名益熾也。

至於香山詩之疵纇，甌北以為如舉進士試〈窗中列遠岫〉、省試〈玉水記方流詩〉等，皆以詞敷演而無足觀，此外，集中亦不免有拙句、率句、複調、複意。如〈西樓喜雪〉：「散麵遮槐市，堆花壓柳橋」，以「散麵」喻雪，何異「撒鹽」？〈答杜相公以詩見寄〉：「剪裁五言須用鉞」，以其官節度秉旄鉞也，然太生硬；〈寄元九〉：「若不九重中掌事，即須千里外抽身」、〈贈夢得〉：「頭垂白髮我思退，腳踏青雲君欲忙」、〈題池西小樓〉：「雖貧眼下無妨樂，縱病心中不與愁」、〈贈夢得〉：「無晴一任他春去，不醉爭消得日長」、「政事素無爭學得，風情舊有且將來」、〈代夢得吟〉：「世上爭先從儘汝，人間願在不如吾」等句，甌北謂此蓋是時有「元輕白俗」之誚所由也。至於〈且遊〉與〈題西池小樓〉、〈酬牛相公見戲〉；〈杭州官舍〉與〈偶作〉、〈首夏病間〉、〈咏意〉、〈咏所樂〉之句法重複；〈傷友〉與〈寓意〉；〈贈同座〉與〈病假〉、〈病入新正〉；〈曲江感秋〉與〈短歌行〉、〈日漸長〉、〈有感〉；

〈哭劉敦質〉與〈和微之〉、〈傷楊弘貞〉、〈嘆老〉、〈哭王質夫〉等之詞意相同，蓋以詩作太多，故有此病也。而香山流露於詩中之知足自適，甌北則譏之爲「貧儒驟富，露出措大本色」、「適自形其小家氣象」。〈長恨歌〉有方士訪至蓬萊，得妃密語歸報一節，甌北謂此本俚俗傳聞，易於聳聽，而香山竟引之入詩；〈琵琶行〉中，白居易送客江邊，聞鄰船有女奏琵琶而召之，甌北亦稱此非官者所爲；〈過洞庭湖詩〉，香山有大禹治水何不盡驅諸水入海之議，甌北亦譏其爲書生之見，但好作議論而不可行。

按香山詩有三千多首，詩之句法相同、詩意重出實不足爲病，況詩以言情道志爲主，豈詩人所聞所感不得有一日同乎？觀甌北之詩，實亦不乏意境雷同者。至於措大之譏，亦有失公允。若夫評香山〈長恨歌〉、〈琵琶行〉、〈過洞庭湖詩〉等，甌北似亦篤於史實而失之於偏，蓋詩歌原無諱於徵引寓言掌故、俚俗傳聞，或據史實發議而有翻案之筆。又陳寅恪〈長恨歌箋證〉有「史才議論……爲詩中所不應及不必詳者」，〈琵琶引〉有「唐代當時士大夫風習，極輕賤社會階級低下之女子，……唐代自高宗武則天以後，由文詞科舉進身之新興階級，大抵放蕩不守禮法，……樂天亦此興新階級之一人，其所爲如此，固不足怪也」云云，所論極是。〔註97〕

此外，甌北又據香山詩而考知香山歷官之俸祿、品服；香山有妓樊素、小蠻二人；香山終老之志始於元和之初；唐人最重座主門生之誼；元和中，服食養生之術盛行；韓、白之結識緣於張籍；蘇軾「東坡」之號本於香山；北人用黍作酒、南人用糟蒸酒等軼聞掌故，頗資參考。

六、杜　牧（803～852）

甌北稱杜牧作詩，恐流於平弱，故措詞必拗峭，立意必奇闢，多

〔註97〕見《陳寅恪先生論文集》（台北：三人行出版社，民國63年）下，〈元白詩箋證稿〉，頁10。

作翻案語，無一平正者，然則優劣互見。如〈桃花夫人廟〉：「細腰宮裏露桃新，脈脈無言度幾春。至竟息亡緣底事？可憐金谷墜樓人」，以綠珠之死，形息夫人之不死，高下自見，而詞語蘊藉，不顯露譏訕，尤得風人之旨。至如〈赤壁〉：「東風不與周郎便，銅雀春深鎖二喬」、〈題四皓廟〉：「南軍不袒左邊袖，四老安劉是滅劉」、〈題烏江亭〉：「勝敗兵家事不期，包羞忍辱是男兒。江東子弟多才俊，捲土重來未可知」等，則皆不度時勢，徒作異論以炫人耳。

按甌北指杜牧詩不度時勢，好作翻案語，實有失公允。蓋詩人撫時感事，悼古傷今，原毋需字斟句酌於時勢得失、是非眞理而後下筆；且詩意雖不故求奇險，然以創新爲貴，若陳陳相因，則千百篇不如一首耳。觀夫甌北〈咏史〉、〈雜感〉諸作，亦多喜作翻案語，豈又盡合乎事理而審時度勢乎？

七、皮日休（834～883）

孫光憲《北夢瑣言》稱請立孟子爲學科，始於皮日休之上書，甌北則進而考據唐以前《孟子》雜於諸子中，從未有獨尊之者。昌黎始推尊之，然亦未請立學。皮日休乃獨請設科取士，有功於道學甚鉅。至於《新唐書》及賈似道《悅生隨抄》皆有皮日休曾受黃巢僞官，爲其作讖語而及禍云云，甌北云此殆文人能見道而不能守道也。

《甌北詩話》評述皮詩者，僅見〈館娃宮懷古〉一首，甌北稱其「越王大有堪羞處，只把西施賺得吳」一句頗能翻新〔註98〕。按甌北亦曾有七律〈館娃宮〉〔註99〕云：「湖光山色一憑欄，想見朝朝暮暮歡；此地春常留屧響，有人夜正臥薪寒。唾成珠玉香猶濕，舞破山河釁未殘；恩受吳宮功在越，可憐啼笑兩俱難。」殆得力於此多矣。

此外，《陔餘叢考》卷二十三有「次韻自元、白始，至皮陸而其

〔註98〕見《甌北詩話》卷十一，附於〈杜牧詩〉末。
〔註99〕見《甌北集》卷二十一。

體乃成」〔註100〕、「雙聲疊韻起於六朝，……至唐末全句疊韻者最多，皮、陸嘗以此唱和」〔註101〕之說，所云甚是。

八、梅堯臣（1002～1060）、蘇舜欽（1008～1048）

甌北云宋初詩尚西崑，及蘇舜欽、梅堯臣等出，祖尚韓愈、孟郊、張藉而各出新意，遂凌鑠一時。然蘇、梅二家詩又不同，殆如歐陽修所謂「子美筆力豪雋，以超邁橫絕為奇；聖俞覃思精微，以深遠閒淡為意。各極所長，雖善論者不能優劣也。」〔註102〕歐陽修嘗有詩贈二人云：「子美氣尤雄，萬竅號一噫。有時肆顛狂，醉墨灑滂霈。譬若千里馬，已發不可殺。盈前盡珠璣，一一難揀汰。梅翁事清切，石齒漱寒瀨。作詩三十年，視我猶後輩。文詞愈清新，心意雖老大。有如妖韶女，老自有餘態。近詩尤古硬，咀嚼苦難嘬。又如食橄欖，眞味久愈在。蘇豪以氣鑠，舉世徒驚駭。梅窮獨我知，古貨今難賣」〔註103〕，大抵蘇詩以豪放奇峭見長〔註104〕，詩風近乎韓愈；梅詩則工於平淡而自成一家〔註105〕。

甌北則稱梅聖俞嘗有「詩貴意新語工，得前人所未道者，乃為善也；必能狀難寫之景，如在目前，含不盡之意，見於言外，然後為至」云云，同於歐陽修作詩之旨，故歐陽修尤為推服也。〔註106〕

〔註100〕見《陔餘叢考》卷二十三，〈和韻詩〉條。
〔註101〕同上，〈雙聲疊韻詩〉條。
〔註102〕原文見《歐陽文忠公集》卷一二八及《六一詩話》，此乃轉引自《甌北詩話》。
〔註103〕原詩見《六一詩話》〈水谷夜行寄子美聖俞一首〉，此乃轉引自《甌北詩話》。
〔註104〕除上所引詩文外，梅堯臣〈寄子美詩〉：「君詩壯且奇，體逸思益峭」、歐陽修〈答子美離京見寄〉：「其於詩最豪，奔放何縱橫！間以險絕句，非時震雷霆」，可見其詩風之一斑！
〔註105〕梅聖俞〈如晏相公〉有：「因吟適情性，稍欲到平淡」、〈讀邵學士詩卷〉有：「作詩無古今，惟造平淡難」云云，可見其論詩主張。胡仔《苕溪漁隱叢話》乃評其詩「工於平淡，自成一家」。
〔註106〕按《六一詩話》有：「詩家雖率意，而造語亦難。若意新語工，得前人所未道者，斯為善也。必能狀難寫之景，如在目前，含不盡之

此外，甌北又據蔡絛《西清詩話》所載，晏殊謂梅聖俞古人章句中全用平聲，恨未見仄字，聖俞既別，乃作仄體寄之，有「日月斷岸口，影照別舸背」之句〔註107〕，而詩之全用平仄者則始自梅氏。〔註108〕

九、歐陽修（1007～1072）

中唐韓柳之古文運動，雖於反駢倡散頗有成就，然尚未普及、深入，迨晚唐李商隱、段成式輩，而駢儷之風復熾，更於北宋初演為西崑一派。其間力主明道致用，尊韓重散者不乏其人，然皆未能真正形成勢力。迨歐陽修出，不僅致力復古，更有作品相輔相成。復有朋輩尹洙、梅堯臣、蘇舜欽之切磋；門下士蘇軾、曾鞏等之推服，古文運動乃蔚為大觀。

甌北云歐陽修以古文名家，其詩名遂為所掩。東坡舉其〈寄秦州田元均〉：「萬馬不嘶聽號令，諸番無事樂耕耘」二句，以為集中傑作，而甌北則以其〈崇徽公主手痕和韓內翰〉詩：「玉顏自昔為身累，肉食何人與國謀」一聯，鎔鑄議論於十四字中而英光四射，乃為極致。又如「紀德陳情上致政太傅杜相公」：「貌先年老緣國憂，事與心違始乞身」一聯，沉鬱深摯，即少陵集中亦無可比擬也。

按甌北此說實有所本。葉夢得《石林詩話》曾有「『玉顏自昔為身累，肉食何人與國謀』，此自是兩段大議論，而抑揚曲折，發現于七字之中，婉麗雄勝，字字不失對，雖崑體之工，未易比也」、「歐公嘗和公（杜正獻）詩有云：『貌先年者因憂國，事與心違始乞身』，公得之，大喜，常自諷誦，當時以為不惟曲盡公志，雖其形貌亦在模寫中也」云云〔註109〕。又《朱文公語錄》亦有「『玉顏自古為身累，肉

意，見於言外，然後為至矣」云云，即據梅氏所論而發。
〔註107〕見《甌北詩話》卷十二〈各體詩〉及《陔餘叢考》卷二十三〈詩句有全平仄者〉條。
〔註108〕參見本章第二節雜體詩（七）之4。
〔註109〕轉引自王師建生《趙甌北研究》下冊頁709、710。

食何人與國謀』，以詩言之，第一等詩；以議論言之，第一等議論也」之說，〔註110〕殆為甌北所本。

十、王安石（1021～1086）

王安石早年遊於歐陽修門下，詩宗韓、杜，喜議論使典而頗有遒勁奇峭之風。甌北則據葉夢得《石林詩話》、瞿祐《歸田詩話》所載之荊公軼事，而謂其個性專好與人立異，並舉例如：王介與安石素好，因安石屢召不起，後以翰林學士一召卽赴，介遂寄以詩云：「草廬三顧動幽蟄，蕙帳一空生曉寒」，蓋諷之也。公答以詩曰：「丈夫出處非無意，猿鶴從來不自知」。又〈登北高峯塔〉：「濃綠萬枝紅一點，動人春色不須多」〔註111〕、〈題晏殊詩後〉〔註112〕：「賜也能言未識眞，誤將心許漢陰人。桔橰俯仰何妨事，抱甕區區老此身」，甌北稱此皆可見其處處別出異見，不與人同。〔註113〕又如安石詩云：「穰侯老擅關中事，長恐諸侯客子來，我亦暮年專一壑，每逢車馬便驚猜」；晚歸金陵，又〈題謝公墩〉云：「我名公字偶相同，我屋公墩在眼中。公去我來墩屬我，不應墩姓尚隨公」；甌北乃稱：「人遂謂公好與人爭，在朝則爭新法，在野則與謝安爭墩，不惟出而專朝廷，雖邱壑亦欲專也」。〔註114〕

按：實則安石推行新政，旨在富國強兵，並非全在矯俗立異，唯操之過急，用人不當，以致事與願違。所謂居下流者，眾惡歸焉，甚或稗聞雜談亦莫不牽合詩文以詆之，未知詩歌用字遣詞，每隨意之所

〔註110〕 同上。

〔註111〕 王安石集中無此詩。據郭紹虞所考，《王直方詩話》謂此詩係安石所作，然《遯齋閒覽》則曰非也（二家之說俱為《苕溪漁隱叢話》所引，見《甌北詩話》卷十一，註9）

〔註112〕 《石林詩話》載晏元獻有〈題上竿伎詩〉曰：「百尺竿頭裊裊身，足騰跟掛駭旁人。漢陰有叟君知否？抱甕區區亦未貧」。公與文潞公同過其題，潞公為低徊，公又題一絕云云。

〔註113〕 以上所云，甌北係引自《石林詩話》（清何文煥輯《歷代詩話》冊一，台北：漢京出版社，民國72年，頁406）卷一。

〔註114〕 以上所云，甌北係引自《歸田詩話》（丁福保輯《歷代詩話續編》下，台北：木鐸出版社，民國72年，頁1251）。

之，豈泥於理之必然或言出必行耶？如東坡「小舟從此逝，江海渡餘生」，豈眞乘桴而浮於海耶？

甌北採《後山詩話》：「詩欲其好，則不能好矣。王介甫以工，蘇子瞻以新，黃魯直以奇，皆有意見好，非如杜子美奇、常、工、易、新、陳，自然無一不好也」，及戴植《鼠璞》：「王介甫但知巧語之爲詩，不知拙語亦詩也；山谷但知奇語之爲詩，不知常語亦詩也」之說，亦以爲安石詩多刻意求工，如山谷嘗以老杜「鈎簾宿鷺起，丸藥流鶯囀」爲高妙，而仿作「青山捫蝨坐，黃鳥挾書眠」，自以爲不減杜。甌北乃云少陵此二句，本已晦澀難解，荊公竟從而效之，幾似「山」能「捫蝨」，「鳥」能「挾書」！又稱〈咏明妃〉：「漢恩自淺胡自深，人生樂在心相知」，更悖理之甚，推此類也，則不見用於本朝卽可遠投異邦乎？此外晚年又專求屬對之工，如「含風鴨綠鱗鱗起，弄日鵝黃裊裊垂」，「鴨綠」作水波，猶有「漢水鴨頭綠」之句可引，「鵝黃」則新酒亦可說，豈能專喻新柳耶？況柳已裊裊垂，則色已濃綠豈尙鵝黃耶？又詩云：「名譽子眞矜谷口，事功新息困壺頭」，後改爲：「未愛京師傳谷口，但知鄉里勝壺頭」，不過以「谷口」、「壺頭」裁成對聯耳。「歲晚蒼官（松也）纔自保，日高青女（霜也）尙橫陳」，亦不過以「蒼官」、「青女」作對，此皆字面求工，而氣已慵慵不振。

按：甌北之於安石，實頗有偏見〔註115〕，故評詩亦不免過於苛刻。安石爲詩，固有求工見好之意，然如〈南浦〉、〈北山〉、〈出郊〉、〈題齊安壁〉、〈山中〉、〈鍾山卽事〉、〈半山春晚卽事〉諸作，或寫景，或卽景抒懷，實亦不失爲清新雋永之作。至於〈咏明妃〉詩，《甌北詩話》卷十一有專論一則以評述歷來諸作，而甌北亦曾自作七絕云：「遠嫁呼韓豈素期，請行似怨不逢時。出宮始覺君恩重，臨去猶爲斬畫師」〔註116〕，觀乎其評價標準，殆以詞旨蘊藉，不著議論而意味無窮爲上。

〔註115〕見《趙甌北研究》下冊，頁713～716。
〔註116〕見《甌北集》卷二十。

　　若夫修辭，本可借諸擬人、誇張、比喻諸法而規摹形容之，毋需泥於平舖直述。安石「青山捫蝨坐」一聯固不及老杜，然運之以擬人法，亦無不可。裊裊垂已非新柳云云，亦不免考據太過矣。

十一、蘇　軾（1036～1101）

　　以文爲詩，自昌黎始，至東坡益大放厥詞，遂別開生面而成一代之大觀。甌北云此殆以其才思橫溢，觸處生春，胸中又書卷繁富，足供援引故耳。其尤不可及者，「天生健筆一枝，爽如哀梨，快如并剪，有必達之隱，無難顯之情」，故能繼李、杜而爲大家。更指李詩如高雲之游空，去留無迹；杜詩如喬嶽矗天，氣勢磅礴；而蘇詩則如流水行地，自然泉湧，其成就殆有以下數端：

（一）天生健筆，不假鍛鍊

　　甌北以爲東坡雖有：「清詩要鍛鍊，方得鉛中銀」云云，實則其詩並不以鍛鍊爲工，其妙處乃在「心地空明，自然流出，似全不著力而自然沁人心脾」。如〈有美堂暴雨〉：「天外黑風吹海立，浙東飛雨過江來」、〈與潘郭二生同遊憶去歲舊跡〉：「人似秋鴻來有信，事如春夢了無痕」、〈徐君猷輓詩〉：「請看行路無從涕，盡是當年不忍欺」、〈惠州白鶴觀新居將成〉：「佐卿恐是歸來鶴，次律寧非過去僧」等，皆稱心而出，不假雕飾而自然意味深長，縱使事處，亦隨意之所出而無牽合之跡。五古如〈哭刁景純〉：「讀書想前輩，每恨生不早，紛紛少年場，猶得見此老」、〈題王維吳道子畫〉：「當時下手風雨快，筆所未到氣已吞」、〈泗州僧伽塔〉：「耕田欲雨刈欲晴，去得順風來者怨。若使人人禱輒遂，造物應須日千變」、〈登玲瓏山〉：「脚力盡時山更好，莫將有限趁無窮」等，則「筆鋒精銳，議論英爽，讀之似不甚用力，實已力透十分」，此皆天才故耳。

（二）學富筆靈，鎔裁無迹

　　甌北又云東坡嫻於莊、列諸子及漢魏、晉、唐諸史，故隨所遇，輒有典故以供援引。如〈賀黃魯直生子而其母微〉，有「進饌客爭起」、

「但使伯仁長，還興絡秀家」云云，乃用《晉書》裴秀、周顗母事〔註117〕；〈與子由同轉對〉：「晉陽豈為一門事」，用《唐書》溫大雅與弟彥博對掌華近，唐高祖曰：「我豈晉陽，為卿一門」故事、〈送王鞏姪震知蔡州〉：「君歸助獻納，坐繼岑與溫」、用《唐書》岑文本及其姪長倩、溫大雅及其弟彥博同在機近故事，望其叔姪同入禁林也；〈和孔常父〉詩：「豈復見吾橫氣機，遣人追君君絕馳」，則用《莊子》季咸相壺子事〔註118〕，可見其博贍。

若夫成語佳對，甌北以為坡公尤妙於剪裁，雖「工巧而不落纖佻」。如〈寄陳述古〉：「休驚歲歲年年貌，且對朝朝暮暮人」、〈過永樂長老已卒〉：「三過門間老病死，一彈指頃去來今」、〈章質夫寄酒六壺，書到酒不到〉：「曲無和者應思郢，論少卑之且借秦」、〈答周循州〉：「前身自是盧行者，後學過呼韓退之」等，皆自然湊泊而觸處生春，可見其學之富而筆之靈也。

（三）大氣旋轉，自成創格

甌北又云東坡雖不屑於字、句中求新奇，然筆力所到，自成創格。如〈百步洪〉：「有如兔走鷹隼落，駿馬下注千丈坡，斷弦離柱箭脫手，飛電過隙珠翻荷」，形容水流之湍急，連用七喻，乃前古所未有。又如〈答章傳道〉：「欲將駒過隙，坐待石穿溜」、〈游徑山〉：「肯將紅塵腳，暫著白雲履」、〈哭子遯〉：「仍將恩愛刀，割此衰老腸」、「欲除苦浪海，先乾愛河水」、〈和陶歸園田居〉：「以彼無盡景，寓我有限年」等，句法之奇，亦自古未有，然「老橫莫有敢議其拙率

〔註117〕《晉書》謂裴秀母賤，嫡母嘗使進饌，客以秀故，皆驚起。又周顗母李絡秀謂顗，曰其屈為周家妾，為門戶計耳，顗若不與其家為親，則其亦不惜其餘生云云。顗從命，由是李氏遂為方雅之族。

〔註118〕孔武仲訪東坡，適坡宴客，遣人邀之同歡，孔已上馬馳去，明日有詩來，坡和之。（詳見《甌北詩話》卷五）
《莊子》載季咸相壺子、壺子曰：「是殆見吾橫氣機也。」明日又來見，立未定，自失而去，使列子追之不及。壺子曰：「已失之，吾勿及矣。」

者」。

東坡集中有〈集淵明歸去來辭五律十首〉之集字集句詩、廻文八首、口吃詩、摹仿佛經、調弄禪語之作，甚而一時嬉笑、村俚之言亦並入詩，甌北以為此殆「文人之心，無所不至，亦遊戲之一端也」。

按此殆以東坡胸中有豐富之醞積，且天生大才，故不事鍛鍊而已力透十分。其詩之所以「心地空明，自然流出」者，正如其文之「如行雲流水，初無定質。但行於所當行，常止於所不可不止，文理自然，姿態橫生」〔註119〕，「如萬斛泉源，不擇地皆可出，在平地滔滔汩汩，雖一日千里無難。及其與山石曲折，隨物賦形，而不可知也。所可知者，常行於所當行，常止於不可不止。雖嬉笑怒罵之辭，皆可書而誦之」〔註120〕。

若夫韓愈、蘇軾及南宋愛國詩人陸游之詩風比較，甌北亦頗有過人之見。甌北以為昌黎之後，放翁之前，東坡實自成一家，不可方物。蓋昌黎好用險韻以盡其鍛鍊，東坡則不擇韻而但抒其意之所欲言。放翁古詩好用儷句，以炫其絢爛，東坡則行墨間多單行，而不屑於對屬。且昌黎、放翁多從正面舖張；而東坡則反面、旁面，左縈右拂，不專以舖敘見長。昌黎、放翁使典亦多正用；而東坡則驅使書卷入議論中，穿穴翻簸，無一板用者。然其雄厚則不如昌黎，而稍覺輕淺；整麗不如放翁，而稍覺率略，此固才分各有不同，不能兼長也。

東坡所至好營造：守徐州禁黃樓、守杭州積西湖葑泥為堤、守潁州濬西湖、謫惠州建東新橋等，甌北以為此「固其利物濟人之念，得為卽為之，要亦好名之心，欲藉勝跡以傳於後」。又據東坡之出處升沈，而考其買田歸隱之志，更以其交游之不擇善惡而析論東坡之襟懷

〔註119〕見宋郎曄編《經進東坡文集事略》（台北：商務印書館四部叢刊正編、影印宋刊本，未著出版年），卷第四十六〈與謝民師推官〉，頁279。

〔註120〕見《宋史》本傳（台北：藝文印書館，民國45年），頁4273。

浩落。惟「邪正不分，而其後往往反爲所累」。

東坡熙寧、元豐、元祐、紹聖四朝，數十年間，政局屢更，其出處升沈皆有關國事，故甌北以爲註蘇詩不難於徵典故，而難於考時事。遂就宋代之王十朋本、顧禧與施元之父子合註本、清代查愼行補註本，馮應榴合註本評騭優劣，頗有助於讀者采擇之參考。〔註121〕

十二、黃庭堅（1045～1105）

《滄浪詩話》：「宋詩至東坡、山谷，始出己意以爲詩，唐人之風變矣。山谷用工尤爲深刻，其後法席盛行，海內稱爲江西詩派」。山谷作詩力主去陳反俗，故拗句、拗律、險韻、奇事怪典遂成其詩作之特色，更有「奪胎」、「換骨」之法，以求新意。

甌北則以爲蘇、黃二家雖皆才力雄厚、書卷繁富，然實亦自有優劣。蓋東坡「隨物賦形，信筆揮灑，不拘一格，故雖瀾翻不窮而不見有矜心作意處」。山谷則「專以拗峭避俗，不肯作一尋常語，而無從容游泳之趣」。且坡使事處，隨其意之所之而驅駕書卷，故「不見掅

〔註121〕甌北稱王本旣分其門，以致割裂顚倒，晚年之作或入於少時，使讀者無從別其前後，然其書流傳最久。施本乃元之及顧禧共註，而元之子宿又加核定，係隨年之先後，編訂成編，於時事考之甚詳。唯元、明以來，久已淹沒，迨康熙中，宋犖得之，囑邵長蘅補其殘缺，而後出處老少之跡，粲然可觀，王本遂不行。至查愼行，馮應榴又有補註、合註之刻，皆於施註之外，援據宋人雜說、傳記以增訂之，足與相互發明也。

按北宋以降，註蘇詩者日多，較早有趙次公、程縯等四家註，後又有五註、八註、十註。南宋中，則有題名王十朋編纂之《百家分類註》。嘉泰年間，又有施元之父子與顧禧合編之編年註本。至清查愼行，有《蘇詩補註》，而馮應榴更沿查氏規模，取王、施、查三註，擇精去複，援證群書而成《蘇文忠公詩合註》五十卷。爾後王文誥又有《蘇文忠公詩編註集成》，前有總案四十五卷，爲詳盡之東坡年譜；註四十六卷，則就馮氏卷四十七、四十八他集互見詩及卷四十九、五十補編詩不可盡信而去之。大抵馮氏合註本以註見長，資料翔實，考據精當，唯徵引過繁，詩旨反失之晦澀；王氏集成本則去其繁冗，益以紀昀之評並於詩句間有發明，然於刪減處亦有不當。

摭痕迹」；山谷則專於選才庀料，寧不工而不可不典，寧不切而不肯不奧，故往往「意爲詞累而性情反爲所掩」。

其所以如是者，甌北以爲殆中唐以降，競言聲病，故多音節和諧，風調圓美。杜牧恐流於平弱，特創豪宕波峭一派以矯其弊，山谷因之，亦務爲峭拔而不肯隨俗波靡。故其〈跋枯木道人賦〉謂：「閑居熟讀《左傳》、《國語》、《楚辭》、《莊周》、《韓非》諸書，欲下筆先體古人致意曲折處，久乃能自鑄偉詞」，又語楊明叔云：「詩須以俗爲雅，以故爲新。百戰百勝，如孫、吳之用兵；棘端可以破鏃，如甘蠅、飛衛之射」，此殆其一生命意所在。

然而詩果意思沉著，氣力健舉，則雖和諧圓美，何嘗不沛然有餘？若徒以生闢爭奇，究非大方之家。是以山谷詩「世上豈無千里馬，人中難得九方皋」，《潛夫詩話》謂可爲律詩之法；「與世浮沉惟酒可，隨人憂樂以詩鳴」，甌北亦許其獨闢蹊徑。至如「烽房各自開戶牖，蟻穴或夢封侯王」、「黃流不解浣明月，碧樹爲我生涼秋」等，甌北則云此不過前人未曾道過，實無甚意味。故東坡於〈山谷詩題跋〉云：「讀魯直詩，如見魯仲連、李太白，不敢復論鄙事。雖若不適用，亦不無補於世也」、「魯直詩文如蟠蜇、江瑤柱，格韻高絕，然不可多食，多食則發動風氣」；魏泰《臨漢詩話》：「山谷詩專求古人未使之事，而又一二奇字綴葺而成，自以爲工，其實所見之僻也。故句雖新奇，而氣乏渾厚」；李東陽《懷麓堂詩話》：「熊蹯、雞跖，筋骨有餘，肉味絕少，好奇者不能舍之，而不足厭飫天下，黃魯直詩大抵如此」云云，甌北率謂之爲允評。

十三、陸　游（1125～1210）

甌北稱放翁傳世之詩，幾經刪汰，猶有一萬餘首〔註122〕，實爲

〔註122〕《甌北詩話》卷六：「放翁六十三歲在嚴州刻詩，已將舊稿痛加刪汰，六十六歲家居，又刪訂詩稿，自跋云『此予丙戌以前詩十之一也，在嚴州再編，又去十之九』，然則丙戌以前詩，存者才百之一耳。子虛（其子）刻全集時，亦跋云：「先君在嚴州刻詩，多所去

古今詩人之冠。故甌北讀其詩，嘗有「放翁志恢復，動慕皐蘭塵，十詩九滅虜，一代書生豪」〔註123〕、「南渡全忘復讎事，留作先生不平氣。況兼才思十倍雄，萬斛原泉不擇地」〔註124〕云云，至於其詩風之轉變，甌北以爲殆可分爲三階段：

（一）早年宗杜，趨於雅正

放翁〈答宋都曹詩〉：「古詩三千篇，刪取才十一。詩降爲楚騷，猶足中六律。天未喪斯文，杜老乃獨出。陵遲至元白，固已可憤嫉」，又〈示子遹詩〉云：「我初學詩日，但欲工藻繢。中年始稍悟，漸若窺宏大。數仞李杜牆，常恨久領會。元白纔倚門，溫李眞自鄶」，甌北稱此即可見其宗尙之正，故雖挫籠萬有，窮極工巧，而仍歸於雅正，不落纖佻。

（二）從戎巴蜀，境界一變

甌北以爲放翁〈自述〉詩一首：有「我昔學詩未有得，殘餘未免從人乞。力屛氣餒心自知，妄取虛名有慚色。四十從戎駐南鄭，酣宴軍中夜連日。打毬築場一千步，閱馬列廄三萬匹。華燈縱博聲滿樓，寶釵豔舞光照席。琵琶絃急冰雹亂，羯鼓手勻風雨疾。詩家三昧忽在前，屈賈在眼元歷歷。天機雲錦用在我，剪裁妙處非刀尺。世間才傑固不乏，秋毫未合天地隔。放翁老死何足論，廣陵散絕還堪惜」云云，可見放翁中年從戎巴蜀之後，得乎江山戎馬之助，乃自出機杼而騁其宏肆，境界一變。

（三）皮毛落盡，造乎平淡

甌北又云放翁至晚年，心境已漸趨淡漠，此可由其〈居室記〉、〈東籬記〉諸篇窺知一斑。而其詩風亦已盡脫中年之慷慨激憤、縱橫奔放而入於閑適恬淡，如〈游山西村〉、〈岳池農家〉、〈臨安春雨初霽〉、〈秋

　　　　取，所遺詩存者尚有七卷」，今合計全集及遺稿，實共一萬餘首」。
〔註123〕見《甌北集》卷四十二〈書放翁詩後〉。
〔註124〕同上，卷二十六〈讀陸放翁詩題後〉。

郊有懷〉、〈蔬食〉、〈沈園〉、〈東村〉、〈記老農話〉、〈春晚卽事〉諸作，或寫農村生活，或寫閑適心境，皆棄脫求工見好之意而造乎平淡，正所謂「詩到無人愛處工」，故甌北亦採劉後村之說，而許其乃「皮毛落盡」而見眞淳也。

甌北又稱放翁雖以律詩見長，「使事必切，屬對必工，無意不搜而不落纖巧，無語不新而不事塗澤，可謂刮垢磨光而字字穩愜」。然律詩之工，人皆見之，甌北則以爲其古體才氣豪健，議論開闢，援引書卷必驅使出之，非徒以數典爲能事，「意在筆先，力透紙背，語麗而無險，豔而不淫，視似華藻而實雅潔，宛若奔放而不失嚴謹，此古體之功力更深於近體也」。或有以其平易而疑其少鍊，甌北則謂實則所謂鍊者，「不在乎奇險詰曲，驚人耳目，乃在於言簡意深，一語勝人千百」，放翁之老潔精到，實卽鍊在句前，不在句下，觀者遂不見其鍛鍊之迹。是故甌北乃於放翁近體中，抉摘使事、抒懷、寫景之佳句，以鑑其功力之精，更籲乎讀者當於放翁古詩，觀其「有氣有意，有書有筆」處，乃眞得之矣。

至於放翁與蘇軾詩風、成就之比較，甌北更具卓見。甌北以爲後人震於東坡之名，往往謂蘇勝於陸，實則東坡早年雖口快筆銳，然自烏臺詩案後，不敢復論天下事，及元祐登朝，身世俱泰，旣無所用其無聊之感；紹聖遠竄，禁錮方嚴，更不敢出其不平之鳴，故其詩止於此，「徒令人覺其詩外尚有事也」。放翁值神州陸沉之際，則能「轉以詩外之事入於詩中」。蓋是時和議旣成，廟堂諱言用兵，士大夫則徒作新亭之泣，放翁卻「以一籌莫展之身，存一飯不忘之誼，舉凡邊關風景、敵國傳聞，悉入於詩，因得肆其才力」。或大聲疾呼，或長言永歎，命意旣有關係，出語自覺沈雄。且東坡自黃州起用後，敭歷中外，公私事冗，其詩多卽席卽事，隨手應付，加以其才捷而性不耐煩，故遣詞或有率略，押韻亦有生硬之處。放翁則生平仕宦，凡五佐郡、四奉祠，所處皆散地，讀書之日多，故每有先得佳句，而後標以題目者，如〈寫懷〉、〈書憤〉、〈感事〉、〈遣悶〉、〈山行〉、〈郊行〉、〈書室〉、

〈道室〉等題、十居七八，而應酬贈答之作則不一二也。心閒則易觸發而妙緒紛來，時暇則易琢磨而微疵盡去，故詩易工。故甌北以爲由此二端，乃知放翁才雖不及東坡，而詩實能勝之。

　　至於楊萬里，雖爲南宋四大家之一，然甌北以爲其好以俚俗言語闌入詩中，故作新奇，較之放翁一切掃除，不落乎窠臼、不流於纖佻，自有「小大之別」。若夫放翁詩亦偶有一二語間似誠齋者，如〈晚步〉：「寓跡個中誰耐久，問君底事不歸休」、〈饑坐〉：「落筆未妨詩袞袞，閉門猶喜氣揚揚」、〈老學菴〉：「名譽不如心自肯」、〈醉中走筆〉：「過得一日過一日，人間萬事不須謀」、〈自咏〉：「作個生涯君勿笑」、〈新作籬門〉：「雖設常關果是廢」、〈自語〉：「愈老愈知生有涯，此時一念不容差」、〈遣興〉：「關上衡門那得愁」等句，甌北皆詆爲「下劣詩魔」。

　　按：實則甌北於此，持論似有所偏，蓋誠齋與放翁之詩原皆自江西入手，迨有所悟，遂自出機杼，各自成家，誠齋喜以俚語白話入詩，遂以詼諧幽默見長，後人或評其龐俚〔註125〕，或詆其「輕儇佻巧」、「詩家之魔障」〔註126〕，殊不知此正爲其特色所在。且其論詩主性情、反格調之說，更對袁枚多所啓發〔註127〕，由此觀之，其論詩之見實不乏與甌北合轍處。大抵甌北論詩，喜瀾翻不窮而不專主一格，故於誠齋晚年詩風頗表不滿，尤惡其故作詼諧語也。

　　甌北又據放翁詩而考知其雖不以道學名，而未嘗不得力於道學；不以書名，而草書實橫絕一時；晚年目力猶絕人等。至於放翁爲韓侂冑作〈南園記〉、〈閱古泉記〉，遂爲人詆爲希榮附勢，晚節有虧，甌

〔註125〕見《四庫提要》紀昀評。

〔註126〕見翁方綱《石州詩話》（台北：木鐸出版社《清詩話續編》，中冊，民國74年）

〔註127〕《隨園詩話》卷一有「楊誠齋曰：『從來天分低拙之人，好談格調而不解風趣。……格調是空架子，有腔口易描；風趣專寫性靈，非天才不辦』。余深愛其言。須知有性情便有格律，格律不在性情外」云云，卷八亦稱「誠齋一代作手，談何容易，後人嫌太雕刻，往往輕之，不知其天才清妙，絕類太白，瑕不掩瑜，正是此公眞處」，可見袁枚於楊誠齋之推服！

北則以爲放翁作記之旨，一則勉公先祖韓琦之遺烈，一則諷其早退，並無依傍門戶之意，此乃小人好議論，不樂成人之美故耳。

王師建生《趙甌北研究》一書，於此亦有過人之見，以爲韓侂冑主戰，與趙汝愚、朱熹等主和者所執迥異；放翁亦力主恢復，此觀點與韓氏正同，或卽因此而爲其作記，亦因而見譏清議。〔註128〕

十四、元好問（1190～1257）

李治作〈元遺山詩集序〉，稱其「律切精深，有豪放邁往之氣。樂府則清雄頓挫，用俗爲雅，變故作新，得前輩不傳之妙」，郝經作〈遺山墓誌〉，亦稱其「歌謠跌宕，挾幽、并之氣，高視一世。以五言雅爲工，出奇於長句、雜言，喻揚新聲，以寫怨思」，《金史》本傳則謂其「奇崛而絕雕刻，巧綯而謝綺麗」。甌北云此數語皆可得其眞矣。蓋元遺山才雖不甚大，書卷亦不甚多，較之蘇、陸自有大小之別，然「正惟才不甚大，書不甚多，而專以精思銳筆，精鍊而出，故其廉悍沈摯處實勝於蘇陸」。甌北稱此殆以其生長雲朔，天稟本多豪健英傑之氣，又值金源亡國，以宗社丘墟之感發爲慷慨悲歌，遂有不求而自工者。

甌北以爲蘇陸古體，行墨間仍多尙排偶，以肆其辯博、侈其藻繪，遺山則專以單行，絕無偶句，「構思窅渺，十步九折，愈折而意愈深、味愈雋，雖蘇陸亦不及也」。七律更沉摯悲涼，自成聲調，乃「少陵後之嗣響」，如〈車駕遁入歸德〉之「白骨又多兵死鬼，青山原有地行仙」、「蛟龍豈是池中物，機蝨空悲地上臣」；〈出京〉之「只知灞上眞兒戲，誰謂神州遂陸沉」；〈送徐威卿〉之「蕩蕩青天非向日，蕭蕭春色是他鄉」；〈鎭州〉之「又知終老歸唐土，忽漫相看是楚囚。日月盡隨天北轉，古今誰見海西流」等，皆感時傷事，聲淚俱下，千載猶令人低徊不已。故甌北有〈題元遺山詩〉云：

身閱興亡浩劫空，兩朝文獻一衰翁，

〔註128〕見該書下冊，頁733～734。

　　無官未害餐周粟，有史深愁失楚弓。

　　行殿幽蘭悲夜火，故都喬木泣秋風，

　　國家不幸詩家幸，賦到滄桑句便工。〔註129〕

　　甌北又稱拗體七律，以老杜集中最多，乃專用古體，不諧平仄。中唐後，則李商隱、趙嘏等別創一種第三、五字互易之體，頗有擊撞波折之致。至遺山則又另創一種拗在第五、六字者，如「來時珥筆誇健訟，去日攀車餘淚痕」、「太行秀發眉宇見，老阮亡來樽俎閒」、「雞豚鄉社相勞苦，花木禪房時往還」、「肺腸未潰猶可活，灰土已寒寧復燃」、「市聲浩浩如欲沸，世路悠悠殊未涯」等，集中不勝枚舉，然後人習用者少。

　　金未亡時，遺山已先有書上耶律楚材，自稱門下士。崔立以汴京城降蒙古，據傳遺山又曾為之作功德碑文〔註130〕而大不理於眾口，然甌北則以其《壬辰雜編》等書〔註131〕，凡金君臣事蹟，採訪無遺而至百萬餘言，實可見其心之忠且勤矣。且金亡不仕，亦不失完節，故題其集有「無官未害餐周粟，有史深秋失楚弓」云云。

十五、高　啓（1336～1374）

　　南宋詩壇，大抵即江西詩派及反江西詩派之論爭。然其末流，或失之生硬枒杈，或流於猥雜瑣碎，故元、明詩人又轉而學唐。元末明初，楊維楨「鐵崖體」最稱巨擘，然甌北以為其已失之險怪妖麗，惟高青丘「才氣超邁，音節響亮，雖宗法唐人而能自出新意，涉筆即有博大昌明氣象」，故許其為「開國詩人第一」，其成就殆有：

〔註129〕見《甌北集》卷三十二。

〔註130〕據甌北所考，崔立碑殆為劉祁起草，遺山改定。而是時咸指此碑乃諂附逆賊，故與事者遂各自諱言而彼此嫁名。詳見《甌北詩話》卷八。

〔註131〕遺山之史籍類著述，計有《壬辰雜編》三卷、《金源君臣言行錄》、《帝王鏡略》、《南冠錄》、《千秋錄》、《故物譜》等六種。《金史》卷一二六，《藝文志》本傳乃稱其「凡金源君臣遺言往行，采掇所聞，有所得輒以寸紙細字為紀錄，至百餘萬言」。

（一）挫籠萬有、學無常師

甌北以爲青丘之樂府、古體，實可追步李白。李白之樂府、五古，多主敘事而不著議論，蓋用古人「意在言外」之法；而青丘樂府及〈擬古十二首〉、〈寓感二十首〉、〈秋懷十首〉、〈咏逸十六首〉等，亦只敘題面而不著議論，然「邁往高逸之致，自見於楮墨之外」，此正爲學青蓮處。七古如〈將進酒〉、〈將軍行〉、〈贈金華隱者〉、〈題天池石壁圖〉、〈登陽山絕頂〉、〈春初來〉、〈憶昨行〉等，置之青蓮集中亦難別擇。〈遊龍門〉、〈答衍師見贈〉等，骨堅力勁，乃學自老杜。〈太湖〉、〈天平山〉、〈遊城西〉、〈贈楊滎陽〉、〈寄王孝廉乞貓〉等作，長篇強韻，層出不窮，無一懈筆，則又學韓。〈效樂天體〉、〈聽教坊舊妓郭芳卿弟子陳氏歌〉，則神似長慶。〈中秋玩月張校理宅〉，又似李義山。〈玉波冷雙蓮〉、〈鳳臺曲〉、〈神絃曲〉、〈秦箏曲〉、〈待月詞〉、〈春夜詞〉、〈黑河秋雨飲〉等，又似溫庭筠；〈蔡經宅〉、〈書夢寄徐高士〉、〈贈李外史〉等，則似「黃庭經」；可見其詩實挫籠萬有、學無常師。

李志光作〈高太史傳〉，謂其詩「上窺建安，下逮開元，至大曆以後則藐之」。甌北則以爲其五古五律，脫胎於漢、魏、六朝及初、盛唐；七古、七律則參以中唐；七絕並及晚唐。要其英爽絕人，故「學唐而不爲唐所囿」。惜乎年僅三十九，遽遭摧殞，遂未能縱橫變化而自成大家。然有明一代詩人，實未有能及者，如李何輩之學唐，但「襲其面貌，仿其聲調，而神理索然」，實「優孟衣冠」耳。鍾惺、譚元春等則由一字一句標舉冷僻，自以爲得味外味，實乃「幽獨之鬼語」。

（二）琢句渾成，神韻高朗

青丘〈吳城感舊〉：「城苑秋風蔓草深，豪華都向此銷沉。趙佗空有稱尊意，劉表初無弭亂心。半夜危樓俄縱火，十年高塢漫藏金。廢興一夢誰能問，回首青山落日陰」；〈奉天殿進元史〉：「書成一代存殷鑑，朝列千官備漢儀」；〈清明日呈館中諸公〉：「白下有山皆繞郭，清明無客不思家」；〈送鄭都司赴大將軍行營〉：「賜履已分無棣遠，舞戈還見有苗來」等句，甌北以爲其氣調才力實不減於唐，而典麗細切則

更過之。而〈登西城門〉：「并吞何時休，百骨易寸土」；〈題畫鷹〉：「秋
筋束老骨，天寒勢逾矯」；〈太湖〉：「聲吹地將浮，勢擊山欲壞」等聯，
則驚心動魄，警策至極，其用力全在「使事典切，琢句渾成，而神韻
又極高朗」；看似平易，實則「洗鍊功深」。故甌北以爲有唐以來之詩
家，有力厚而太過，亦有力弱而不及者，唯青丘則恰如其分，固不必
石破天驚，以奇傑取勝。

　　青丘傳世之作，以徐庸所彙刻之大全集最稱完備。然甌北指其編
次則中年之作，或雜於少時；元季之作，又入乎明初，前後倒置，不
勝披尋。至如五排七律，係以明初在朝之作冠首，而先後里居、客居
詩在後；然五七則反是，五律更以在朝之作居中，里居、客居詩分列
前後，體例不一，甌北指此殆明人刻書多不加考訂故耳。

　　至於青丘之賈禍，《堯山堂外紀》以爲係以其〈題宮女圖〉云：「小
犬隔花空吠影，夜深宮禁有誰來」，明太祖聞而銜之。李志光作傳，
則以爲青丘謝事歸里，甚得魏觀禮遇，後魏觀以〈上梁文〉得罪，禍
及青丘。甌北則據《明史》本傳及其〈題畫犬〉詩另有：「莫向瑤階
吠人影，羊車半夜出深宮」云云，而謂青丘殆先以詩召嫌，而禍發於
魏觀之〈上梁文〉也。

十六、吳偉業（1609～1671）

　　甌北以爲繼高啓之後，詩之足觀者惟吳偉業一人耳。其詩之不可
及處，一則「神韻悉本唐人，不落宋以後腔調」，而指事類情，又宛
轉如意，非如學唐者之徒襲其貌。一則「庀材多用正史，不取小說家
故實」，而選聲作色，又華豔動人，才情既高，而於書卷又能瀾翻不
窮，故「以唐人格調寫目前近事，宗派既正，詞藻更豐」。惟其氣稍
衰颯，不如青丘之健舉，語多疵累，又不如青丘之清雋。然感愴時事，
俯仰身世則纏緜淒婉，情餘於文，如〈臨江參軍〉、〈松山哀〉、〈圓圓
曲〉、〈茸城行〉諸篇，題既鄭重，詩亦沈鬱蒼涼，故能傳而不巧。至
於寫閒情別趣，如〈松鼠〉、〈石公山〉、〈縹渺峯〉、〈王郎曲〉等，則

摹寫生動，幾於眉飛色舞。而〈直溪吏〉、〈臨頓兒〉、〈蘆州〉、〈馬草〉、〈捉船〉等，甌北以爲此直堪與少陵〈兵軍行〉、〈石壕吏〉、〈贈花卿〉等相表裏，特少其遒勁耳。茲綜述其得失如下：

（一）古詩妙於轉韻，而失之太濫

甌北以爲梅村之古體勝於律詩，而古詩尤擅於轉韻，遂覺通首筋脈靈活。如〈永和宮詞〉，方敘田妃薨逝，忽云：「頭白宮娥暗顰蹙，庸知朝露非爲福。宮草明年戰血腥，當時莫向西陵哭」；又如〈王郎曲〉，方敘其少時於徐氏園中作歌伶，忽云：「十年芳草長洲綠，主人池館空喬木。王郎三十長安城，老大傷心故園曲」，此等處「關捩一轉，別有往復廻環之妙」，其秘殆得自《長慶集》中，然「筆至情深而俯仰生姿」，則其「天分」也。唯其轉韻往往上下平通押，如〈遇劉雪舫〉，以眞、文、元、庚、蒸、侵通押；〈遊石公山〉則支、微、齊、魚通押，甌北謂此則失之太濫。唯《洪武正韻》有東無冬，有陽無江，於唐韻多所併省，故甌北又疑梅村殆有意遵用，以示不忘先朝也。

（二）七律全用實字，致掉轉不靈

甌北稱七律全用實字而不用虛字，雖然唐賈至〈早朝大明宮〉已肇其端，爾後老杜「五更鼓角聲悲壯，三峽星河影動搖」、小杜「深秋簾幕千家雨，落日樓臺一笛風」、放翁「樓船夜雪瓜洲渡，鐵馬秋風大散關」諸聯亦是也，然不過寫景，而梅村則並以之敘事且言外自有餘味。如〈贈袁韜玉〉：「西州士女章臺柳，南國江山玉樹花」；〈雜感〉：「金城將吏更黃犢，玉壘山川祭碧雞」；〈送李書雲典試蜀中〉：「兵火才人羈旅合，山川奇字亂離搜」；〈寄房師周芮公〉：「廣武登臨狂阮籍，承明寂寞老揚雄」等，皆不著議論而意在言外，令人低徊不置。然其病亦在專用實字而不用虛字，故「掉運不靈」，「徒覺堆垛」，如〈贈馮子淵總戎〉：「十二銀箏歌芍藥，三千鍊甲醉葡萄」；〈俠少〉：「柳市博徒珠勒馬，柏堂箏妓石華裙」等，甌北皆謂之雜湊成句而益形呆笨。

（三）好用辭藻，而不免為其所累

　　甌北以為梅村嫻於兩漢、三國、《晉書》、《南北史》，故所用皆典雅，不若後人恣取稗官叢談以炫新奇。如〈弔衛胤文〉：「非關衛瓘需開府，欲下高昂在護軍」，正指其監護高傑軍而暗切兩人姓氏；〈送杜弢武〉：「非是雋君辭霍氏，終然丁椽感曹公」，意指弢武避難江南，適梅村悼亡，欲以女為梅村繼室，而梅村辭之，故用雋不疑辭霍光之婚，及曹操欲以女妻丁儀，以曹丕言而止事；此皆可見其博贍而嫻於用典。然而亦有與題不稱而強為牽合者，如〈雜感〉：「取兵遼海歌舒翰，得婦江南謝阿蠻」，係以降將歌舒翰比吳三桂，阿蠻比圓圓；然歌舒翰並無取遼海事，阿蠻本新豐人而非江南。〈贈袁韞玉〉：「盧女門前烏柏樹，昭君村畔木蘭舟」，實則二典皆無其事，殆採掇字面對仗耳。更有用事有誤者，如〈戲贈〉一首有云：「何綏新作婦人裝」，《晉書》何綏乃何遵子，無此故事，唯《宋書·五行志》載何晏服婦人衣也；又如〈觀棋〉一首：「博進知難賭廣州」，據《宋書》所載，羊元保與文帝賭郡，勝，遂補宣城太守，是故此云廣州，當作宣城也。甌北指此等殆梅村隨手闌入，未加詳檢之病也。

　　甌北又云梅村於出處之際，固不無可議，然集中如〈過淮陰有感〉、〈遣悶〉等則頗有顧惜名節、自慚自悔之慨，故甌北嘗題其集二首云：「才高綺歲早登科，俄及滄桑劫運過；仕隱半生樗散跡，興亡一代黍離歌。死遲空羨淮王犬，名盛難逃惠子驔；猶勝絳雲樓下老，老羞變怒罵人多」、「國亡時早養親還，同是全生跡較閒；幸未名登降表內，已甘身老著書間。訪才林下程文海，作賦江南庾子山；剩有沈吟偷活句，令人想見淚痕斑」〔註132〕，即著眼於其值鼎革之際，能撫時感事而本心不昧。

　　至於梅村身閱興亡，時事多所忌諱，故甌北謂其作詩命題，多不敢顯言，但撮數字為題耳，如〈雜感〉、〈雜咏〉、〈即事〉、〈咏史〉諸

〔註132〕同註129。

作，皆不明指某人某事，幾於無處捉摸。靳榮藩雖窮其十年之功，爲吳詩箋釋，或因詩以考史，或援史以證詩，使作者本指，顯然呈露，然甌北稱其亦不免有穿鑿附會，牽合時事之誤，遂就其所箋註之〈行路難〉、〈滇池鐃吹〉、〈雜感〉、〈避亂〉、〈長安雜咏〉、〈讀史偶述〉、〈揚州〉、〈即事〉、〈偶得〉諸作，加以考證補益，頗資參考。

十七、查慎行（1650～1727）

與吳梅村同時，而行輩稍次者，有南施北宋二大家。然甌北以施閏章自命儒雅，稍嫌腐氣；宋琬則全學晚唐，力欠深厚。而王漁洋標舉神韻，雖繼稱山斗，然甌北稱此只宜絕句，若夫舖陳終始，排比聲韻，豪邁律切，則往往見絀。朱彝尊雖亦負海內重名，甌北則謂其不專以詩傳，且其詩初學盛唐，中年後則盡棄格律，欲自成家，遂有頹唐自恣之失，究非風雅正宗。唯查初自繼梅村之後，「才氣開展」、「工力純熟」，詩作之多，更繼踵香山、放翁，且正惟作詩之多，故遍嘗其中甘苦曲折而無淺語也。

甌北又云初白年少之時，隨黔撫楊建雍南行，其時吳逆方死，餘孽尚存，官軍恢復黔、滇，兵戈殺戮之慘、民苗流離之狀，皆所目睹，故出手即具慷慨沈雄之氣。入京之後，則奔走衣食，角逐名場，閱歷益久，鍛鍊自深，故能氣足調振，意深而味有餘，至於摹寫景物，則脫口渾成，惟書卷較少，稍嫌單薄。又投贈功卿，動千百言，殊嫌繁冗且自減身分，不無可議。茲分述甌北評述其古近體詩之優劣如后：

（一）白描太多而稍寒儉

詩雖以性情爲主而不專恃數典，則借彼之意，寫我之情，若驅使得宜，自能使情感氣力倍增深厚。甌北以爲初白好議論，而專用白描，則宜短節促調，以遒緊見工；然其古詩動輒千百言，而無典故驅駕，便覺單薄。遂云吳梅村好用書卷，而使典過繁，翻致膩滯，一遇白描，反能爽心豁目，情餘於文；而查初白則白描太多，稍覺寒儉，一遇使

典處，卽清切深穩，詞意兼工，此兩家詩之不同也。

（二）氣力沛然而過於冗長

甌北又以初白之古詩〈董文敏天馬賦酬岕老〉、〈五更鷹窠頂觀日出〉等作，興會所到，酣暢淋漓，力大於身，雖長而不覺其冗。又如〈送王兔庵學博赴安順〉、〈送王阮亭祭告南海〉、〈送畢鐵嵐督學貴州〉、〈二虎歌〉、〈自題廬山紀游後〉、〈夷門行〉、〈朱仙鎮岳忠武祠〉等作，亦豪健爽勁而氣足神完。至如〈水西行〉、〈五老峯觀海綿〉、〈賜觀侍衛射虎〉、〈樓敬思平蠻歌〉等，雖氣力沛然有餘，然終嫌冗長，究須刪節。甌北云此殆以其少年急於求知，故屢有長篇以投贈公卿故耳。

（三）因物賦形而字字穩愜

甌北又謂初白最長於近體，殆放翁後之第一人。其內召後，「細意熨貼，因物賦形，幾無一字不穩愜」。五律如〈韶州風度樓弔張曲江〉云：「公進千秋錄，開元極盛時。知幾同列少，去國一身遲。終始全臣節，安危動主思。高樓瞻畫像，風度儼鬚眉」，此等格律氣味，雖置之唐賢集中，亦莫能軒輊。七律如〈與汪紫滄同寓〉：「同槽厩馬無啼齧，典謁家僮互使令。怪底群情皆貼妥，多緣君與我忘形」，則就眼前瑣事舖寫，雖不使典而情味悠然，較之運用鍊句者爲更勝矣。又如〈長告將歸過別揆愷功園中看荷花〉：「繁華肯鬪香三月，澹蕩偏宜水一方」二句，以花自比，正喻夾寫，句中有意，句外有味，堪稱「畫中神品」。

甌北又以爲初白之律詩若與放翁相較，則放翁之使事精工，寫景新麗，固遠勝初白，然放翁多自寫胸臆，非因人因地，曲折以赴，往往先得佳句而足成之；初白則因事因人而各如其量，肖物而工，用意必切，其不如放翁之大在此，而較放翁之爲難亦在此。

第五章　趙甌北詩學之評價

第一節　甌北詩論之特色

　　甌北不僅有深厚之詩學造詣，又博贍史籍，精於考證，既以史學之識、詩人之筆掇管操觚，遂自成一家之創格，其詩學特色殆有：

一、論詩諸作，體例特殊

　　甌北之詩學見解，除《甌北詩話》外，尚散見於《陔餘叢考》及其詩集中之論詩諸作。清代詩話之寫作動機，蓋不外乎發潛闡幽、相互標榜以循人情，或爲授徒以資教習〔註1〕，其體例又大抵可分二類：一則陳格律，立模範，以解說格律、分析技巧爲主；一則述源流，評古今，以闡述詩學理論爲主〔註2〕。甌北晚年廣接後進，己亦勤學不輟，而於七十五高齡撰成《詩話》一篇。然其十二卷《詩話》則於評述詩家作品之餘，兼及作品內容、詩家經歷、時事之考證；評騭古今之際，雖亦兼及格律體製而隱然可見一己之論詩主張、創作原則，卻又缺乏系統性之創作指導說、技巧論。然而較之體涉說部、旁采故實

〔註1〕　見吳宏一《清代詩學初探》（台北：學生書局，民國75年）第二章第一節，清代詩話的作者。
〔註2〕　同上。

而隨條箚記之一般詩話，其每卷以一家爲主〔註3〕之獨立評論方式，又較精萃整鍊，是以不僅於清代詩話中體例特殊，於歷代詩話中亦堪稱獨樹一格。

　　至於《陔餘叢考》卷二十三、二十四之諸條箚記，則以論述詩體源流爲主，乃《甌北詩話》卷十二之藍本所自。此外，詩集中有詩家作品之題跋，更有專以論述創作原則之古近體諸作〔註4〕，堪稱繼歷代詩人之論詩絕句諸作而續有發揮，且更具特色。

二、重視詩家之人生閱歷、時代環境

　　甌北評述詩家之作品、思想源流，必無略於其人生閱歷、時代背景對人生觀及詩風之影響。如評李白登眞度世之志，十詩而九，乃以其少好仙而非矯托；功名之念，至老不衰，則以本學縱橫術，志在有所建立〔註5〕。昌黎以道自任，力闢佛老，而平日往來卻多二氏之人，蓋正欲藉此以暢其議論〔註6〕。東坡早年口快筆銳而語少含蓄，自烏臺詩案後則不敢復論天下事；及元祐登朝，身世俱泰，既無所用其無聊之感；紹聖遠竄，禁錮方嚴，更不敢出其不平之鳴〔註7〕。放翁詩凡三變：早年學杜；中年從戎巴蜀而境界一變，自出機抒；及乎晚年則皮毛落盡，造乎平淡〔註8〕。遺山生長雲朔，天稟本多豪傑之氣，又值金

〔註3〕洪亮吉《更生齋詩集》卷四有「趙兵備翼以所撰《唐宋金七家詩話》見示，率跋三首」，知此書原只論李杜韓白蘇陸元七家，後又益以高吳查三家，故又名《唐宋以來十家詩話》。爾後更增《雜論》二卷，於韋應物、杜牧、皮日休、蘇舜欽、梅堯臣、歐陽修、王安石、黃庭堅詩亦略作述評。故今傳之十二卷詩話，除卷七爲放翁年譜、卷八元好問、高啓詩合論、卷十一爲唐宋諸家合論、卷十二爲雜論外，其餘八卷均以一卷專評一家。

〔註4〕於詩集之題跋，如〈題袁子才小倉山房集〉、〈題元遺山集〉、〈題吳梅村集〉、〈題稚存萬里荷戈集〉等，論詩詩則有〈編詩〉、〈偶書〉、〈刪改舊詩作〉、〈論詩〉等，均可見其論詩宗旨。參見附錄二。

〔註5〕見《甌北詩話》卷一。

〔註6〕同上卷三。

〔註7〕同上卷五。

〔註8〕同上。

源亡國，以宗社丘墟之感發爲慷慨悲歌，故能不求而自工〔註9〕。梅村身閱鼎革，出處之際固不無可議，然感時撫事，頗能自慚自悔，顧惜名節，俯仰身世之際，遂覺纏綿淒惋，情餘於文〔註10〕。初白早年隨軍南行，賭兵戈殺戮之慘、民苗流離之狀，故出手卽帶慷慨沈雄之氣。及乎入京，奔走衣食，角逐名場，閱歷旣久，鍛鍊日深，故氣足而調振、意深而味厚〔註11〕。凡此云云，皆可見甌北之著眼所在。

三、以詩證史，援史證詩

甌北旣兼擅詩、史，二者遂相互爲用，不僅以考據施諸詩學，亦屢援詩以證史。如以李白〈扶風豪士歌〉、〈猛虎行〉、〈亂後將避地剡中贈崔宣城〉、〈贈王判官〉、〈贈江夏太守〉、〈永王東巡歌〉、〈在水軍宴與幕府諸公〉、〈南奔〉諸詩而核其入永王幕中，以致坐累得罪之次第〔註12〕；以老杜〈題玄武禪師屋壁〉、〈題玄元皇帝廟〉、〈通泉觀薛少保畫壁〉諸詩而證古人作畫多於素壁〔註13〕；以香山〈荔枝樓對酒〉、〈咏家醞〉、〈池上小舟〉、〈偶吟〉、〈閒居〉諸作，以證今人愛陳酒，古人愛新酒〔註14〕；就放翁〈自醉中所作草書〉、〈醉中作草書〉、〈睡起作帖數行〉、〈學書〉、〈暇日弄筆〉、〈雜興〉、〈草書歌〉、〈夜起作書自題〉等詩而斷言放翁雖不以書名，而草書實橫絕一時〔註15〕；據梅村〈過維揚弔少司馬衛紫岫〉一首，以證衛胤文之死節，云此足補《明史》之不足〔註16〕。至如以安史之亂事繫乎李白古風五十九首，以證此非一時一地之作，年代先後亦無倫次〔註17〕；以明皇生卒而證

〔註 9〕　同上卷八。
〔註10〕　同上卷九。
〔註11〕　同上卷十。
〔註12〕　同上卷一。
〔註13〕　同上卷二。
〔註14〕　同上卷四。
〔註15〕　同上卷五。
〔註16〕　同上卷九。
〔註17〕　同上卷一。

杜詩中〈咏杜鵑〉三首，非皆爲明皇而發﹝註18﹞；云肅宗臥病，李輔國疑忌日深，而關防必益密以證香山〈長恨歌〉引俚俗傳聞，謂方士訪至蓬萊，得妃密語歸報之說不可信﹝註19﹞；據《宋書・五行志》所載何晏著婦人服事，以證梅村用典有誤﹝註20﹞；援明末清初之時事，以證靳榮藩註梅村詩不免穿鑿、疏漏之失﹝註21﹞，此則援史以證詩。詩史互爲佐證，足見甌北之博贍。此於論詩雖非首務，然此等軼聞掌故皆可資參考，於詩義之深入理解頗有助益。

第二節　甌北詩論之疏失

甌北雖以詩、史著稱，然持論之際，或以尺度不同，或以考證未審，或過泥於考據，仍未免有疏失之處，殆可歸納如后：

一、考證未審

甌北之詩話、叢考、詩作，皆可見其悉心考據之功，然仍不免間有疏漏，如少陵〈奉同郭給事湯東靈湫作〉詩有「坡陀金蝦蟆，出見蓋有由」一句，甌北以爲此係用唐人陸勳集異志事，少陵用之，殆爲實事也；實則少陵乃以金蝦蟆喻安祿山以咏時事，非以小說家爲可信也﹝註22﹞。昌黎〈題炭谷湫〉有「吁無吹毛刃，血此牛蹄殷」之云，實乃典出《淮南子》，意喻恨無吹毛之劍斬殺此龍，使血染湫水成殷紅之色；甌北則以此句謂時俗祭賽湫龍神，而已未具牲牢﹝註23﹞。香山「志在兼濟，行在獨善」云云，乃節錄自〈與元九書〉，非具自序也﹝註24﹞。稱東坡嘲張子野買妾，而有「鬢長九尺」云云，實則東坡

﹝註18﹞　同上卷二。
﹝註19﹞　同上卷四。
﹝註20﹞　同上卷九。
﹝註21﹞　同上。
﹝註22﹞　詳見郭紹虞《清詩話續編》中冊，《甌北詩話》卷二，校註29。
﹝註23﹞　同上，卷三，校註5。
﹝註24﹞　同上，卷四，校註1。

〈張子野年八十五尙聞買妾，述古今作詩〉一首原作「莫欺九尺鬢眉蒼」，乃用少陵〈洗兵馬〉：「張公（張鎬）一生江海客，身長九尺鬢眉蒼」一聯，意指身長九尺而非鬢長九尺〔註25〕。又據放翁〈戲作〉諸詩而考知其耄齡猶齒堅牙利，年八十五始落第一牙，距易簀僅數日云云，實則放翁〈自笑〉詩本作第二牙，且該詩作於嘉定二年臘月五日，其後〈未題〉詩猶有：「嘉定三年正月後，不知幾度醉春風」云云，可見第二牙脫至易簀，當不止數日耳〔註26〕。

拗體七律「溪雲初起日沉閣，山雨欲來風滿樓」，乃許渾〈咸陽城東樓〉詩，甌北誤爲李商隱作〔註27〕。評黃山谷〈八音歌〉三首，以爲分贈晁堯能、鄭彥能、徐天隱，實則三首乃分贈晁堯民、鄭彥能、晁無咎，贈徐天隱者乃〈建除詩〉也〔註28〕。凡此種種，皆其考證未審之失也。

二、引用各家詩題詩文，屢有改動

甌北援引各家之詩題詩文，皆未說明采自何版本，然據今可見之原文考之，多有所改動減縮。如引李白〈笑矣乎〉、〈悲來乎〉，詩題原應作〈笑歌行〉、〈悲歌行〉〔註29〕，甌北所言乃詩文首句耳。引杜甫〈夜聽許十一彈琴〉，原詩題作〈夜聽許十損誦詩，愛而有作〉、〈何將軍園〉原作〈何將軍山林〉〔註30〕。引東坡〈游杭州詩〉，原題乃〈與毛令方尉遊西菩提寺〉〔註31〕。引韓愈〈酬盧雲夫〉詩，原題乃〈酬司門盧四兄雲夫院長望秋作〉〔註32〕。放翁〈郊行〉原作〈自九

〔註25〕 同上，卷五，校註11。
〔註26〕 見富籌蓀校點本《甌北詩話》（台北：木鐸出版社，民國74年），書末霍松林〈跋〉。
〔註27〕 同註22，卷八，校註4。
〔註28〕 同上，卷十二，校註5。
〔註29〕 同註26。
〔註30〕 同註22，卷八，校註4、6。
〔註31〕 同上，卷五，校註5。
〔註32〕 同註26。

里平水至雲門陶山，歷龍瑞禹祠而歸，凡四日〉；〈月下納涼〉，原作
〈夜飲〉；〈病中〉原作〈自立秋前病，過白露猶未平遣懷〉；〈病起〉
原作〈和范詩制秋日書懷二首，游自七月，病起蔬食止酒，故詩中及
之〉〔註33〕。遺山〈臺山雜咏〉，原作〈十咏〉〔註34〕。初白〈山行〉，
原作〈長至日山左道中，即日書懷二十四韻〉；〈夜坐〉原作〈七月十
四日夜寓樓對月〉；〈寄友〉原作〈秋懷詩〉；〈過鳳陽城外〉原作〈歌
風臺〉等〔註35〕。此外，於援引之詩文，字句亦多所更易。

　　若詩題變動無多，詩文字句偶易一二字，則於讀者之查考尚不致
有所影響，然則詩題若變動過大，減縮太甚，則易使人考證不易，徒
生誤解，故於此不可不慎。甌北此疏失，殆就記憶所及而逕加援引，
或僅就所見版本即作抄錄，未詳加考證校勘故耳。

三、立論有失公允

　　甌北論詩，雖力排貴古賤今之見，倡以詩貴性情、才學相濟之說
而頗有過人之見，然評騭古今之際，實亦未能盡作持平之論。如評安
石詩，以為其人專好與人立異，於詩亦好爭難鬥險，務欲勝人〔註36〕；
實則安石以新舊黨爭而眾惡歸焉，況君子不以人廢言，而安石亦不乏
清新雋永之作，故甌北於此似有所偏。東坡〈錢道人有詩云直須認取
主人翁，作兩絕戲之〉、〈過溫泉〉、〈和柳子玉〉、〈記夢〉諸作，以禪
語入詩，甌北乃謂其掉弄禪語以見旁涉，殊覺可厭〔註37〕；實則詩寫
性情，若悟道有得，有感而發，殊無不可；且以禪喻詩，唐司空圖《二
十四詩品》已發其義，至東坡詩中始益暢厥旨，大抵東坡之學得之於
莊子最多，故論調亦最近禪〔註38〕，並非藉此以炫其博贍也。誠齋喜

〔註33〕　同註22，分見卷六校註34、35、46、52。
〔註34〕　同上，卷八，校註8。
〔註35〕　同上，分見卷十，校註13、14、24、56。
〔註36〕　見《甌北詩話》卷十一。
〔註37〕　同上卷五。
〔註38〕　參郭紹虞《中國文學批評史》(台北：文史哲出版社，民國71年)
　　　　　上卷第六篇第二章、第二目蘇軾，及下卷第二篇、第二章、第六目

以俚言俗語入詩，甌北乃詆其纖佻，更以放翁有一二語間似誠齋，而鄙其爲下劣詩魔〔註39〕；實則二者學詩本皆自江西人手，迨悟後有得，遂棄其窠臼而自出機杼，此正其成就、特色所在也，且俚言俗語，若得性情之眞，以之入詩更形親切，亦有何不可？

四、過於拘泥考據

　　甌北精於史學，長於考證，然亦偶有拘泥考據而害於詩意者。如老杜〈登岳陽樓〉有「吳楚東南坼，乾坤日夜浮」一聯，甌北則以爲春秋時洞庭左右皆楚地，無吳地也，若以孫吳與蜀漢分湘水爲界，則當云「吳蜀東南坼」，且以天下而論，洞庭乃在西南〔註40〕。實則詩人卽景抒懷，原無須拘於方位輿圖之考證，甌北亦求之太過也。又如香山〈長恨歌〉有方士訪至蓬萊，得妃密語歸報上皇一節，甌北則以上元元年，李輔國矯詔遷明皇於西內後，宮禁嚴密，斷無容方士出入之理〔註41〕；實則香山豈有不辨眞僞之理，蓋用典使事，可實可虛，原無忌於俚俗傳聞、神話寓言之入詩，俾能予人馳騁想像之一隅，但凡不害詩旨，又何須泥於其眞僞？

　　此外，香山〈琵琶行〉、〈夜聞歌者〉二詩皆有聞聲覓人之舉，甌北則謂香山身爲郡佐，不問良賤卽尋聲覓人，非居官者之所應爲〔註42〕；陳寅恪於是時社會背景已作詳述〔註43〕，可知香山此舉實未逾矩；且香山詩以平易近人著稱，其人亦近乎是，何須斤斤於字句而繩之以禮法耶！至於杜牧詩喜作翻案語，甌北則指陳其〈赤壁〉、〈題烏江亭〉諸作皆不度時勢，徒作異論以炫人〔註44〕；實則弔古傷今、咏史抒懷，原貴乎自出新意，否則陳陳相因，千百不如

　　　　第一款滄浪以前之詩禪說。
〔註39〕見《甌北詩話》卷六。
〔註40〕同上卷二。
〔註41〕同上卷四。
〔註42〕同上。
〔註43〕參見本文第三章第三節（五）白居易之按語。
〔註44〕見《甌北詩話》卷十一。

一篇；且翻案之作，無非發抒一己之見也，豈必審時度勢而後開口乎？

第三節　甌北詩學之成就

　　甌北與袁枚、蔣士銓並稱乾隆江左三大家，其中袁枚雖以聲勢最廣而奉推爲性靈派翹楚，然則三家詩論大同小異，並無二致。

　　袁枚詩說，不外乎標舉性靈、反對格調；忌榮古虐今、強調創新；天籟人巧並重、才學並濟〔註45〕，則甌北詩論實與之合轍。蔣士銓以詩宗唐宋、自出機杼；力排格調、反對模擬；標舉性靈、言合風雅〔註46〕爲論詩宗旨，亦堪稱性靈派羽翼。

　　然而袁枚以詩、文見長，其論詩之見不外乎《隨園詩話》、《續詩品》，或散見於《小倉山房文集》、史牘；蔣士銓則曲名更盛乎詩名，而論詩之見並無專著，惟就《忠雅堂詩文集》可略窺一二。甌北則既富詩人之才，更具治史之能；其《陔餘叢考》成書之後，已使之躋身學者之列，爾後更以《二十二史箚記》而與錢大昕《二十二史考異》、王鳴盛《十七史商榷》鼎足史學之林〔註47〕。

　　甌北既秉能詩擅史之長才，一生又見聞廣博、閱歷豐富，是以發爲詩論，遂自具特色。除十二卷《詩話》外，或以詩論詩，或藉《叢考》論述詩體流變。雖亦受乾嘉學風濡染而旁徵博引，然卻不齗齗於考據以炫博贍，乃能秉其史學之識，臚列證據，比較歸納，悉心考證，而於詩人之生平行實、作品所涉，用功深矣。其立論之際，雖亦難免疏失，然終不掩其輝光。故《陔餘叢考》成書之際，王昶卽予以「清才排奡更崚嶒，袁趙當年本並稱，試把陔餘叢考讀，隨園那得比蘭陵」

〔註45〕　參見王建生《袁枚的文學批評》（東海中研所碩士論文，民國62年）及王紘久《袁枚詩論研究》（政大中研所碩士論文，民國62）年。

〔註46〕　參見趙舜《蔣士銓研究》（師大中研所碩士論文，民國64年）。

〔註47〕　參見杜維運《趙翼傳》，第九章第四目「從廿二史箚記論趙翼的史學」。

〔註48〕之令譽；而甌北之評古論今、撰著《詩話》，雖云「但消白首無聊日，豈附青雲不朽名」〔註49〕，實則結習已深，又深體箇中三昧，乃發爲甘苦之談。至於其得失優劣，更早作「國門從此懸呂覽，聽他辨舌聘儀秦」〔註50〕之自我評價。

衡諸今日，甌北「詩文隨世運，無日不趨新」、「江山代有才人出，各領風騷數百年」、「詩非苦心作不成，佳處又非苦心造」等諸多觀點，不僅一針見血，更歷久而彌新，若夫評騭詩人優劣、因詩證史、援史證詩，不惟可資後學參考，亦因體例之特殊而爲詩話之撰著另闢蹊徑。是故其詩學成就，誠如洪亮吉所言：「青史他年要寫傳，一編文苑定難拘」〔註51〕！

〔註48〕 楊鍾羲《雪橋詩話》卷七引，參見杜維運《趙翼傳》第六章，註40。
〔註49〕 見《甌北詩鈔》七律六〈稚存見題拙著甌北詩話，次奉答〉三首之二。
〔註50〕 同上，三首之三。
〔註51〕 見洪亮吉《更生齋詩集》卷五〈趙兵備翼八十索詩率成二律〉。

結　論

　　甌北早年失怙而刻苦自立，心之所嚮，乃志登薇垣以一展長才。
樸被京師後，乃爲人捉刀渡日，繼而扈從出塞，則親體戎馬生涯。遍
歷科場甘苦之後，終得艱難一第，原以爲自此可搏扶搖而直上，孰料
忽爾奉命鎮邊，只得鬱鬱出守。領郡專城，既非甌北之所願，而江山
戎馬縱有推擴見聞之功，實亦難掩甌北仕途多蹇之慨，迨讞獄失察而
有絳級之懲處，甌北乃深悟「書有一卷傳，亦抵公卿貴」之理而毅然
抽簪，歸隱林泉。

　　甌北自幼卽以捷才著稱，於書又無所不窺，遂淹有豐厚之學殖。
及從戎出守，親睹塞外鴻濛、奇風異俗，益悉心觀察而一一形諸筆端。
歸隱之後，乃更勤於一編，故其成就愈趨高峯。綜觀其近五千首詩作，
或見年少不羈之豪情，或記角逐名場之辛酸；有從戎出守之所聞所
感，亦有弔古傷今之言情篇什；或正面舖陳史實，或翻案獨抒己見，
眞可謂奇縱不羈，姿態橫生。其詩雖以才高學富，而致後人有用典過
繁或直口快語、好爲發論之議，然則此亦卽其成就、特色所在也。

　　甌北不僅與袁枚、蔣士銓並稱三大家而鳴於乾嘉詩壇，更以兼具
治史之長才而領先群倫，是故評騭詩家之際，乃秉其畢生研詩之所
得，益以史學之識、考據之功而發爲甘苦之談。觀其論詩之詩，不僅
予古今詩人允當中肯、言簡意賅之批評，更揭示諸多千古不易之創作

原理。《陔餘叢考》之部份札記，係就古今詩體之流變略作考據闡述，頗有助於後人之窮本溯源。《甌北詩話》一書，則能摒除崇古陋今之見而擇其所謂大家，更就諸家之優劣得失發抒一己之見。此外，書中於詩人之生平行實、作品所涉，亦多加考證，於後世之上友古人、明瞭詩義，實頗具助益。其評古論今之際，雖亦難免偶有考證未審、持論稍有偏頗之失，然瑕終不掩瑜也。

綜觀甌北詩主性靈、詩貴創新、忌榮古虐今等見解，雖未逾性靈派樊籬，然其評古論今之際，卻能秉乎豐富之人生體驗、深厚之學殖、悉心之考據而發為甘苦之談、中的之論；而其亦莊亦諧、奇縱不羈之詩風，則正為此等信念之體現，是故甌北之詩學成就，不僅於乾嘉詩壇頗有壯大性靈派之功，其所揭示之諸多原理，衡諸今日更覺歷久而彌新！

附錄一:《陔餘叢考》論詩之見與《甌北詩話》卷次、篇目比較

書名／篇題／卷次	陔 餘 叢 考	甌 北 詩 話	
卷二十三	一、二言詩		
〃	三言詩		
〃	四言詩		
〃	五言詩		
〃	六言詩		
〃	七言詩		
〃	八言詩		
〃	九言詩		
〃	三、五、七言詩		
〃	長短詩		
〃	樂府		
〃	十言、十一言詩		
〃	五七律排	卷十二	七言律
〃	絕句		
〃	六句律詩		
〃	拗體七律	卷八	元遺山詩
〃	律詩不屬對	卷四	白居易詩
〃	律詩兼用二韻		
〃	迴文詩		

書名 篇題 卷次	陔 餘 叢 考	甌 北 詩 話	
卷二十三	疊用詩		
〃	聯句	卷三	韓昌黎詩
〃	柏梁體		
〃	和韻	卷四	白居易詩
〃	集句		
〃	成語佳對		
〃	借對法		
〃	扇對法		
〃	禁體詩		
〃	雙聲疊韻	卷十二	雙聲體
〃	詩句有全平仄者	卷十二	各體詩
卷二十四	曲牌名入詩		
〃	番語成詩		
〃	以古人姓名藏句中	卷十二	各體詩
〃	題字嵌句首		
〃	數目字入詩		
〃	十二生肖八音入詩	卷十二	各體詩
〃	藥名為詩	卷十二	各體詩、藥名體
〃	拆字詩		
〃	口吃詩	卷十二	各體詩、雙聲體
〃	雙關兩意詩		
〃	壽詩輓詩悼亡詩		
〃	口號		
〃	杜詩金蝦蟆	卷二	杜少陵詩
〃	李義山詠史詩		
〃	唐海謙長陵詩		
〃	聶夷中詩		
〃	元遺山詩多複句	卷八	元遺山詩
〃	劉後村詩多用本朝事		
〃	孫賁詩		
〃	李夢陽詩重韻		
〃	古今人詩句相同		

附錄二：甌北之論詩詩

△〈尹制府幕中題袁子才詩冊〉　乾隆十九年，《甌北集》卷三

好詩到手耐頻繙，花色冰肌雪月魂。今日藝林談此事，教人那得
不推袁。曾傳麗句想風流，今讀新詩筆更遒。始歎知君實太淺，
前番猶是蔗稍頭。只因書味夙根深，拚把微官換苦吟。千古傳人
可傳處，元來別有一胸襟。狂名狼籍大江東，謝傅憐才意獨鍾。
讀到新詩鱗爪見，方知不是葉公龍。

△〈連日筆墨應酬，書此一笑〉　乾隆二十八年，《甌北集》卷十

詩非苦心作不成，佳處又非苦心造，縱窮罔兩搜元珠，不過寒郊
瘦賈島。紛蝶雙飛桃李春，雄雞一唱天地曉，偶於無意爲詩處，
得一兩句自然好。乃知茲事有化工，琢玉鏤金漫施巧。如何一管
秋兔毫，立刻分程日起草。言情篇什貴雋永，豈比宿逋可催討，
假啼那得有急淚，強笑安能便絕倒。君不見，倩人搔背不著癢，
枉費麻姑好指爪。

△〈編詩〉　乾隆四十年，《甌北集》卷二十二

閒居靜無事，編閱平生詩；常苦少作多，老去漸見疵。割愛心不
忍，改爲力已疲，其有得意處，時復一哦之。搬薑鼠何味，食蓼
蟲偏怡；或誤吞鈎餌，或走觸甕醯；贏得妻孥輩，私相笑其癡。
歐陽昔作文，喜共師魯披，伸紙一疾讀，其樂不可支。坡云七分

－165－

讀，劣句生妍姿，我今無此友，將欲索解誰？名山傳其人，斯語亦自欺，人亦未必讀，讀亦吾弗知，不如還自賞，我我相娛嬉。昔我卽伯牙，今我卽鍾期，本從性情出，仍來養心脾，魂尋舊遊夢，緒引不斷絲，生平辛苦報，消受唯此時。

△〈雜題〉（九首之末）　乾隆四十一年，《甌北集》卷二十三

有明李何學，詩唐文必漢，中抹千餘年，不許世人看，毋怪群起攻，加以妄庸訕。宋儒探六經，心源契一貫，亦掃千餘年，註疏悉屏竄，書疑古爲僞，詩斥小序亂，理雖可默通，事豈可懸斷。竹垞西河生，所以又翻案，吾言則已贅，一編聊自玩。

△〈題袁子才小倉山房集〉　乾隆四十二年，《甌北集》卷二十三

其人與筆兩風流，紅粉青山伴白頭；作宦不曾逾十載，及身早自定千秋。群兒漫撼蚍蜉樹，此老能翻鸚鵡洲；相對不禁慚飯顆，杜陵詩句只牢愁。舒卷閒雲在絳霄，平生出處亦迢迢；曾遊瀛苑空三島，愛住金陵爲六朝。富貴豈如名有味，聰明也要福能消；災梨禍棗知何限，此集人間獨不祧。

△〈再題小倉山房集〉　同上

只擬才華豔，誰知鍛鍊深，殺人無寸鐵，惜墨抵兼金。古鬼忽聞泣，飛猱不可擒，挑燈重相對，何許妙明心。

△〈刪改舊詩作〉　乾隆四十二年，《甌北集》卷二十四

食筍愛其嫩，食蔗愛其老，愛嫩則棄根，愛老則棄杪，非人情不常，物固難兩好。何況詩文境，所歷有遲早，小時擅藻麗，疵纇苦不少，老去漸剗除，又覺才豔槁。安得美並存，病處又俱掃，晚作蔗根肥，少作筍尖小。

少日所得意，老去覺弇陋，奮筆擬刪之，謂今學始就。焉知今得意，不又他日疚？詩文無盡境，新者輒成舊，漫勒鐵函藏，行復醬瓿覆；笑同古煉師，燒丹窮昏晝，一火又一火，層層去粗垢，及夫燒將成，所存僅如豆，未知此豆許，果否得長壽？

△〈書懷〉（三首之三）　同上

共此面一只，竟無一相肖，人心亦如面，意匠戛獨造。同閱一卷書，各自領其奧，同作一題文，各自擅其妙，問此胡為然？各有天在竅。乃知人巧處，亦天工所到，所以才智人，不肯自暴棄，力欲爭上游，性靈乃其要。

△〈閒居讀書作〉　同上

才士矜聰明，動稱過古人，古人去渺矣，豈今可等倫？解者何紛綸，一字千萬言，猶未得其真。即以詔愚民；家喻而戶曉，無煩訓諄諄。可知古鈍質，已勝今慧因，如何偶一得，輒誇創獲新？

梅花最高格，群仰絕世姿，離騷擷眾芳，無一語及之。西蜀多海棠，豔色天下奇，堪笑浣花老，亦弗留一詩。乃知卓犖人，胸次故不羈，吟咏出興會，萬物供驅馳。興會偶不屬，目固弗見眉，豈比雕繪家，掇拾靡有遺？

後人觀古書，每隨己境地。譬如廣場中，環看高臺戲，矮人在平地，舉頭仰而企；危樓有憑檻，劉楨方平視。做戲非有殊，看戲乃各異。矮人看戲歸，自謂見仔細；樓上人聞之，不覺笑歕鼻。

△〈再贈才子〉　乾隆四十四年，《甌北集》卷二十五

論君詩能僂指數，誦君詩能脫口出，一尺便便孝先腹，似特為君貯詩設。笑比劉邕癖嗜痂，真欲啖到滿身血。世儒目論多拘牽，每薄今人慕古賢，庸知不朽有真價，何論已往與目前。退之為雲逐東野，杜陵落月懷青蓮，豈非同時即鑒定，逆知其才後必傳。老夫隻眼不輕許，此事曾經歷甘苦，閉門自謂造車精，出見輪班慚弄斧，不覺私心大屈服，欲為先生定千古，風流況復占江表，春晝花明秋月皎，精求餚饌課廚娘，健逞腰肢鬥房老；江湖到處有逢迎，山水頻年忩尋討……。

△〈閒居無事，取子才、心餘、述菴、晴沙、白華、玉函、璞函諸君詩，手自評閱，輒成八首〉（八首之七）　同上

少時學語苦難圓，只道工夫半未全，到老始知非力取，三分人事

七分天。

△〈讀陸放翁詩題後〉　乾隆四十五年，《甌北集》卷二十六

晴霞散綺光滿空，萬馬蹴陣聲隆隆，狼籍心花怒猶熱，映入爛燄
成長虹。南渡全忘復讎事，留作先生不平氣，況兼才思十倍雄，
萬斛原泉不擇地。好景當前人弗見，觸目輒歸剪裁麗，直罄造物
無盡藏，不許天公稍自秘。人言翁詩太求工，先得佳句後訖功，
欲與千秋鬭顏色，寧免略傅胭脂紅。要其豔質本獨絕，修飾乃益
妍無窮，不然無鹽滿面粉，豈遂可列施嬙中。晚年藻采更悉擯，
淡掃蛾眉使人認，老婆舌頭老嫗頤，拾來都與名理印。試讀渭南
以後詩，八九十歲猶精進，乃知耄學益勤劬，老境逾甘啖蔗如。
慚予五十編詩日，纔是先生存稿初。

△〈論詩〉　乾隆四十五年，《甌北集》卷二十六

不老筆不傑，不閱意不新，天予老且閒，使之作詩人。詩人豈不
佳，風雅澤其身，胡爲大言好欺世，動托詩外尙有事？杜陵布衣
老且拙，許身自比稷與卨；南宋偷安讐不報，放翁取之作詩料；
設令一旦任事機，安知不敗陳濤潰？符離幸而托空言，後人有餘
思丈夫，不能如班超傅介子，絕域功名炳青史，又不如程朱數大
儒，悟徹絕學開榛蕪，徒然仰屋梁、吟紙帳，猶復自詡有才不竟
用，將使後世翻以失士議君相，此段欺人弔詭心，阿鼻獄難償孽
障，是以野夫詩不肯詿語爲，縱或槎枒起肺腑，回顧身世焉用之，
淒涼但入送行句，感慨留作弔古資。

△〈題吳梅村集〉　乾隆四十八年，《甌北集》卷二十八

才高綺歲早登科，俄及滄桑刼運過，仕隱半生樗散跡，興亡一代
黍離歌。死遲空羨淮王犬，名盛難逃惠子騾；猶勝絳雲樓下老，
老羞變怒罵人多。國亡時早養親還，同是全生跡較閒。幸未名登
降表內，已甘身老著書間。訪才林下程文海，作賦江南庾子山；
剩有沉吟偷活句，令人想見淚痕斑。

△〈論詩〉　同上

滿眼生機轉化鈞，天工人巧日爭新，預支五百年新意，到了千年
又覺陳。李杜詩篇萬口傳，至今已覺不新鮮；江山代有才人出，
各領風騷數百年。隻眼須憑自主張，紛紛藝苑漫雌黃；矮人看戲
何曾見，都是隨人說短長。少時學語苦難圓，只道工夫半未全，
到老始知非力取，三分人事七分天。詩解窮人我未空，想因詩尚
不曾工；熊魚自笑貪時甚，既要工詩又怕窮。

△〈雜書所見〉（六首之一）　乾隆五十一年，《甌北集》卷三十
詩人好吟咏，無論所遇殊，在朝歌卷阿，在野譜康衢。卷阿豈不
佳，未免詞多諛；若寫太平象，烹葵斷瓜壼，此豈可懸擬，須識
字耕夫。所以卿雲曲，或輸豳風圖。

△〈子才過訪草堂，見示近年遊天臺、雁蕩、黃山、匡廬、羅浮諸
詩，流連竟夕、喜賦〉　乾隆五十一年，《甌北集》卷三十
文人例相輕，反脣互瑕尤。楊恥王後居，邢笑任集偷；嘲杜飯顆
山，壓李黃鶴樓；豈知皆小見，氣矜群兒咻。茫茫太宇宙，聽人
各千秋，蓋棺論自定，睽睽有萬眸。劣難強加膝，優難禁出頭，
所以君與我，彌覺意氣殺。尹刑不避面，翻欲同羅幬，君才駃騠
輪，我力破浪舟，一代詩人內，要今是曹劉。

△〈題元遺山集〉　乾隆五十三年，《甌北集》卷三十二
身閱興亡浩刼空，兩朝文獻一衰翁，無官未害餐周粟，有史深愁
失楚弓。行殿幽蘭悲夜火，故都喬木泣秋風。國家不幸詩家幸，
賦到滄桑句便工。

△〈心餘詩已刻於京師，謝蘊山太守覓以寄示，展閱累日，爲題三
律〉　乾隆五十五年，《甌北集》卷三十三
邢尹同時要比妍，今朝得睹豹斑全。死疑靈運先成佛，生本青蓮
是謫仙。才大已推香象渡，名高久壓野狐禪，凌雲意氣談天口，
彷復音容尚眼前。談忠說孝氣峻峋，卅卷詩詞了此身。於世僅增
倉一粒，斯人已轂弩千鈞。三年刻楮成何事，六博呼盧大有人。
太息儒冠真自誤，可憐無補費精神。蓋棺難更句雕搜，後此應甚

勝一籌。歎我亦將成弩末,此君仍未進竿頭。生前遊跡餘鴻爪,
老去名心付貉邱,詩草兩家俱在世,不知他日孰長留!

△〈連日翻閱前人詩,戲作效子才體〉　乾隆五十七年,《甌北集》
卷三十五

古來好詩本有數,可奈前人都佔去,想他怕我生同時,先出世來
搶佳句。並驅已落第二層,突過難尋更高處,恨不刼灰悉燒卻,
讓我獨以一家著。有人掩口笑我旁,世間美好無盡藏,古人寧遂
無餘地?代有作者任取將。浣紗女亡出環燕,拔山人去生關張,
眞仙不藉舊丹火,神醫自有新藥方。能勝大敵始稱勇,豈就矮人
乃見長?君自不登百尺樓,空妬他人在上牀。

△〈前輩商寶意、嚴海珊、袁簡齋諸公詩,久已刊布,近年來盧抱
經、王西莊、錢竹汀考古之書及吳白華、趙璞函、顧晴沙、蔣心
餘、張瘦銅、王穀原、錢籜石、王述菴、吳穀人詩文亦先後刻成,
羅列案頭,足資欣賞,率題四律〉　乾隆五十八年,《甌北集》
卷三十六

插架新編燦列眉,一堂風雅總吾師。臨流欲唱公無渡,及席先愁
某在斯。此事不關官大小,斯文眞繫世興衰。許燕手筆高岑調,
都是開元極盛時。如此寰區十數人,可憐力已竭爭新。一時尚恐
遭揚觶,他日知誰更積薪。豪傑不歸文苑傳,聰明都用宰官身。
故應河嶽英靈氣,不在區區大雅輪。論交竊幸及諸賢,酒海花天
共擘箋。標榜耻爲前七子,精神各注後千年。鬙眉把卷如重對,
風雨聯牀已獨眠。不覺又增存歿感,關河雲樹墓門煙。汗馬無功
且汗牛,又增滄海幾浮漚。縱教後輩能饒舌,敢禁斯人不出頭。
已覺通都增紙貴,頗聞賈舶出金求。中華文字難通處,還有人間
大九州。

△〈爭名〉　乾隆五十九年,《甌北集》卷三十七

文士相輕古有之,詞場壁壘各堅持,集偸沈約嗤爲賊,經授遵明
不奉師。

村女挿花偏自好，醜人詬鏡果何私？千秋自有無窮眼，豈用爭名在一時？

△〈**讀香山詩**〉　嘉慶年間，《甌北集》卷三十八

我讀香山詩，曠懷眞灑落，顧皆預防死，所以早尋樂。是其方樂時，中懷已作惡，何如無成心，悲喜隨所托，悲則有呻吟，喜則有歌咢。

△〈**讀方干詩**〉　同上

我讀方干詩，求進一何躁，處處乞薦章，誓以殺身報。豈知要路人，高居但暗笑，徒有百篇噪，區區螻蟻命，願殺亦誰要？

△〈**讀東坡詩**〉　同上

我讀東坡詩，十首九懷歸，至竟八州督，因循未拂衣。晚遭瘴海行，徒飽毒手威。若早奉身去，或免蹈禍機。始知勇退難，達人貴知幾。

△〈**題陳東蒲藩伯敦拙堂詩集**〉　同上

學詩必學杜，萬口同一噪，連城有眞璧，未可碔砆冒。嗚呼浣花翁，在唐本別調，時當六朝後，舉世炫麗藻，青蓮雖不群，餘習猶或蹈，惟公起掃除，天門一龍跳。骨力森開張，神勇鬱雄鷙。……退之師排戛，義山鍊格遒，涪翁取徑陗，豪宕放翁吟，悲壯遺山弔，斯皆分杜派，各具一體妙。洎明李何輩，但摹面目肖，彭亨鼓蛙怒，咆勃奮虎嘯，徒滋虛氣張，終覺輕心掉。曠代有東浦，孤詣戛獨造，淵源泝雅騷，根柢本忠孝；讀書必破卷，陋彼管規豹；出語必驚人，鷔若鞲脫鷂。……以追少陵作，磁鐵兩孚召，得皮兼得骨，在神不在貌。……

△〈**讀杜詩**〉　嘉慶二年，《甌北集》卷三十九

杜詩久循誦，今始識神功，不創前未有，焉傳後無窮？
一生爲客恨，萬古出群雄。吾老方津逮，何由羿彀中？

△〈**題周松靄杜詩雙聲疊韻譜括略**〉　同上

詩以咏我言，本從聲韻出，中有條縷分，古疎後漸密。隱侯辨仄

平，孫炎著反切，關鍵一以開，千載莫能易。雙聲與叠韻，六朝始梳櫛。硡磕音響連，腥瘦字母壹，北有魏伯起，南有謝希逸，此法皆講求，秘矜專門術。杜陵益精嚴，對屬百不失，侵簪月影寒，逼履江光徹，老去詩律細，此亦細之一，倘其不可拘，何以名爲律？……從來文字緣，每隨氣韻闢，古人抉其大，後人剔其窄，非必後所增，都自鑿空獲。即如近體詩，古仁所未識，抑揚抗墜間，妙有自然節，古人縱復生，不能變此格，是知本天籟，豈鑽牛角僻？茲譜雖小道，源出脣齒舌，詎畫混沌眉，乃導崑崙脈。……

△〈戲題白香山集〉　嘉慶四年，《甌北集》卷四十一

風流太守愛魂消，到處春游有翠翹，想見當時疎禁網，尚無官吏宿娼條。

△〈書劍南集海棠詩後〉　嘉慶五年，《甌北集》卷四十二

少陵不賦海棠紅，留與他年陸放翁；君看劍南詩稿上，張園吟過又燕宮。

陶菊林梅名各擅，海棠猶未有專家；放翁此意先窺破，急把狂吟占此花。

△〈書放翁詩後〉　同上

放翁志恢復，動慕皋蘭塵，十詩九滅虜，一代書生豪。及開禧用兵，年已八十高，設令少十年，必親與戎韜。是役出即敗，經舉千古嘲，公若在其間，亦當帶汗逃。天特善全之，仕隱皆奇遭，無事則恤緯，有事則善刀。

△〈題稚存萬里荷戈集〉　同上

人間第一最奇境，必待第一奇才領，渾沌倘無人可鑿，不妨終古瞢不醒。中原一片好風光，發泄已盡周漢唐，所未泄者蠻獠窟，天遣李白流夜郎；又教子瞻渡瓊海，總爲魑魅開天荒。……豈知天固不輕與，若輩紛紛何足數。要等風騷絕代人，來絢鴻蒙舊風土。……國家開疆萬餘里，竟似爲君拓詩料，……憶君惟恐君歸

遲，愛君轉恨君歸早。

△〈披閱唐宋詩感賦〉　嘉慶五年，《甌北集》卷四十二

歷朝詩帙重披尋，掩卷蒼茫感不禁，千古真如飛鳥過，四時何限
候蟲吟。子雲著述玄仍白，逸少胸懷後視今，贏得老夫長劍手，
剩誇惜墨貴如金。

△〈稚存見題拙著甌北詩話，次韻奉答〉　嘉慶五年，《甌北集》卷
四十三

何限紛紛著作林，揀來只賸幾銖金。論人且復先觀我，愛古仍須
不薄今。耳食爭誇談娓娓，鼻參誰候息深深。錦機恐負遺山老，
枉度鴛鴦舊繡針。論古雖如廷尉平，詩文事已一毫輕。但消白首
無聊日，豈負青雲不朽名。老馬識途輸早見，貧堪鑿壁借餘明，
兒慚結習癡堪笑，猶是窗燈未了情。晚知甘苦擇言馴，一代風騷
自有真。耄學我悲垂盡歲，大名君已必傳人。幸同禪窟參三昧，
不笑元關隔一塵。從此國門懸呂覽，聽他辨舌騁儀秦。

△〈論詩〉　嘉慶九年，《甌北集》卷四十六

作詩必此詩，定知非詩人，此言出東坡，意取象外神。羚羊眼掛
角，天馬奔絕塵，其實論過高，後學未易遵。詩文隨世運，無日
不趨新，古疎後漸密，不切者為陳。譬如駌駕馬，將越而適秦；
灞產終南景，何與西湖春？又如寫生手，貌施而昭君，琵琶春風
面，何關芋蒻顰？是知興會超，亦貴肌理親，吾試為轉語，案翻
老斲輪，作詩必此詩，乃是真詩人。

△〈佳句〉　同上

枉為軼佳句，勞心費剪裁，生平得意處，卻自自然來。

△〈詩家〉　同上

詩家徑路都開盡，只有求工稍動人，又恐丹青少生氣，嫵嫻徒作
楦麒麟。

△〈論詩〉　嘉慶十一年，《甌北集》卷四十八

宋調唐音百戰場，紛紛脣舌漫雌黃，此於世道何關繫，竟似佛家

關老莊。

△〈無詩〉　同上

風行水上自生波，偶值無風可奈何？今日不知明日句，枯腸偏要預支多。

△〈論詩〉　嘉慶十二年，《甌北集》卷四十九

結習軗吟老未忘，尚隨年少角詞場；只愁後世無新意，不敢多搜錦繡腸。

△〈佳句〉　同上

古來佳句本無多，苦恨前人已說過，今日或猶殘瀋在，不知千載更如何？

△〈偶閱小倉山房詩再題〉　嘉慶十三年，《甌北集》卷五十

不拘格律破空行，絕世奇才語必驚；愛宿花爲蝴蝶夢，惹銷魂亦野狐精。么絃欲奪霓裳曲，赤手能摧武庫兵，老我自知輸一著，只因不敢恃聰明。

△〈詩情〉　嘉慶十四年，《甌北集》卷五十一

同此風雲月露形，前人刻畫已精靈，何須我拾殘牙慧，徒令人嗤照本臨。滿地撒錢難入貫，沒泉垂綆漫鈎深，祇應觸景生情處，或有空中天籟音。

△〈稱論〉　嘉慶十五年，《甌北集》卷五十二

稱詩何必苦爭新，無意爲詩境乃眞，水月鏡花言外意，雪來柳往景中人。江東杜甫垂雲暮，枕上歐陽夜嚮晨，莫食地肥煙火氣，仙人掌有露華新。

△〈佳句〉　同上

詩從觸處生，新者輒成故，多少不傳人，豈盡無佳句？

△〈旬日無詩〉　同上

天機雲錦朗昭回，刀尺徒勞費剪裁；怪底經旬無一句，等他有句自然來。

△〈余方有聽他有句自然來之句，明早枕上忽得人間無路海茫茫一

句，初不知曹唐詩也，隨又得雲外有天星歷歷，湊成一聯，亦出
於無意，蓋余修文赴召之讖矣，補成一律記之〉　同上

步虛詞豈學曹唐，忽漫詩來夢蝶牀。雲外有天星歷歷，人間無路
海茫茫。囈言本不論工拙，讖語何須取吉祥？贏得老誇詩境熟，
偶然脫口便成章。

△〈**論詩**〉　嘉慶十六年，《甌北集》卷五十三

詞客爭新角短長，迭開風氣遞登場；自身已有初中晚，安得千秋
尚漢唐？

△〈**杜牧詩**〉　同上

詩家欲變故爲新，只爲詞華最忌陳；杜牧好翻前代案，豈如自出
句驚人？

參考書目

一、趙甌北作品與研究甌北有關之作品

1. 《甌北集》，趙翼，湛貽堂刻本，嘉慶壬申。
2. 《甌北詩鈔》，同上。
3. 《陔餘叢考》，同上。
4. 《簷曝雜記》，同上。
5. 《袁蔣趙三家詩選》，王文濡，上海：明文書局，民國 7 年。
6. 《趙翼詩選》，胡憶肖，河南：中州古籍出版社，民國 74 年。
7. 《趙翼傳》，杜維運，台北：時報文化出版公司，民國 72 年。
8. 《趙甌北研究》，王建生，台北：學生書局，民國 77 年。

二、其他相關書目

1. 《全漢三國晉南北朝詩》，台北：成文出版社，民國 60 年。
2. 《全唐詩》，台北：文史哲出版社，民國 67 年。
3. 《分類補注李太白詩》，台北：台灣商務四部叢書，民國 68 年。
4. 《李白詩文繫年》，詹鍈，北京：人民文學出版社，民國 73 年。
5. 《杜詩叢刊》，黃永武編，台北：大通出版社，民國 63 年。
6. 《韓昌黎詩繫年集釋》，錢仲聯，台北：世界書局，民國 50 年。
7. 《韓昌黎先生詩集注》，朱竹垞、何義門評點、顧嗣立補注，台北：學生書局，民國 56 年。
8. 《白氏長慶集》，白居易，台北：台灣商務四部叢刊，民國 68 年。
9. 《白香山詩集注》，汪立名編，台北：世界書局，民國 50 年。

10. 《樊川集》，杜牧，台北：台灣商務四部叢刊，民國 68 年。

11. 《樊川詩集注》，馮集梧注，台北：新興書局，民國 49 年。

12. 《李義山集》，李商隱，台北：台灣商務四部叢刊，民國 68 年。

13. 《宛陵集》，梅堯臣，同上。

14. 《蘇學士集》，蘇舜欽，同上。

15. 《歐陽文忠公集》，歐陽修，同上。

16. 《歐陽文忠公詩集》，歐陽修，台北：新文豐出版社，民國 68 年。

17. 《箋注王荊文忠公詩》，李雁湖，台北：廣文書局，民國 63 年。

18. 《蘇軾詩集》，王文誥、馮應榴注，台北：學海出版社，民國 72 年。

19. 《豫章先生集》，黃庭堅，台北：台灣商務四部叢刊，民國 68 年。

20. 《黃山谷詩集法》，任淵，台北：藝文印書館，民國 58 年。

21. 《陸放翁全集》，陸游，台北：台灣商務四部叢刊，民國 68 年。

22. 《箋注劍南詩鈔》，雷縉，台北：啓智書局，民國 62 年。

23. 《新校元遺山箋注》，施國祁，台北：世界書局，民國 53 年。

24. 《高太史全集》，高啓，台北：台灣商務四部叢刊，民國 68 年。

25. 《敬業堂詩集》，查慎行，同上。

26. 《隨園三十六種》，袁枚，同上。

27. 《忠雅堂文集》，蔣士銓，藏園刊本，嘉慶年間。

28. 《歷代詩話》，何文煥，台北：漢京出版社，民國 72 年。

29. 《歷代詩話續編》，丁福保編，台北：藝文印書館，民國 48 年。

30. 《本事詩》，孟棨，台北：漢京出版社，民國 72 年。

31. 《滄浪詩話校釋》，郭紹虞，台北：漢京出版社，民國 72 年。

32. 《清詩話》，丁福保編，台北：藝文印書館，民國 66 年。

33. 《清詩話續編》，郭紹虞編，台北：木鐸出版社，民國 72 年。

34. 《詩論分類纂要》，朱任生，台北：台灣商務印書館，民國 64 年。

35. 《近體詩發凡》，張師夢機，台北：中華書局，民國 50 年。

36. 《詩學，黃節》，香港：龍門書局，民國 53 年。

37. 《雜體詩釋例》，何文匯，香港中文大學，民國 74 年。

38. 《文章源起》，任昉，台北：新文豐出版社叢書集成新編，民國 74 年。

39. 《續文章源起》，陳懋仁，同上。

40. 《中國文學發達史》，劉大杰，台北：華正書局，民國 73 年。

41. 《中國文學史初稿》，王忠林等，台北：福記出版公司，民國 72 年。

42. 《中國文學史》，葉慶炳，台北：學生書局，民國 76 年。

43. 《中國詩歌流變史》，李曰剛，台北：文津出版社，民國 76 年。

44. 《中國文學批評史》，羅根澤，台北：學海出版社，民國 67 年。

45. 《中國文學批評史》，郭紹虞，台北：文史哲出版社，民國 71 年。

46. 《中國文學批評史大綱》，朱東潤，台北：開明書店，民國 73 年。

47. 《中國近三百年學術史》，錢穆，上海：商務印書館，民國 29 年。

48. 《清代學術概論》，梁啟超，同上，民國 10 年。

49. 《清代文學批評史》，青木正兒著、施叔女譯，台北：開明書局，民國 58 年。

50. 《清儒學術討論邁》，陳柱，上海：商務印書館，國民 19 年。

51. 《清代詩學初探》，吳宏一，台北：學生書局，民國 75 年。

52. 《清人詩論研究》，王英志，上海：江蘇古籍出版社，民國 75 年。

53. 《清乾嘉時代之史學與史家，杜維運，台大文史叢刊出版部，民國 51 年。

三、傳記、方志、年譜、索引

1. 《清史列傳》，上海：中華書局，民國 17 年。

2. 《清史稿》，趙爾巽，同上，民國 66 年。

3. 《清代七百名人傳》，蔡冠洛編，台北：文海出版社，民國 55 年。

4. 《國朝耆獻類徵初編》，李輯，同上，民國 75 年。

5. 《國朝詩人徵略》，上海：廣文書局，民國 14 年。

6. 《蘇東坡傳》，林語堂，台北：遠景出版社，民國 67 年。

7. 《蘇東坡新傳》，李一冰，台北：聯經出版公司，民國 72 年。

8. 《陸游傳》，朱東潤，台北：華世出版社，民國 73 年。

9. 《元好問研究》，李長生，台北：文史哲出版社，民國 68 年。

10. 《袁枚傳》，杜松柏，台北：國家出版社，民國 71 年。

11. 《袁枚評傳》，楊鴻烈，台北：崇文出版社，民國 61 年。

12. 《光緒武進陽湖縣志》，湯成烈，南港中研院藏，光緒丙午重印本。

13. 《歷代人物年里碑傳綜表》，姜亮夫編，台北：台灣中華書局，民國 50 年。

14. 《中國歷代名人年譜總目》，王德毅編，台北：華世出版社，民國 68 年。

15. 《二十四史傳記人名索引》，台北：宏業書局，民國 70 年。

16. 《三十三種清代傳記綜合引得》，哈佛燕京學社，民國 21 年。

四、期刊、論文

1. 〈論乾嘉學風〉，羅思鼎，文匯報，民國 53 年 5 月 19 日。

2. 〈趙甌北其人其書〉，吳錫澤，新時代，民國 69 年 9 月第六卷九期。

3. 〈趙甌北先生的史學〉，李金瑩，成大歷史學會史學學報，民國 67 年 6 月第五期。

4. 〈趙甌北〉，芹澤刀川，文字禪，第一卷四期。

5. 〈袁枚的文學批評〉，王建生，東海中研所碩士論文，民國 62 年。

6. 〈袁枚詩論研究〉，王紘久，政大中研所碩士論文，民國 62 年。

7. 〈蔣士銓研究〉，趙舜，師大中研所碩士論文，民國 64 年。

8. 〈王夢樓研究〉，姚翠慧，同上，同上。

9. 〈論詩絕句發展之研究〉，周益忠，同上，民國 71 年。

10. 〈乾嘉詩學初探〉，何石松，文化中研所碩士論文，民國 72 年。